夫人拈花惹草 2

風文創 792

桐心 著

目錄

第十一章

檀香嫋嫋，大殿裡就只有宋承乾和雲三娘二人。

「是妳啊，雲三姑娘。」宋承乾的聲音帶著幾分暖意。「真沒想到在這裡能見到妳，真是意外之喜。」

雲三娘心裡頓時湧起一股子蜜意來。他說，看見自己是意外之喜。難道他也想見到自己？

「臣女也沒有想到。」雲三娘的聲音很軟。

躲在角落的雙娘幾乎要以為裡面的人不是三娘，而是一個陌生的姑娘。

「什麼臣女不臣女的，從老太太那裡算，妳也算是我的表妹，何必見外？」宋承乾數著佛豆，隨意地道。

「這怎麼敢……」雲三娘臉上瞬間就通紅一片，如同染上了霞色。

這姑娘還真是漂亮，比之皇貴妃還多了幾分豔麗之色，宋承乾微微有些失神。

雲三娘頓時被這樣的目光看得不敢抬頭。

「真是失禮了！」宋承乾迅速收斂神色，歉意地道。「妳可千萬別告訴大哥，要不然，我就得被父皇訓斥了。」

雲三娘面色一白，語氣有些焦急地說：「我跟表哥他……」

「我明白，我不及大哥有福氣。」

宋承乾的語氣聽在雲三娘的耳中有些失落之意，她眼裡淚光一閃，是不是自己的感情並沒有錯付？難道太子他也……

她的視線落在太子身上，宋承乾回了一個酸澀又牽強的笑意。

雲三娘只覺得自己的心驀地被什麼東西塞得滿滿的，有千言萬語想說，最終只化為一句。「您也會是個有福氣的人。」

宋承乾心裡就確定了，這姑娘喜歡自己，並且大膽的嘗試接觸自己！

自己該怎麼做呢？只要想起宋承平和顏氏知道這一切之後的臉，他就沒來由地感到一陣快意。

他低下頭，依舊數著佛豆。「雲三姑娘，孤求妳一件事。」

剛才是「我」，現在是「孤」。這讓雲三娘心裡一緊，道：「殿下有所吩咐，自當遵命。」

「求妳不要再出現在我的面前。」宋承乾的聲音很淡，淡得像是嘆息。

雲三娘臉上的血色瞬間就褪去了，身子也有些搖晃。

就聽那個聲音像在呢喃一般地道——

「我怕我再見妳，會控制不住自己的心。我怕我會做出對不起大哥的事，所以，我求妳……」

雲三娘只覺得在一瞬間，自己的心猶如在山巔與峽谷之間跑了一圈。聽著那呢喃一般的話，雲三娘眼睛閃亮，透著執著。「我不會答應表哥的要求。總有一天，我會名正言順地站在表哥的身邊！」說著，她就站起身來，渾身似乎都充滿了鬥志。「總有那麼一天。」

宋承乾保持著吃驚的樣子目送她離開，等到看不見她的身影後，宋承乾才收回了臉上的神色，低聲道：「那真是太好了。」

是啊，這真是太好了。

能得到一個雲家嫡女，能搶了兄長的未婚妻，這真是太好了。

不用自己出手，看著她哭著嚷著自己送上門來，這真是太好了。

不用背負罵名，就能得到想要的一切，這種感覺，真是太好了。

「姑娘，三姑娘那裡開始收拾行李了。」紅椒提著水壺進來，稟報道。

這是從那些送水的小尼姑身上打聽到的吧？五娘嘆了一口氣，以紅椒的性子，叫她數佛豆還真是難為她了，可能真不如讓她幹活來得輕鬆自在。

「那就收拾吧。」五娘將手裡的筆擱下，不寫了。

香荽也趕緊放下手裡的佛豆，鬆了一口氣的樣子，將五娘剛擱下的毛筆拿起來，放進筆洗裡細細地清洗。

「三姊姊回來了嗎？」雲五娘問道。

紅椒愣了一下才道：「回來了。」又問道：「咱們奉上去的佛經，太子爺會看到吧？」

「只要供奉到佛前了，看不看到都沒有關係，沒失禮就成了。即便主子看不到，那些跟著太子的人還能看不到？這是雲家的心意和態度，不會忽略的，這份心不用妳操。」雲五娘嘴上應著，心裡卻在琢磨著三娘已經回來的事。

紅椒想起什麼似的，又道：「不過聽那小尼姑說，二姑娘房裡沒人呢，喜兒也不見了。」

雙娘出來只帶了一個喜兒，主僕都不在，難道還能去賞景？風大得厲害，還慢慢地飄起了雪花，誰沒事擱外面溜達？

「妳去把這些從庵堂裡買來的砂鍋碗筷都還回去吧，反正咱們路上也不能帶著它們。還有這些吃的，分給那些小尼姑吧。」五娘吩咐紅椒。「順便打聽一下那位太子爺走了沒有？」若沒走她也不好出去走動。

紅椒趕緊應下來，將東西裝在提盒裡就出了門。主子總是這麼厲害，每次叫自己打聽消息時，總會找個合理的理由出來。

「要是叫家裡知道三姑娘的……事，只怕要出亂子的。」香荽小聲道。

「妳們只作什麼都不知道就好，橫豎天塌下來有高個兒的頂著呢。」五娘淡淡地說了一句，話裡透出來的冷漠，怎麼也遮擋不住。

姑娘從來都不是一個冷漠的人，但如今這樣，應該是三姑娘踩了姑娘的底線了。

紅椒回來的時候，頭上及身上落了不少的雪。「雪又下起來了，這山上再不敢多待了，要是大雪封了山就麻煩了。」

雲五娘點點頭。「估計府裡也該來人接了。」

紅椒等身上的涼氣散了，才到雲五娘身邊道：「那位太子爺沒多待，早就走了。不過，廚房的一個小尼姑說，看見喜兒扶了個穿著斗篷的人後來也出現在佛堂，不知道是剛進去，還是正準備出來？」

喜兒扶著的能是誰？除了雙娘，再沒有別人。

肯定是去聽三娘的壁腳了。這事有一個人看見，就會有很多個人知道的。

「妳去把這事的尾巴給掃乾淨了。」五娘皺眉道：「咱們能打聽得出來，別人自然也打聽得出來。叫三姊知道了，二姊的日子恐怕不好過。」

紅椒笑道：「姑娘忒的小瞧人，這樣的事我還能不知道怎麼處理不？」

五娘誇了紅椒一句，辦好就成。這蛇有蛇道，鼠有鼠道。無非就是銀子加威逼利誘，再將事情往丫頭身上一推，這裡面絕對不會有主子的事就對了。「需要銀子就找香荽拿。」

紅椒應了一聲。「這事要是有人狠查估計是瞞不住，但這又不是要命的事，誰會狠查這個？等二姑娘出閣了，就不要緊了。」

正說著話，外面就傳來腳步聲，主僕三人趕緊噤聲。

雲五娘示意紅椒去開門，來的是瑪瑙。

「五姑娘，大爺來了，說來接姑娘們回家。」

「我估摸這一下雪，家裡就得來人，卻沒想著是大哥到了。」雲五娘一笑，對香荽道：「那就走吧，妳們索利些收拾。」

既然打著給元娘祈福的招牌，那麼如今中斷，接人的就必須是大爺雲家和。

果不其然，等雲五娘到來的時候，就聽見雲家和對三娘道——

「……妳們對元娘的情分，她自然知道。若是在山上受了苦，豈不是讓她不安？」

五娘聽到這裡，就走了進去。「大哥來了。」

「五妹。」雲家和看著雲五娘的眼神透著深意。

這是自從元娘出事後，兩人第一次碰面。兩人見了禮，誰也沒有說話。

就聽三娘對雙娘道：「二姊剛才去哪兒了？屋裡也沒人。」

雙娘心裡一跳，剛要說話，就聽五娘戲謔地開口了。

「我們在一起說三姊的壞話來著，怎麼著？」

三娘扭頭瞪了五娘一眼。「妳別給我作怪啊，我跟二姊姊說話呢！」

「怎麼作怪了？」五娘胡攪蠻纏。「說了在一起編排妳的不是，妳不信，那妳信什麼？」她嘻嘻一笑。「是不是妳剛才幹壞事去了，怕被我們發現，所以先去審二姊姊，再來審我？」

「妳怎麼就這麼一副無賴的性子？」三娘頓時呼吸一窒，似真似假地威脅道：「妳最好乖乖的，別叫我揪住了妳的小尾巴。」

「我好怕啊！」五娘哈哈一笑。「大哥、二姊，你們聽見了吧？回去我就給太太告狀去，三姊她恐嚇我！」

三娘被她氣笑了。「妳真是一個小無賴！」

雲五娘白眼一翻、嘴巴一嘟，做一個鬼臉給三娘看。

四娘和六娘正好進來，倒被她逗笑了。

「這又是怎麼了？」四娘看著五娘問。

五娘拉了四娘去一邊不知道嘀咕什麼，那邊雙娘卻鬆了一口氣。她不知道今兒偷聽的事三娘是不是察覺了，也不知道五娘是不是同樣發現了什麼？但顯然，五娘今兒是替自己遮掩過去了。她心裡有了一絲感激。

等上馬車的時候，六娘要跟五娘一輛馬車，雲家和攔了。「路上不好走，擠在一輛馬車裡，想躺著都不能，路上再換更麻煩。分著坐吧。」

六娘想著要一路坐回去，馬上就妥協了，對五娘道：「那咱們到家再一處說話。」

五娘笑著應了，深深地看了一眼雲家和。

馬車不緊不慢地走著，雲家和卻騎馬跟在車外。

香菱暗暗看了一眼紅椒，才轉頭對雲五娘道：「大爺就跟在咱們的馬車外。」

五娘心裡就有數了。她揚聲道：「大哥，風大，去馬車上坐吧！」

雲家和笑道：「風吹著好，吹著人清醒，省得心裡沒譜，老是瞎想。」

五娘心裡一嘆，回道：「大哥什麼時候沒譜過？這話說的太謙虛了。您心裡想的是什麼，那一準實情就是什麼。」

雲家和眼睛一亮，這就是說，自己和母親的猜測是正確的，妹妹並沒有死。最後一件遺物是雲家遠拿出來的，只能說明雲家遠和五娘這對兄妹是知情人。聽話聽音，五娘應該知道自己已經猜到了，所以給了一個肯定的回答。他又問道：「遠弟那邊可好？」

「都好！即便有些小事，但都無關緊要。」五娘斟酌了一下，還是這麼答了。

那就是沒有大礙，人確實在雲家遠那裡。

這就好。

雲家和呼了一口氣，有了這話，母親心裡也能好過些。他緊了緊身上的大氅，道：「外面是冷，看來還是回馬車上的好。」

等雲五娘聽見馬蹄遠去的聲音，才舒了一口氣。

雲六娘的馬車就跟在雲五娘身後，順風能聽見五娘跟雲家和說話的聲音，只是斷斷續續，不太分明。

「是五姊和大哥在說話嗎？」六娘睜開眼睛問道。

「是！就是聽不清在說些什麼？」七蕊答道。

六娘「喔」了一聲，就閉目不言了。兩人之間說什麼，她心裡大概有數。她能猜到，大太太白氏和大哥怎麼會猜不到？只是想要證實罷了。

紅椒就是再笨，也聽得出這是話裡有話。見自家姑娘閉著眼睛沒有要說的意思，她也就學著香菱的樣子，靠在馬車壁上，閉目養神。

一路搖搖晃晃，走的並不快。到飯點的時候，也不過是就著茶，吃了幾塊點心。其實路過的城鎮上還是很繁華的，賣吃食的店鋪也不少，還有街邊的小攤子上在賣羊雜湯，那味道香得人直流口水。

雲五娘倒是嘴饞，想吃一碗。

不過這事別說是雲家和不答應，就是兩個丫頭也不答應。

「回家咱自己做，外面賣的不乾淨。」香菱如是說。

馬車顛了一下，車窗突然從外面被推開，一個油紙包被塞了進來。

主僕三個嚇了一跳。

紅椒剛要喊，雲五娘靈光一閃，趕緊制止了。「若有歹心，塞的就不會是一個油紙包了。」而且還是散發著香氣的油紙包。

「姑娘，沒事吧？」車夫在外面問了一聲。

「無事！」香菱回了一句才問道：「剛才怎麼回事？」

「不知道哪裡跑來的野小子，差點撞上來。幸好我拽住了馬，要不然真撞上了可不是玩的！」車夫兀自抱怨。

香菱看了五娘一眼，舉著油紙包像是舉著炸藥包。

雲五娘伸手拿過來，竟然還是熱呼的。一層層打開，是一隻散發著誘人香氣的京醬鴨子。

「這好像是明月樓的招牌菜！」紅椒吸溜了一下口水。「不會有毒吧？誰送的？」

香菱看了五娘一眼。「姑娘，這能吃嗎？」

雲五娘看著油紙包上的「明月樓」三個字，只有「明」能看清，另兩個字像是被油漬遮住了一般。

這個「明」，該是宋承明的明才對。

莫名其妙地送吃的過來，這是什麼意思？給自己報一聲平安，還是其他……

宋承明躺在榻上，他對面的椅子上坐著一個三十歲上下、留著短鬚的文弱男人。

兩人明顯剛談完事情。宋承明一臉沈思，那短鬚男人卻一杯接一杯地喝著茶，顯然是渴得很了。

「戴先生所言，本王記下了。」宋承明的話語很鄭重。

這人是他的幕僚，戴簡。很有幾分本事，這幾年跟在身邊，出了不少力。

此時，就見戴簡放下杯子，欣慰地點點頭。作為一個幕僚，能被主上重視，是一件值得自豪的事情。他繼續道：「若是皇上真有意留王爺在京城幾年，留下又有何妨？遼東還需要時間，才能真正的強大起來。」

宋承明點點頭，他其實也是這般想的。但若是不表現出「先生說的好有道理」，是不能給對方這樣的滿足感的。如此一來，他的耳朵就要備受荼毒，一遍一遍地聽著相同的理論，臉上還得表現出興趣盎然，這真不是一般人能受得了的。

正當他想著該如何解脫的時候，常江回來了。

「爺！」常江氣喘吁吁地笑道：「送去了！送成了！」

宋承明點點頭。「那就好。」

戴簡看看宋承明，又扭頭看看常江，愕然道：「王爺，您不會真聽了白昆的渾話，打發人給人家姑娘送吃的去了吧？」

宋承明臉上閃過一絲不自在。「就是報一聲平安罷了。」

戴簡憋著笑道：「白昆那憨子，他是討飯長大的，他那婆娘就是他扛著一袋子白麵從他丈母娘家換出來的，你聽他的？人家那是國公府的小姐啊，缺吃的還是少穿的了？送吃的去？虧你們怎麼想的！」說完就站起身出去了。

宋承明隱隱地還能聽見外面傳來隱忍的笑聲，臉瞬間就黑了下來。

這一說，自己還真是幹了一件蠢事。他瞪了常江一眼，惱羞道：「送什麼了？有沒有腦子！」

常江心想：我一個沒有根的小太監，我哪裡知道怎麼討好姑娘？他轉身撒丫子就奔了出去。「爺，我這就把白昆那憨貨給您提溜回來！」

白昆是宋承明的侍衛統領，是他小時候在路上撿到的小乞丐。即便如今已為遼王府的統領，也改不了乞丐的本性，在白昆眼裡，這天下最好的東西，那就是吃食。

宋承明拍了拍自己的額頭，全被這些吃貨給誤導了，這一世的英明全毀了！

雲五娘主僕三個分吃了一隻醬鴨子，都滿足地打了個飽嗝。

「主子，以後別賞銀子了，就賞這個！」紅椒拿帕子抹了抹嘴，道。

明月樓的招牌菜，不是有銀子就能買到的。

香菱抓了一把香片扔進火盆裡，笑道：「美得妳！」

車廂裡的味道不多時就散了，等回到府裡，一點都聞不出來了。

回到府裡後先給老太太請安，再給顏氏見禮，才被放回院子裡。

不一會兒功夫，就有怡姑帶著大夫過來診脈，開了一堆補養身子的藥。

五娘全叫紫茄給鎖到櫃子裡去了，沒病吃哪門子的藥？

快過年了，府裡上上下下都忙了起來，月錢被補齊了，還多發了一個月的月例銀子，下人們走路都帶著風聲。

雲五娘也給院子裡的丫頭發了年終獎金，頓時就覺得這些丫頭的笑聲都清亮了兩分。雙娘來了兩次，沒有提當日在山上的事。五娘也只做不知，什麼也不問。

這日，六娘帶了她姨娘剪好的剪紙過來。「給五姊貼窗戶用。」

「倒真是鮮亮。」五娘拿起來細細地看看後，交給紫茄保管。「等到貼對聯的時候一起貼了。」

香荽端了兩碗銀耳蓮子羹來。「六姑娘也嚐嚐，這蓮子是咱們院子裡的小池塘產的。」

「是不是也打算撈魚了？」六娘問道。

池塘只有幾分地大小，產不了多少魚，就是圖個新鮮罷了。

「今年天太冷，不撈了。」五娘搖搖頭。「就放著養著吧，也不指著它過年。哥哥前天打發人送了兩桶泥鰍來，新鮮的，我已經讓人用清水養了兩天了，咱們晚上吃泥鰍燉豆腐。」

「這個好！」六娘邊吃邊點頭。「別叫別人了，就咱們倆。三姊她們嫌棄髒，不愛吃，其實她們不懂，這才是真正的好東西！」

說著，兩人偷笑不已。

進了臘月，日子都是在做好吃的和吃好吃的中度過的。

過了臘月二十三，府裡才把過年的穿戴送了過來。府裡按例給做了三套，顏氏又貼補了兩套，老太太也給貼補了兩套。幾個丫頭怕別人做的不合心意，用庫房裡的布疋又給做了兩套。怎麼算，也都夠過年穿的了。

今年府裡給的首飾是有三套銀的、一套白玉的。畢竟有元娘的事在裡頭。不敢太花哨。紅椒拿著首飾給雲五娘看。「您瞧這簪子，樣子倒是新鮮，就是輕得很，值不了幾個錢。就是那白玉，也都是小塊攢起來的，這東西，不光得看材質，也得看大小，也值不了倆錢。還是戴遠少爺送來的吧？」

雲五娘自從知道自家娘親的根底後，就不再替自家哥哥省銀子了。給什麼就拿什麼，他們真的不在乎這一點小錢。

可能也是娘親的心意，首飾都很精緻，應該是娘親挑好的，也許還有補償自己的緣故在裡面吧？雲五娘坦然地接受了，娘親心裡大概才會好受一些。

這一日，突然聽見丫頭稟報說表姑娘來了，雲五娘還嚇了一跳。

她跟蘇芷之間甚少有來往，即便見面，也是在給老太太請安的時候，匆忙間見上一面罷了。怎的她今兒倒是來了？

「請表姊進來吧。」雲五娘吩咐完，自己也出去迎了兩步。上門就是客，該有的禮數還是要有的。

蘇芷一身月白的衣衫，披著藏青的披風，笑盈盈地走了進來。「倒是打攪表妹了。」

雲五娘請她坐下。「整日在屋子裡悶著，能有什麼打攪的？」說著，就讓丫頭上茶。

蘇芷接過茶盞就愣住了，上好的白瓷，燒製成半開半合的玫瑰狀，茶水透著淡淡的粉色，玫瑰花瓣在水裡起起伏伏，自有一種清香和美感。再看雲五娘手裡的，卻是一個小小的南瓜盅，精緻可愛，捧在水蔥似的手指間，真像是一幅畫。

這才是貴小姐的生活；如此的奢靡，而又隨心所欲。

「表姊嚐嚐，這是我自製的玫瑰花茶。」雲五娘笑道：「我這院子裡，花房的花不多，也就剛剛夠自用。姊姊們都說我這是糟踐了好東西，表姊嚐嚐，看看如何？」

「難得能將玫瑰做得這般的清雅。」蘇芷讚了一句。

雲五娘很開心的一笑。「我就說嘛，總是有人能懂得！這花茶，只能用剛打苞的花苞做，一株花，不等開花就被我剪完了。如今能得美人一句讚，也不枉費我一番功夫！」

蘇芷心底咋舌，多了幾分羨慕。也許娘親在出閣以前也是過得這般的日子吧？

「不過是朵花罷了。不管是盛開供人欣賞，還是用來做茶，有用就成。」蘇芷微微一笑，帶著幾分赧然。「怎麼用，全看主人的心情罷了。」

這話說得好似有些深意。

雲五娘眉頭一挑，只不說話，看著蘇芷，想知道她究竟打算說什麼。

「五表妹跟二太太親如母女，想必對宮裡皇貴妃娘娘的喜好也是有所瞭解的吧？」蘇芷一味地說，也不去看五娘的神色。「三表妹託我做幾個香囊，我正不知道選什麼花色才好呢！本想去問問三表妹，又恐她覺得我有推託之嫌，所以便來問問五表妹，若能打聽出一星半點也是好的。」

雲五娘眼裡閃過一絲不解，這二人什麼時候這般要好了？她笑道：「這花色得看繡在什麼顏色的料子上吧？得相配、相稱了，才是最好的。」

蘇芷臉上露出笑意。「可不正是這個話？」她掰著指頭數道：「靛青的、藏青的、寶藍的、銀白的、鼠灰的……都是三表妹送來的。」

雲五娘愕然地抬起頭，看著蘇芷，就見蘇芷一笑。

「麻煩五表妹幫我參詳參詳，我正拿不定主意呢！」說著，就站起身來。「耽擱了這麼長時間，實在是打攪了。就此告辭，不用送了。」說著，抬腳就走。

紅椒趕緊追出去，將人送出了大門。

香荽目瞪口呆地道：「這位表姑娘說的都是些什麼啊？簡直莫名其妙！」

五娘心裡卻已經炸開了！靛青的、藏青的、寶藍的、銀白的、鼠灰的……這些沒有一個是女人能用的顏色，至少不會是過年這麼喜慶的日子要用的顏色！那麼，三娘所謂的給皇貴妃做香囊根本就是藉口，她真正的目的是想暗示蘇芷什麼呢？

這個香囊是送進宮的不會有錯，也真的跟皇貴妃有關，但卻不是給皇貴妃用的，真正要用的是大皇子。

她這是在暗示蘇芷，讓蘇芷奔著大皇子去！每年大皇子都會到雲家來，給顏氏拜年，而蘇芷的美貌足以讓任何男人動心。三娘自己不想嫁給大皇子，但又無法拒絕，就想設計讓大皇子瞧上別人，給她找一個可以斷然拒絕的藉口。

是這樣嗎？

得相配、相稱了，才是最好的。

可不正是這個話？

想起兩人之間的對話，想起蘇芷的表情，雲五娘覺得，至少蘇芷是清醒的，知道自己是當不起大皇子妃的。但即便是側妃，對於她來說，也是極好的前程。

因此，蘇芷動心了。

但是蘇芷知道這般的設計，若是成功了，會引來顏氏，包括皇貴妃多大的怒火。

所以，蘇芷也怕了！

於是，蘇芷索利地將這個包袱抖給了自己。

雲五娘在心裡罵了一聲卑鄙！這讓跟此事毫無關係的自己，陷入了艱難的選擇中：是配合此事，達成三娘的心願，順便助蘇芷一臂之力的好？還是告訴顏氏，提前阻止的好？

不管哪種，都會讓自己陷入麻煩中。即便什麼也不做，等將來事發了，也要防著蘇芷將「五娘早就知情」的事情給嚷出來。這個女人，還真就不是一個省油的燈！不過，她要是將自己看做是麵團捏的，能隨便擺弄，那就錯了。

算計到自己頭上，讓雲五娘眼裡閃過一絲冷意。這個家裡，還真沒人敢這麼對自己，就是三娘也不敢這般的明目張膽！

「紅椒！」雲五娘冷臉喊道。

紅椒剛送人回來，見姑娘變了臉色，忙進來問道：「怎麼了？姑娘別氣，我這就給您罵回去！」

「不用。」雲五娘冷笑道：「妳速去告訴表姑娘，就說幾個哥哥的喜好，我是真不知道，但要是想問祖父和父親、三叔、四叔的，我倒是能告訴她！」

紅椒愕然，難道表小姐剛才的意思是要打聽幾位少爺的喜好？想到幾個少爺還沒有定親娶妻，而表小姐也待字閨中……「這也太……」不要臉了！紅椒低聲嘟囔道。

雲五娘冷然一笑，也不解釋。「去吧。別避著人！」

要是蘇芷能借此將計就計地留在雲家，也算她的本事。雲五娘依仗的，從來都不是雲家，還怕她將來報復不成？

紅椒跑著去追蘇芷，蘇芷果然還沒回到青屏苑，正在路上。

來來往往的下人都遠遠的就行禮，讓蘇芷先過去，這種感覺真是太好了。後面傳來急促的腳步聲，她本能地回頭，就見剛才送自己出來的田韻苑的丫頭，叫紅椒的，正衝著自己跑了過來。

「表小姐！我們姑娘說了，幾位少爺的喜好她真的不知道，不過，您要是想問國公爺和幾位老爺的喜好，她倒是知道的！問您要不要聽？」紅椒喘著氣說，聲音卻不小。

蘇芷先是愣了一下，繼而臉馬上脹得通紅。她哪裡還待得下去？轉身就往青屏苑跑。

她錯了，錯估了這位雲家五姑娘的手段。這麼一嚷，不光是讓自己丟臉、丟名聲，還徹底將自己的算計給擋回來了。自己去拜訪她的目的，不再是透露雲三娘的算計和打算，而是居心叵測地想要攀附雲家的少爺。即便自己將來再說雲五娘是知情的，別人也不會信了，只會以為自己是為了今天的事報復她。真是好手段，反應夠迅速，出手夠果決，心也夠狠辣！

她原本還以為，雲五娘會乘機整一下雲三娘的，沒想到……沒想到……

她如今終於明白，這世上不是任何人都可以被利用的。

而雲五娘這個人，也不是自己能駕馭的。

雲三娘聽到這個消息的時候，愣了一下。蘇芷這個人，她自問是能看透幾分的。什麼都能掩飾，唯獨眼裡的野心是怎麼也掩飾不了的。這樣一個人，能看上雲家的這幾位爺嗎？

雲三娘恥笑一聲。

大哥雲家和不錯，可惜是庶房出身，就算將來有功名，就算依託國公府，熬到三品大員，也得二十年。再說了，大哥走文臣的路子，不會跟蘇家聯姻的。即便長得再美，娘家沒有用處，這些爺們可未必就稀罕。

二哥雲家旺出門不被騙就算是燒高香了。他倒是一準能看上蘇芷，這麼美的姑娘，他瞧見了以後一準是豬哥樣，估計父親和母親也不會反對，但蘇芷肯定是瞧不上他的。

三弟雲家茂今年才十四歲，身體不好也就罷了，年紀也太小了些。

老四、老五就更排不上了。

那麼，蘇芷去打聽幾個哥哥的喜好這事，一定是假的。

難道是蘇芷得罪了五娘，惹得五娘報復她？三娘搖搖頭，五娘的性子她更瞭解。不是得罪的狠了，不會下手這般狠。這跟當眾抽了蘇芷兩巴掌，揭下她的臉皮一般。

五娘的人品，她還是信得過的。

那麼，問題只能出在蘇芷身上。想到自己去暗示她的話，三娘的眼裡閃過一絲冷意。

外院的書房。

肅國公雲高華聽了管家磕磕絆絆的稟報後，臉上閃過一絲愕然。他平時不理內宅的事，只是隔三差五的總接到外孫女孝敬的針線，心裡難免就想起當年那個絕色的女人來，念起舊情，就叫管家多照管一二了。沒想到，今兒這意思聽起來，倒是這個他一心以為乖巧的外孫女惹到五娘了。

「她幹什麼了，惹得五丫頭這般對她？」雲高華不由得問。五娘這丫頭，那真是好性子，豁達、不愛計較，但也絕不好欺負。小事，她從來不計較；大事，誰也休想算計到她身上。

管家搖搖頭。「咱們家五姑娘不是那樣愛計較的人。」

雲高華擺擺手，不用聽也知道，沒人會說出五娘一個不好來。

不過，這外孫女倒也是個有心計的，用好了，未嘗不是一個好棋子。他還一直以為這孩子跟她的母親一般，只會傷春悲秋呢。即便一路從江南走到京城來，他也以為是那個如今跟在江氏身邊的周媚兒的功勞，如今看來，倒是小瞧了他這外孫女。

「把下面孝敬上來的那套玉碗拿出來，給五丫頭送去玩吧。」雲高華吩咐管家道。「再去青屏苑傳話，就說我覺得上次送給我的那雙鞋十分合腳，讓她再做幾雙送來吧。」

這就是賞了五姑娘，罰了表姑娘在青屏苑禁足做針線。

雲五娘拿著玉碗把玩，對管家道：「我明白祖父的意思，叫他放心吧。」既然祖父要用這個蘇芷，那就用吧。不過，這位可不是會甘願只做棋子的人。到時等棋子飛了的時候，他們就會明白自己今天發脾氣是為了什麼。

鞭炮聲聲除舊歲。

雲五娘看著這一屋子人，觥籌交錯，好不熱鬧。她沒來由地想起自家的娘親和哥哥，只怕如今守歲的也只有他們二人罷了。

「五姊，想什麼呢？」六娘給五娘倒了半盞葡萄酒。「嚐嚐這個，端是好滋味！」

五娘苦笑，她其實不好酒。但不知道六娘這一點隨了誰，愛酒也就罷了，酒量還不淺。

「妳去灌二哥不算，又來灌我？」

「這可是解憂的好東西！」六娘嘟囔道：「五姊也真是不識貨了！」

「解憂不解憂的我不知道，只一會子我要是喝醉了，錯算了壓歲錢，只來找妳要。」五娘將酒接過來，抿了一口，就皺了眉，覺得有些澀口，於是吩咐邊上的丫頭拿點蜂蜜來。「兌點蜂蜜，該是好喝了吧？」

那丫頭笑著去了，一會子果然拿了小半碗蜂蜜來。

五娘自己兌了一勺子進去，攪勻了再喝，果然好多了，於是端著蜂蜜碗，開始推銷。

三娘搖搖頭。「妳別把那些古裡古怪的東西給我吃，受不了。」

倒是四娘賞面子地給自己兌了一盞。酒這東西，祖母不許她碰，今兒兌成蜜汁子，好似它就不是酒了一般。

雲高華看見孫子、孫女在一邊鬧做一團，笑罵了一句。「淨是糟踐好東西！」這可都是御賜的陳釀葡萄酒，叫他們拿著沖蜂蜜當蜜水喝了。

「五丫頭這鬼點子最多。」顏氏笑著接過話。「一會子就扣了她的壓歲錢，看她如何？」

「還不得賴在這裡扯著妳的褲腿嚎啊！」老太太笑道。

說的人都笑了。

過年，就是喜慶的事，沒有誰會在這個時候說什麼糟心的事。家裡除了大太太和在外就任的四老爺、四太太，都來了。大人在一處說話，他們這些小輩就湊在一起說笑。

「今年簡親王府的年酒，妳們帶著幾個丫頭都去。」雲高華對老太太道。

老太太笑著點頭。「國公爺放心便是。」

袁氏瞥了顏氏一眼，心道：一個庶女嫁了這麼高的門第，我看妳二房剩下的兩個姑娘的親事怎麼辦？這兩姑娘的身分都比雙娘高一些，親事自然不能比簡親王府低，就不信了，妳那兩個女兒還都能嫁給皇子不成！

顏氏沒有言語，只是眼神閃了一下。

雲高華又說起雲家四老爺雲順謹的事。「差事辦得不錯，皇上還特意誇了誇。我瞧著，再熬上一、兩年，也能往上升一升了。」

老太太笑道：「這些事，我一個婦道人家又不懂，孩子們在外面的事情，國公爺看著辦就好。」說著又去看三老爺雲順泰。「家昌過了年也都十五了，你生性散淡也就罷了，可別耽擱了孩子，也該看看是不是給家昌謀個差事先做著了。」

雲家昌是府裡的四爺，也是三房的嫡子，唯一的兒子。

三老爺感激地朝老太太點點頭。「兒子不爭氣，還要母親為兒子操心。昌兒的事，還得父親安排。」

雲高華對老太太是滿意的，她不光是對親兒子不錯，對這庶子也是不錯了。這不，連他都忽略了孫子的事，只有成氏記在心上。

「出了正月，就去禁衛軍，先掛個三等的侍衛，再慢慢謀劃。」雲高華說完，又道：「一眨眼，孩子們都大了。家和的事，我是不操心的，如今已經是舉人了，進士就慢慢考吧，橫豎他還年輕，三十歲考上都不算晚。只是這親事上頭，就得用心了。他外家倒是讀書人家，也能起到一些提攜的作用，再能找一門書香之家的姑娘，我也就更放心了。即便將來分出去，日子也過得。」

幾個人跟著點頭。長房的大哥沒了，剩下這一個姪兒，做叔叔們的自然要照看的。

雲順恭笑道：「家和是該相看媳婦了。」

「你也別只說家和的事，家旺你也得精心。」老太太數落著雲順恭。「家旺這孩子是個憨實的，找媳婦就得娶個精明厲害的，能管得住他，將來也能撐得起門面。至於門第，倒是在其次了。」說著，就看了雲高華一眼。「國公爺，您看呢？」

「是這個道理。」雲高華點點頭，只覺得這老妻處處都合著自己的心意。不管這其中有沒有做戲給自己看的成分，能做到這分上，確實也是為了子孫好，他自然賞臉接著了。

雲順恭點點頭。「兒子記下了。這孩子性子不穩，反倒不如他妹子雙娘穩重。兒子想著，不如在雙娘的親事之後，再說他的親事？」

屋裡人就都明白了。雲家旺上不得檯面，但要是有了成為簡親王妃的妹子，那這親事還能再上一個臺階。

老太太點點頭。「你心裡能有這樣的謀劃，可見還是把孩子的事都放在心上的，倒是我錯怪了你。」

「母親，兒子還需要母親時刻提醒呢！」雲順恭趕緊笑道。

要說這當中有不舒服的，除了顏氏，恐怕再沒有別人了。她摸了摸自己的肚子，這個孩子來的不管是不是時候，都得順利地生下來才成。沒有兒子，就是沒有底氣啊！

這場年夜飯散的不算晚，五娘腳下竟然也有幾分飄忽。她暗道一聲壞了，這是吃酒吃多了。再如何加蜂蜜，那也是酒。

「姑娘，沒事吧？」香荽扶著她道。

「無事。」五娘笑了笑。「再不能跟六娘喝酒了，可沒她那樣的酒量。」

回了屋子，梳洗完，雲五娘就打發了丫頭。「妳們都去聚聚吧，這大過年的。我今兒酒喝得多了，這一覺睡下去沈，半夜不會起來了，妳們只管安心地去。」

幾個丫頭知道她睡覺不愛留人守夜，伺候她上了炕，就退下去了。

屋裡慢慢的靜下來，雲五娘卻睡不著。她坐起來，用披風將自己裹起來，伸出胳膊，將窗戶開了半扇。風吹了進來，臉涼涼的，心裡的燥熱倒是去了不少。

「怎麼這麼吹風，不怕著涼？」

一個聲音從窗外傳來，嚇了五娘一跳。用心一聽，竟然是他。

「你怎麼在這裡？」雲五娘輕聲問道，語氣裡有些緊張。

「聽說那晚害妳病了一場。」

那聲音近了一點，窗戶被推開，他就站在窗外的暗影裡。

一股子風就這麼捲了進來，雲五娘馬上打了個噴嚏出來。

宋承明忙跳進屋，順手把窗戶關上了。

「怎麼樣，沒事吧？」宋承明問道。

「無事。吃了點酒，心裡正燥呢！」雲五娘一看這人就這麼毫不客氣的進來了，頓時瞪大了眼睛。自己已經就寢了！「你這是……」雲五娘看著宋承明，十分的不解。

宋承明乾咳了一聲。「喝了點酒，不知怎的就跑到這兒來了。」

雲五娘一想，這人也可憐，沒爹沒媽、沒兄弟姊妹，才真真是孤家寡人。

這麼抬眼一看，就見眼前這人眼睛發亮，細聞確實有酒味。「你喝了不少吧？」

宋承明點點頭。腦子這會子還有些發懵，怎麼腦子一抽，就跑到雲家來了？來了就來了，在外面站著也就罷了，還非要趕過來搭話，甚至直接跳進人家的閨房裡來了。這麼出格的事情，自己還真沒幹過。上次那是不知道屋裡有人，要不然他不會闖進去的。

這次，可就有點故意的成分了。

兩人大眼瞪小眼，一時都不知道該說什麼。

該走的人，覺得就這麼走了，有點蠢。

該攆人的人，覺得這人都這麼可憐了，又是大過年的，實在張不了口。

五娘扭過頭，乾咳了一聲道：「你怎麼進來的？府裡的侍衛沒發現吧？」

「肅國公府也是武勛之家，怎的如今不濟成這樣？還真就沒人發現呢！」宋承明不屑地道。剛說完，就見人家姑娘瞪著一雙大眼睛看著自己，這才氣短地收了話。做賊的反倒怪人家門戶不緊，這話確實不夠講究。他見五娘整個人裹在被子裡，只露出一顆毛茸茸的小腦袋，瞪著眼睛，就不由得笑了起來。「妳如今好些了嗎？」

「沒有大礙，發了一身汗，當天就好了。」雲五娘答了一聲，又問：「你是怎麼知道的？當時你說要走其實沒走吧？」

自然不能走。他就躲在大殿後面的菜窖裡，等下屬找來了才離開的，要不然自己這一身傷，出了念慧庵就得沒命。但這話卻不好對人家小姑娘說，只是含混地點點頭。「想叫人給妳報平安，就打聽了一下。」

「那京醬鴨子真是你送的？」雲五娘有些好笑地看著宋承明。

「咳咳……」宋承明不自在地咳嗽了幾聲。「都是下面的人不會辦事。」

看著他發窘的樣子，雲五娘就不由得笑了起來。

宋承明見對面的姑娘笑得眉眼彎彎，心也不由得飛揚了起來。

雲五娘往他肚子看了一眼。「傷還沒好吧？這就喝酒了？」

「也不能告訴別人我受傷了，不能喝酒啊……」宋承明無奈地道。「不過也不打緊。」這麼說著閒話，慢慢的就都不那麼尷尬了。

宋承明不由得說起自己身邊那些乞丐出身的侍衛，說起他的侍衛統領扛著白麵去老丈人家換媳婦的趣事，直笑得雲五娘揉肚子。

兩個莫名其妙、半生不熟的人，就這麼在一盞昏黃的燈光下，聽著外面此起彼伏的爆竹聲，說笑著守歲。

直到看見雲五娘眼皮子打架，宋承明才起身告辭。

臨了，五娘彷彿聽見他說——

「那天我說的話是真的。」

五娘迷迷糊糊的，什麼真的假的？她這會子只知道，她想見周公是真的……

第十二章

第二天一起來，雲五娘才恍然想起有人陪自己聊了半晚上的天。這府裡，一到過年的時候，就自己最可憐。

大房裡，人家母子相伴。

二房分了幾處，雲順恭和顏氏帶著三娘在春華苑守歲；雙娘和雲家旺陪著婉姨娘守歲；就是最沒有存在感的雲三爺雲家茂，也有生母秀姨娘陪著。

三房是雲順泰及袁氏帶著雲家昌。六娘那裡，也有自己的生母。即便芳姑還不是姨娘的時候，每年除夕也是陪著六娘的。

四娘和五爺雲家盛，是陪著老太太成氏和國公爺雲高華的。

只有自己，孤零零的一個人。聽著外面的爆竹聲，覺得別人的熱鬧，越發襯得自己形單影隻。

今年，好歹有個人陪著自己。

這恐怕也是雲五娘沒把人直接攆出去的原因。在這樣一個特殊的日子裡，確實需要一個人來說說話。

兩個都是沒人陪的可憐蟲。

老天很賞臉，天氣晴朗，有微風，正是走親訪友的好天氣。

這一日，雲家待客，接待的都是雲家的姻親。

女眷這邊都是帶著自家姑娘來的。姑娘家其實能出門的機會不多，要嘛是去上香，要嘛就是走親戚，可這走親戚也是有講究的，不是所有的親戚家都能去。如此一砍，其實沒剩下幾家，能走動的地方十分有限。所以，有出門的機會，少有哪個姑娘會錯過。

都是姻親家的姑娘，彼此在一起說著話，小姑娘之間嘻嘻笑笑的，好不熱鬧。

正說著話，就見有丫頭帶了袁家的女眷來了。

等袁家人一進大廳，屋裡瞬間就靜了下來。

三太太袁氏的臉更是脹得通紅，她站起身來，手足無措。

六娘也不知道該說什麼好。

原來這袁家的姑娘，身上穿的全都是府裡給六娘做的衣裳。本來按例有三套，三太太扣了兩套給了娘家的姪女。這兩個姪女年紀跟六娘相仿，即便有些不合適，稍微改改也就能穿了。她克扣了庶女的，自是不好對娘家說，只道是自己讓人給姪女做的，因沒有尺寸，要是不合適了，就回去改改。

袁氏的爹不爭氣，她哥哥也上不得檯面。嫂子雖有些小家子氣，但大面上的道理還是懂的，見小姑子記掛娘家姪女，就尋思著讓孩子把衣服穿著，好歹是一份尊重，連頭上的首飾都是袁氏送到家裡去的。

可這也是府裡原本給六娘準備的。

衣服顏色不一樣還看不大出來，算是能混過去。可這頭上的首飾，偏偏跟雲家幾位姑娘戴的一樣，明眼人一看就能看明白了。

這下三太太抓瞎了。這不光將娘家本就不多的臉面丟了，更是將雲家的臉面也給丟了。苛待庶女，這是個什麼名聲？

六娘也頓時手足無措了起來。雖然嫡母丟了臉面，但誰又願意將自己在家中如此不堪的一面表現出來？她不需要別人同情！

五娘心裡一緊，她心疼六娘。這是多豁達的一個姑娘，怎麼偏偏攤上這事了？她笑盈盈地起身，讚道：「我瞧瞧，這穿戴的一樣了，果真跟同胞似的。從後面看，還真是分不出來誰是誰呢！」

六娘心裡一鬆，感激地看了一眼五娘。「我就說了，我們有幾分肖似的。」說著，就拉了袁家的兩個姑娘走了過去。「祖母，您瞧著呢？」

老太太笑咪咪的，彷彿剛才那一瞬間的僵硬不是她一般。「我瞧著也好，就是人家的閨女比妳白淨呢！」

六娘忙伸手摸摸自己的臉。「這都是五姊害的！她說冬天的太陽不曬人，肯定曬不黑，我跟著她在花房裡，這幾天淨曬太陽了！」

「這孩子是個實誠的！」白家的太太接過話。「這太陽哪有不曬人的？」

「五丫頭是個促狹的，又是她作弄人！」顏氏接過話，瞪了五娘一眼。

五娘蹭地一下就躲了。

一屋子的人應景地一笑，就揭過了這一茬。

袁家的姑娘見大人們不注意這邊了，猛地甩開六娘的手。

六娘一個踉蹌，差點摔倒。

五娘看得火氣飆升，猛地站起身來，二話不說，三兩步過去，揚起手就給一人甩了一個巴掌。娘的！這都什麼脾氣？人家給妳們解了尷尬，不感激就罷了，還怨恨上了？「不想待就滾！」五娘看著兩人愣然的神情。「什麼玩意兒！當這裡是什麼地方，輪得到妳們撒野？敢哭一聲試試，看看是妳們被攆出去，還是姑娘我要受罰！」

「妳就是這麼待客的？」袁家的大姑娘袁春蘭質問道。

四娘恥笑一聲，站起來道：「妳這是什麼客人？惡客吧？倒欺負起主人來了！」

五娘湊近袁家的兩姑娘，小聲道：「這家裡的媳婦有不慈被休的，可卻從來沒有將自家的姑娘趕出去的。雲六娘是妳們姑母的庶女，但妳們別忘了，她是雲家的女兒！不信妳就鬧一個看看，看是妳姑姑被休掉，還是六娘少了一根汗毛！」

四娘一挑眉，別人離得遠聽不到這話，她卻聽了個正著。這話夠狠、夠硬！今兒就是休了袁氏，證據都是現成的！

五娘看了六娘一眼。「六娘！」

雲六娘嘴角掛起幾分嘲諷的笑，她要做一個被人欺負的六娘嗎？不！她慢慢地走過去，掄圓了胳膊，搧在袁春蘭臉上。「現在，咱們兩清了。那些衣裳首飾，姑娘我賞妳了！」說著，就抬眼看向躲在袁春蘭身後的袁秋菊。

袁秋菊聰明多了，忙屈膝道歉。「表妹，都是我的錯，是我不識好人心！」她強拉住姊姊。今兒要真是鬧開了，雲家肯定不會責罰他們家的姑娘，倒楣的還是自家和姑姑。如今自己就剩這麼一門體面的親戚了，萬萬不能出岔子，爹媽還指望著姑父能提攜哥哥呢！

五娘看了六娘一眼，她知道，六娘已經不一樣了。「還好嗎？」五娘拉了六娘問道。

六娘露出一個比哭還難看的笑容。「五姊，我是不是挺沒用的？」

「不是！」五娘搖搖頭。「妳很好。」

此時，坐著的眾人又一次認識了雲五娘。敢彪悍地動手掌摑親戚家的姑娘，說實話，還真沒見過。

自有丫頭附在老太太成氏的耳邊將剛才的事情稟報了一遍，老太太看著袁氏的眼神就越發的冷了。

姑娘們所在的內室，與外間的大廳是用博古架隔開的，裡面的動靜，外面也不是全然聽不見，不過都裝作不知罷了。

開席以後，三娘將五娘拉到一邊。「妳何必自己動手？」她瞪著五娘。「就為了那兩個貨色？」

五娘看了她一眼。「三姊這是關心我啊？」

「呸！」三娘啐她。「我這是怕被妳連累，壞了名聲！」

五娘看了三娘一眼，就見三娘不自在地別過臉去。

「妳不能這麼衝動。這是在自己家，要是在別人家，兇悍的名聲就傳出去了。」

這話其實是好話，五娘心裡知道。她和三娘的關係，從小到大都是如此，好又好不了，惱也惱不了。五娘對三娘是矛盾的，三娘對五娘也是矛盾的。

在五娘眼裡，三娘漂亮，但又不顯得輕浮，端莊中自有一股子風流。三娘處世穩當周全，想要八面玲瓏時誰也找不出稜角，想要強硬時又渾身都是硬刺。五娘有時十分的羨慕三娘，她總是舉重若輕，想要做的事不管多艱難，她總是能蜿蜒曲折地達到自己的目的，這股子一往直前，是五娘所不具有的。一如對太子的愛慕，很少能有女子如飛蛾撲火一般的義無反顧，三娘卻敢於反抗自己的命運，而且是如此激烈，半點不留餘地。

對於三娘的心計，五娘從來都沒有覺得不好。如果三娘不是顏氏的女兒，該多好？自己可以毫無負擔地欣賞她。五娘常想，三娘心裡是不是也覺得，要是自己不是她的庶妹該多好？如此，就不用這般的矛盾。

「三姊。」五娘叫了一聲。「今兒要是有人這般對妳，妳猜我會不會也上去搧她一巴掌？」

三娘一愣，心裡有什麼東西動了一下。她瞪了五娘一眼，道：「管好妳自己。不用妳動手，我自己就會搧回去！」

今兒發生了不愉快的事，宴席很快就散了。

老太太成氏看也沒看袁氏一眼，只道：「妳回去吧。」而幾個姑娘卻被留了下來。老太太先叫了六娘，道：「妳這孩子，受委屈了。」

六娘搖搖頭。「咱們家，哪裡就差兩身衣裳穿了？計較這個做什麼？」

老太太點點頭。「要是家昌的娘還在，該多好。」

雲家昌的娘李氏，是三老爺的元配。據說，是極好的人。

這話叫六娘沒法答了。

五娘卻心裡一動，老太太這話說的，是個什麼意思？

老太太又叫了五娘。「妳這孩子，還是這般隨心。」

五娘低頭，沒有說話，一副知錯的樣子。

「妳們姊妹要記住，妳們是手足。」老太太一嘆。「想想元娘，失了手足，也一樣能痛徹心腑啊！」

五人點頭應是，這才退了出來。

三娘拉了五娘走在後頭。「老太太的意思，六娘沒明白，妳也沒明白吧？」

五娘一愣。「我不是十分把穩，老太太不會平白無故地說起先去的三嬸嬸。」

「妳真是……」三娘低聲道：「是要把六娘記在先去的三嬸嬸名下呢！笨啊！」五娘一拍腦袋，就是這個話！成了元配的嫡女，袁氏就再沒有伸手的資格！有老太太在，袁氏連教養元配嫡女的資格都沒有了。

「這是讓六娘去找四哥！只要李家同意……」五娘恍然地看著三娘。「是這個意思吧？」

「妳總算是明白過來了！」三娘說完，扭頭就走。

五娘自然要把這層意思傳遞給六娘知道。

六娘卻沈吟了半晌。「五姊，我要想想。」

顯然，她是顧忌她姨娘。

五娘就不好再說了，這也是人之常情。不是誰都似雙娘一般，能狠得下心腸的。

三娘先去了春華苑，見母親捧著還不顯懷的肚子兀自沈思，就走了過去，將老太太的意思說了。

「好事倒是好事，六娘也是好的，如今就看六娘自己的意思了。」顏氏拉三娘坐下。「正月十五，宮裡擺宴，這次可要去才好，妳姨媽想妳了。也別鬧彆扭了，元娘的事是個意外，真的，這鬼只怕在那周媚兒身上。妳要心裡還是過不去，娘收拾了她給元娘報仇，別把這事記在妳姨媽身上。」

「我還是不去了，一年大似一年了，又不是小孩子，成天在一塊兒像什麼樣子？若招來閒話算誰的？」三娘將臉扭到一邊，不言語。

顏氏一想，這麼說也對。如今大了，不是孩子了，還在一處，名聲上確實不好。她沈吟道：「只給妳姨媽去請個安，這不妨礙吧？」

「過了十五，哪個日子不是好日子？偏選個命婦進進出出的日子做什麼？太上趕著了。」三娘搖搖頭。

「哎……妳個死丫頭！」顏氏瞪起眼睛。「全是妳的道理了！」

「娘只看我說的對不對？」三娘不為所動。

「罷了罷了！我現在也沒精力管妳了。」顏氏嘆了一聲。「如今要看雙娘的婚事怎麼樣，原先我還想把她說給妳三表哥……」

三娘蹭一下站了起來。「您別整天就想著顏家！三表哥是什麼貨色？她配得上二姊姊嗎？大姊姊的事就算了，二姊姊伏低做小那麼多年……娘啊！您是雲家的媳婦，您女兒我姓雲啊！是不是沒有兒子，我這個女兒都不作數了？您總說沒兒子沒底氣……就算是我有了兄弟，這家裡也擱不住您的勁往顏家使！二姊姊不好，我的臉上就光彩了不成？」

顏氏自從進了雲家後，整天被人說心在顏家，這麼多年了，連自己的女兒都這般說，她心裡一股子氣直憋得胸口疼，伸出手一巴掌就打了過去！「這些話還輪不到妳來說！宮裡那是我親姊姊！妳知道走到今天，妳姨媽有多艱難嗎？我有能力啊，我是雲家未來的宗婦啊，我為什麼就不能幫自己的親姊姊一把？人都有親疏，妳說說，我哪兒錯了？」

「姨媽是您親姊姊，雙娘就不是我的親姊姊了？」三娘捂著自己的臉道：「即便不是一個肚子裡爬出來的，但到底是一個爹！我沒想著要對她怎樣好，但也不能看著她往坑裡跳，這不都是一樣的道理？那我又錯在哪兒了？」

「妳……妳……」顏氏喘著氣，頓時就有些無言以對。她將顏家看得重，她的女兒卻更看重雲家。這錯了嗎？

怡姑走了進來。「三姑娘先回去吧。」她推三娘出去，小聲道：「這裡有我。不早了，姑娘先去歇著吧。」

雲三娘有些後悔，她握緊拳頭。自己怎就這麼艱難？她是自己的母親，天生就在一個陣營了的，背叛母親，就如同撕扯自己身上的肉。為了雙娘，母女就能起這樣的衝突，那麼將來有一天，為了那個人，又會是怎樣的結局呢？她不敢往下想。母親從沒打過她，從小到大從來沒有。這是自己第一次挨打，但心裡卻不敢有任何不滿，甚至添了更多的歉意。因為，自己正在一步步謀劃著，走向母親的對立面。

但她又不覺得這是對立的，她覺得，母女就應該在一個陣營裡，也注定在一個陣營裡，不是她遷就母親，就是母親遷就她。她相信，真有那一天，母親還是會遷就她的。

至於母親是不是會因為背棄自己的娘家，背棄自己的姊妹而痛苦，她不敢往下想。

那個人彷彿站在天河的那頭，伸著手，時刻在等著她。

回到院子，意外的是雙娘正在屋裡端坐，顯然等了不少時候了。

看著三娘臉上的巴掌印，雙娘嚇了一跳。「太太打妳了？」難道三娘跟太子的事，被顏氏知道了？

「沒事。」三娘打發了丫頭。「二姊來我這裡，不會是閒著無事找我聊天吧？」

雙娘看著三娘，嘆了一口氣。「妳的事，我知道了。」

三娘搖頭一笑。「我猜出來了，五娘幫妳打掩護的。」

「不是。」雙娘搖頭否認。「五妹沒出過屋子，她的丫頭也是後來才出來的。那天維護我，可能就是氣不順，想跟妳頂嘴，趕巧了。」

三娘沒有說話，只是道：「那二姊想幹什麼？」

「簡親王府這親事，我不想出意外。」雙娘嘆了一聲。「我不瞞妳，二哥的樣子妳也看見了，成不了事，人又渾，沒有我護著，他將來得被人生吞活剝了。我姨娘又是個那樣的，不添亂就不錯了，還能指著她什麼？所以，三妹，這樁親事，不能出錯。」

「那麼，妳這是拿了我的把柄，想要脅我？」三娘閉著眼睛道。

「三妹！」雙娘深吸了一口氣。「我不是君子，我動過這心思。但是，哪怕妳不聽，我還是要說。太子的事，妳要三思，別一時被情迷住了眼睛……」

「那又如何？即便有什麼後果，我也甘願承受！」三娘怒目看著雙娘。她不蠢，太子的感情來的太快、太莫名其妙，她只是陷進去了，就是不願意醒來。她堅信，自己一定能夠贏得那份心。只要有機會，她有大把的時間去爭取這個男人！

雙娘看著三娘。「既然如此，那麼，我要成為簡親王妃，也會做好這個王妃。而我，則欠妳一個人情，在妳需要的時候，我還妳這個人情。」

「成交！」三娘低聲應了一句。

那天之後，聽說三老爺禁了三太太袁氏的足，不許她再出門了。以後家裡來客，也不許三太太出來。

聽到這個消息的五娘只是笑了笑，沒有言語。這對六娘當然是有利的，但是六娘記在誰名下的事情，全在六娘自己的選擇。姊妹再好，誰也不能代替誰作決定。

她收斂了心神，靠在榻上寫字，一徑的打發丫頭出去。

屋裡沒人以後，紅椒溜進來道：「今兒我回家去，我弟弟才偷偷跟我說，青屏苑的表小姐打發了人，連著兩天去了外頭。頭一天我弟弟也沒在意，第二天去的時候，那丫頭直接去了英國公府成家。倒是沒見跟什麼人見面，好似在外面轉了幾圈，像是打探消息的樣子，見她塞了幾個錢給成家跑腿的小廝，打聽什麼。」

雲五娘點點頭。「我知道了。叫妳弟弟盯著吧，若是還打發人再出去，妳就叫他跟妳說一聲，咱們另外打發人跟著。妳弟弟還小，臉也太熟，誰都知道你們的關係，讓人警覺了就不好了。」

紅椒應了一聲，才悄悄地退下去。

雲五娘的心卻不在手裡的書上，而是琢磨起這個蘇芷了。她這是想跟周媚兒聯絡了？還真是一個能屈能伸的人物。當初那般的看不上周媚兒，如今反倒捨得下臉去屈就。可是周媚兒又能幫她什麼呢？

半下午的時候，老太太就發下話來了。明天去簡親王府，叫她們都去，衣裳、首飾挑好的穿戴。

香菱挑了幾件鮮亮的，雲五娘都搖搖頭。「明兒二姊姊是主角，紅花還需綠葉配。我就是去當綠葉的，只要素淨，中規中矩就好。」

香菱這才皺著眉，應了下來。

第二天，吃過早飯，在老太太院子裡會合。幾個人都是有譜的，除了雙娘看起來鮮亮一些，幾個姊妹都只能用得體來形容了。

三娘朝雙娘點點頭，相互隱晦地交換了一下眼神，微微一碰觸就錯開了。

顏氏姍姍來遲，可能是開始孕吐了，臉色說不上好。

老太太道：「要不，妳今兒就別去了，這一路上馬車顛簸，還得耗費一日的精神。」

顏氏笑道：「別的人家也就罷了，簡親王府卻是要去的。」說著，若有若無地看了雙娘一眼。

這就是表態了。雙娘的事，她不會反對。能親自去，就證明有親自促成此事的誠意。

老太太成氏詫異地看了顏氏一眼，才點點頭。「那就這樣吧。二丫頭，今兒妳跟著妳母親。她身子不便，妳照看好她。」

雙娘低著頭，臉上微微有些泛紅，輕聲應了一聲「是」。

五娘卻頗有深意地看了一眼三娘。

一起乘車的時候，三娘要跟五娘坐，五娘知道，三娘這是有話說。

「妳都知道了吧？」三娘問道。

「知道什麼？」五娘裝傻充愣。

「沾上毛妳就是個猴兒，什麼事情能逃得過妳的眼睛？母親對二姊姊的事鬆口，是我說服的。為這個，母親賞了我一巴掌。」三娘有些自嘲地道。

「三姊姊跟我說這個做什麼？」五娘看著三娘，想從她的眼神裡看出什麼。

「妳在山上的時候，就給二姊姊打掩護，那時妳就知道了。」三娘不是猜測，而是肯定地道。「但我能在山上做出那樣的事來，就從來沒想過能瞞住妳們。即便四妹，我也不指望能瞞過，但是我得承四妹的人情，謝謝她沒這麼著急地把這些事告訴老太太。妳猜，老太太是樂意還是不樂意？」她自嘲似地輕笑一聲。「敢做我就敢當，沒想要瞞著妳們。所以，不管妳知不知道，與我沒什麼影響。既然如此，妳承認了又如何？」

「直說吧。」五娘看著三娘，眼睛也不眨地道：「說了這麼多，三姊姊究竟需要我做什麼？」

「聰明。」三娘直接問道：「金姨，妳的生母，跟家裡是怎麼回事？」

五娘嗤笑一聲。「這個？我也想知道呢！」

「我知道妳不信金姨為母親擋刀的事。」三娘笑了一聲。「我也不信。」她低頭把玩著自己的手指，問道：「我是問，金姨究竟是什麼身分，讓家裡這般的忌憚？」

五娘面上露出恍然，既而是失笑的神情，心裡卻緊了一緊。「妳就想問這個？」十分無語的樣子。

「就這個。」三娘的眼裡閃過一絲猶疑，難道沒什麼值得挖掘的東西嗎？

「身分肯定是有的，我也有這樣的感覺。」五娘認真地道。「但我真的不知道。或許以後會知道吧，但現階段真不知道。要不，妳問問母親，知道答案了再來告訴我。」

「無賴！」三娘嗔了一句，就不說話，閉目養神了。她也沒想問出什麼，只是突然問出來，想看看五娘的反應罷了。可五娘臉上的表情是釋然、是可笑，這個絕做不了假。那就是說，金夫人和府裡確實有許多的故事，但未必就有太大的價值。她心裡舒了一口氣。

「三姊，妳真的決定了？」五娘轉移話題，不確定地問了一句。

「妳也有話說？」三娘眼睛都不睜，顯然沒興趣聽這些廢話。

「雖然不想說，但我還是叫妳一聲三姊的。得慎重。」五娘看著車窗外，輕聲道。

三娘的眼睛睜開一條縫，道：「我不蠢。如果妳見過太子和大皇子相處，妳就會明白我為什麼這麼做了。姨媽她……」三娘搖搖頭，沒有再說什麼。

也就是說，三娘更看好太子。這個評價跟宋承明倒是一致的。

「一旦姨媽失敗，顏家就跟著倒了，母親能依仗誰呢？」三娘的聲音很淡，透著一分苦澀。「如今的苦痛都是短暫的。有我在，母親就多了一分保障。想在顏家倒下去之後找母親清算的人，也會多一分顧忌。」

「妳防備的人裡，也包括我吧？」五娘搖搖頭，苦笑道。

三娘看了五娘一眼，什麼話也沒說，又閉上了眼睛，過了半晌才道：「妳不會那麼做，我知道。」她的話像是在呢喃。「妳想過要是顏家失敗了，父親的尷尬嗎？這個世子他還坐得穩嗎？」

五娘沒有說話。三娘說的，有她的道理。不管是為了她心裡那份虛無縹緲的感情，還是真的為了顏氏和雲順恭，五娘都沒有發表意見。三娘現在比任何人都清醒，她知道她的選擇意味著什麼。

「怎麼不說話？覺得我在為自己找藉口？」三娘又問道。

「不是。」五娘搖搖頭。「我是怕妳到頭來承受不了那個結果。」

「什麼結果是我承受不了的？」三娘問道。

「妳的身分，不可能成為太子妃。」五娘的聲音透著冰冷。「皇上就是再糊塗，也不會把皇貴妃的外甥女指給太子做正妃的。他不會給皇貴妃機會，讓她經由妳的手把持太子的後院，甚至連高位的側妃都有可能不會給妳。這個結果，三姊……妳能接受嗎？」

三娘的臉色一點一點變白，慢慢的失去血色，雙手緊緊攥成拳頭，就那麼怔怔地看著五娘，良久，才移開視線。

五娘的話，讓她再也沒有辦法逃避了。情感上，太子宋承乾是自己心心念念、放在心上的人；理智上，嫁給太子也是正確的選擇。有了這兩個前提，她覺得自己可以義無反顧。可是，當五娘一把揭開她可能要面對的結果時，她猶豫了

姊妹倆沒有再說話，只有馬車粼粼的車轍輾過青石板的聲音。

簡親王府今兒來的人肯定不少，但雲家的馬車還是在第一時間就進了王府的二門。姊妹幾人跟著老太太和顏氏，在指引嬤嬤的引導下，朝老王妃的院子而去。

王府自然比雲家更加的富麗宏大。

雲五娘這還是頭一次來。

雙娘攙扶著顏氏走在前面，四娘則湊到五娘身邊，低聲道：「簡親王的庶女，跟咱們年歲差不多，妳知道吧？」

五娘點點頭。簡親王已經三十了，就算有十五、六歲的孩子，都不算奇怪。事實上，他確實跟自己的父親差不多大。

四娘壓低了聲音。「昨晚祖母叫嬷嬷過去跟二姊姊細細地說了這王府的事，妳一會子也警醒著些。那些簡親王府的姨娘們，也不是吃素的。」

「放心。」五娘打包票道：「敢出來蹦躂的，我一準給收拾回去！」

「不管怎樣，對二姊姊來說是好親事了，也是二姊姊願意的，今兒可不能出了岔子。」四娘再一次鄭重地囑咐。

「記住了！」五娘趕緊非常認真的應下來。

剛一進院子，就跟一行人碰了一個正面。打頭的是一個十五、六歲的少年，看見他，五娘能想起的一個詞就是「美人如玉」，端是好相貌；後面跟著一個三十歲上下、蓄著短鬚的男人；最後則是一個十七、八歲的青年。

這青年五娘倒是認識，正是除夕晚上還見過的遼王宋承明。

此時他的眼睛從一眾人身上掠過，沒做絲毫的停留，彷彿不認識自己一般，五娘也就收回了視線。

遼王走在最後，那麼，前面的兩人要嘛比他年長，要嘛身分比他高。

這是簡親王府，那三十歲的短鬚男，不用想也該是府裡的主人簡親王。

簡親王前面的十五、六歲少年，就該是太子了。否則，還真沒有誰有資格讓這兩個王爺給他當跟班。

簡親王一愣，沒想到跟雲家的女眷走了個面對面。他心裡頓時就明白了，只怕是有讓自己相看的意思。上次倒是看了，只是看錯了人罷了。他眼睛一溜，就找到了顏氏。扶著顏氏的姑娘，一身玫紅的衣衫，襯得臉盤瑩潤嫩白，看著也是個乖巧的。比自己的閨女大不了多少，他此時的心裡，還真升不起別的心思來，因此匆匆一看，也就收回了視線，對著老太太成氏點點頭。

老太太跟太子自然是熟識的，連忙行禮。「老身給太子殿下見禮，給兩位王爺請安。」顏氏連同她們姊妹一起行禮。

宋承乾趕緊扶了。「老夫人起吧。」他笑容親熱，讓人如沐春風。「如今身體還好？好些日子不見您進宮了。上次江夫人進宮還說起您，說您越發的懶怠了，只在家含飴弄孫。」

老太太笑著道：「老了，不中用了。在家裡跟孫子孫女們逗逗悶子，一天也就過去了。」

「這就是表妹們吧？」宋承乾笑道。「小時候還見過，這幾年大了，倒都不認得了，是該常帶表妹們出來走動走動的。」說著看了簡親王一眼。「看來得提前恭喜簡王兄了。」

簡親王拱拱手，道：「殿下莫要說笑了！請老夫人進去吧，外面怪冷的。」

「是孤的不是了。」宋承乾的眼睛往三娘身上一瞄，見這姑娘今兒有些躲閃，他眼睛微微一瞇，臉上神色卻不變地道：「老夫人請。」

「太子先請。」老夫人躬著身，請太子一行人先行。

等太子、簡親王、遼王出了院子，眾人才舒了一口氣。

六娘悄悄問：「跟在最後的那個人是誰？」

五娘搖搖頭，面不改色地道：「不認識。」

宋承明剛跨出門，就無比清晰地聽到這麼一句。

不認識?!呵，好一個不認識！看來是得找機會好好認識認識！

老王妃看見是成氏和顏氏帶著雙娘來的，臉上的喜意就越發的濃郁了，這就證明雲家是同意這門親事的。

接待這些姑娘的是簡親王的庶長女，叫宋錦兒，十四了，只比雙娘小一歲。簡親王好似一直也沒有給她請封，身上倒沒有縣主、郡主的封號。

這叫雲家的幾個姑娘自在了一些。要是動不動就得行禮的話，那還是算了吧！就拿雲五娘來說吧，她寧可窩在自己的屋子裡，也不願意出來給人屈膝的。

「聽說妳是庶出的？」宋錦兒看著雙娘，眼裡帶著幾分輕蔑。

這般挑釁，雙娘能怎麼答呢？怎麼答都不合適。她進門是要做長輩的，如今若跟晚輩起了爭執，不管是為了什麼，都不是光彩的事。

四娘眉頭一挑，對五娘道：「這位郡主是先王妃所出嗎？」

五娘搖搖頭，看了宋錦兒一眼，猶豫地道：「沒聽說啊……許是我記錯了也未可知。」

六娘站起身來，立即就行了個禮。「給郡主賠罪了！原是我們姊妹見識淺薄，妳別怪罪才好。」

三娘喝斥一聲。「都胡說什麼呢！郡主是朝廷的誥封，哪裡是能隨便叫的？知道的說是妳們不懂規矩，不知道的還以為是簡親王府的大姑娘僭越了呢！這不是害了人家嗎？」

四娘恍然道：「啊！原來姑娘不是先王妃所出啊？」

六娘站起身拍了拍胸口。「我還以為得罪貴人了呢，真是嚇死我了！」

五娘又看了宋錦兒一眼，一臉傻了吧唧、沒心沒肺地道：「那妳幹麼看不起二姊姊是庶出？誰跟誰不是一樣的呢？我娘還有誥命呢，我還沒看不起妳，妳咋就先看不起人呢？」

宋錦兒的娘不是什麼側妃，就是簡親王的一個丫頭而已，沒上宗牒。

三娘忙一臉歉意地笑道：「我這妹子說話一向直來直去，妳千萬別見怪啊！」

宋錦兒才問了一句，人家雙娘嘴都沒張呢，就那麼坐著微微的笑，結果這邊上的幾個姑娘就跟瘋狗似的，妳一句、我一句，沒完沒了，擠兌得自己連話都說不出來了！

宋錦兒指著幾人。「妳……妳們……妳們給我等著！」說完就提著裙襬跑了。

「壞了！看看，把人給氣跑了！」四娘笑了一聲，推了五娘一把。「都怪五丫頭！」說著又笑道：「來來來，給我們再把妳剛才的表情擺一遍，就那副傻了吧唧、跟腦子缺根弦一樣的那個表情！」說著，又忍不住笑。

幾個人湊做一堆，直笑五娘。

五娘翻了白眼道：「我是為了誰啊我？笑什麼笑？」

「妳們說，就那點水準，還敢到咱們姊妹面前撩撥，不是找難受嗎？」六娘覺得心裡舒服了。果然，欺負人比被欺負是舒服不少。

三娘瞪了她們一眼。「都消停點。別人不惹咱們，咱們也最好別惹人。」

雙娘只抿嘴一笑，什麼感謝的話都沒說。這就是姊妹，不見得和睦，卻絕對不允許別人欺負。

這大廳裡還有不少的姑娘，但都矜持的坐著。姑娘們交際也是有講究的，不是誰跟誰對脾氣就能在一起玩的，都是看家裡的風向，才選擇跟誰親近。

雲家姊妹對這樣的社交一直都興趣缺缺。只要雲家不倒，喜歡跟她們交往的人多的是，只是真心難尋罷了。

不一會兒，進來一個十七、八歲的姑娘，月白的襖，淺紫的裙，長得十分纖細，直接就往雲家姊妹的所在走來。「是雲家的姑娘吧？」她笑著道：「我是給各位致歉的。我們家錦兒不懂事，得罪各位姑娘了，還請妳們別見怪才是。」

姊妹幾人隱晦地對視一眼。還真搬來救兵了？

這人什麼背景完全不知道，她們還真不好下嘴。

三娘微微一笑。「姊姊瞧著面生，竟是沒見過的。以姊姊的姿容，我不該沒印象才對。」

那姑娘微微一笑，臉色一紅。「我才從江南來，王爺……他……他是我姊夫。」

五娘眼睛一瞇。一句姊夫妳叫得柔腸百結，不知道的還以為是妳情夫呢！

雙娘手一緊，眼睛微微地瞇了起來。

三娘的臉色就冷下來了。「先王妃是姑娘的親姊姊？」

那姑娘一笑。「是啊！是嫡姊。」

幾人就明白了。估計先王妃的娘家，有讓庶女為續弦的打算啊！

五娘倏地站起來，拉了那姑娘的手就往正廳走。

那姑娘纖細，即便大五娘幾歲，也扯不過五娘。

三娘幾人都嚇了一跳，不知道五娘這是要做什麼？

雙娘反倒最平靜。「五妹從來沒瞎鬧過，她有她的道理。有的事情，直著走可能比繞著走要省勁許多。」

四娘跟了過去。「先去看看再說。」

「妳要幹什麼？」那姑娘臉都白了。她到京城的時間不長，但不管是江南還是京城，都沒遇見過這種什麼話也不說，直接上手的人！這姑奶奶到底是個什麼來路？

五娘理也不理她，對著周圍看過來的人，她也只當沒看見。

大廳裡面的人早就聽到外面的動靜了，還疑惑出了什麼事，就見一個十二、三歲的姑娘，拉著一個十七、八歲的姑娘進來。

老太太成氏和顏氏見狀，嚇得差點從椅子上跳起來。

五娘將那姑娘扯到老王妃跟前就跪下身，磕了一個頭，這才扭頭對成氏道：「祖母，孫女又闖禍了，得罪了不該得罪的人！」

老太太成氏眼神一閃，就道：「妳又怎麼得罪人了？還不趕緊跟老王妃請罪！」

老王妃一看五娘身後那女子，臉就拉了下來。不用問都知道，是那女子跑到人家雲家姑娘面前說三道四了，要不然雲家的姑娘不會這般行事。

五娘挺直著腰背，對著老王妃道：「您老恕罪，咱們實在不知道這位姑娘她是……她跟……跟王爺是……」她一副難以啟齒的樣子。「總之，是我們姊妹的不對！今兒先是得罪了大郡主，接著這位姑娘就來了，說是他們家錦兒如何如何的。也是我們姊妹蠢笨，人都道聽話聽音，實在是我們見識淺，沒想到那一層去。貴府的大郡主都是這姑娘家的，聽聞大郡主又不是先王妃所出，我們真是沒想到……」

五娘的話，聽起來毫無邏輯，好似真是一個孩子嚇壞了一般。可仔細一琢磨，這滋味就不對了。

什麼叫先得罪了貴府的大郡主？這府裡可沒有郡主。那就說明，是這家的庶女擺著郡主的款去為難人家雲家的姑娘了！才有了娶雲家姑娘為續弦的意思，家裡的庶女就出來蹦躂，這是什麼意思？給誰難堪？給誰下馬威呢？

什麼叫接著這位姑娘就來了？怎麼那麼巧啊？是那位所謂的大郡主回去請了救兵，還是這位姑娘本就是幕後之人，見派出去的人不頂用，才自己披掛上陣的？這說得清楚嗎？還有，這女子跟王爺究竟是什麼關係，讓人家姑娘這般難以啟齒？又是什麼身分，能將王府的大姑娘都說成是她家的？

雲五娘說話，用重音強調重點，人家想聽不明白潛臺詞都不成。這句句都是請罪，可卻句句都是髒水，直往人身上潑！

老太太成氏嘴角的弧度一下子就放鬆了下來。

顏氏看了五娘一眼，這丫頭，真真是豁得出去的，這一點隨了她的親娘金氏。

老王妃能相看雲家的姑娘，就是不贊成簡親王娶這位姑娘。但留在府裡沒送走，未嘗沒有給個名分的打算，畢竟有先王妃留下的嫡子在，這點臉面還是要給先王妃的娘家留的。既然知道了，那麼，就不能叫雙娘成親後面對這樣一個尷尬的局面。已經有元配嫡子了，以雙娘的性子，斷然不會對人家的孩子怎麼樣，但中間若攪和著這麼一個人，就什麼事情都可能發生了。

乾脆一不做二不休，直接擺到檯面上。

能在相看續弦的時候都不安分，可見這是個什麼樣的人，老王妃要是在這樣的境況下還下不了決斷，至少能幫雙娘看清這王府的情形。進府後該怎樣行事，她也好有個章程才是。

如今眾目睽睽之下，老王妃會留下這個攪家精嗎？可能性不大了。

即便雙娘以後還會面對簡親王的妾室，但這妾室卻絕不能出自先王妃的娘家。有元配嫡子在，這家裡就已經很敏感了，這嫡子的親姨母若是進了府，時不時地拿先王妃出來唸叨二，時日久了，再好的夫妻情分也都散了。中間隔著這麼一個人，就永遠也走不近了。

「好孩子，快起來吧！」老王妃示意身邊的嬤嬤將人扶起來。「妳是好孩子，不是妳的錯。」

那是誰的錯，自是一目了然了。

那姑娘本就有些緊張，又被雲五娘一張嘴就胡說八道給氣得說不出話，臉也臊得通紅，如今老王妃下了這樣的定語，她的身子就有些搖搖欲墜。

「老王妃，我跟姊夫……姊夫……」說著，臉又臊得通紅。

雲五娘都不知道該說什麼了。一句「姊夫」被妳這般曖昧地叫，誰不誤會？這可不是自己潑髒水的緣故。

「這姑娘身子不好，進京求醫的。開了春，就該著家去了。」老王妃叫丫頭將人攙下去，如是道。

那就是不會納進王府了。

雲五娘悄悄地退回顏氏的身後，正準備功成身退了，就聽見老王妃對顏氏道——

「這丫頭是妳養的吧？像妳！」

這話也不知道是褒還是貶。

顏氏心道：哪裡像我？我可沒這股子當眾要強的狠勁！

雲五娘都已經要退出去了，那宋錦兒卻猛地跑了進來，一把拽住五娘的胳膊。「妳胡說什麼了？」她拽著五娘的胳膊，對老王妃嚷道：「祖母，都是她胡說的！」

雲五娘怎麼辦？能跟人家主人吵嗎？顯然不成。因此她一副「拿妳沒辦法」的無奈樣子，跟著點頭，接話道：「是啊、是啊！是我胡說的，郡主恕罪吧！妳說什麼就是什麼！」

她掙扎了一下，這姑娘勁還挺大的。

「錦兒，放手！像個什麼樣子！」老王妃險些被氣死。這孩子自小就不帶腦子，這回又是被哪個給攛掇了？

「她剛才嘲笑我是庶出的！嘲笑我不是郡主！」宋錦兒嚷道。

喲！這是長腦子了，知道拿郡主說事了！想借著這個機會叫老王妃知道她的委屈，好為她賺一個郡主回來啊？

「是啊、是啊，郡主說的對，我剛才就是嘲笑郡主是庶出的！」五娘還是那副無奈的樣子，說完卻猛地拉住宋錦兒道：「不對啊，郡主。」

「怎麼不對？」宋錦兒扭頭問道。

「我也是庶出的，妳給找的這個罪名，我就算承認了，也沒人信啊！有自己嘲笑自己的嗎？妳重新找一個吧，找什麼我都認，這個真沒人信！」雲五娘說得無比的誠懇。

屋子裡就此起彼伏地傳來笑聲。

「妳就是個無賴！」宋錦兒的臉都氣白了。

雲五娘嘻嘻一笑，另一隻手上去反拉了宋錦兒的手。「走啦走啦！玩笑開過了就不好玩了，一會兒老王妃真的生氣了，我是一走了之，回我家去了，反正我祖母和母親都疼我，捨不得罰我，可妳怎麼辦？」一邊說，一邊半真半假地拉著宋錦兒出門。可不敢再繼續鬧了，太過了，就真得把這門親事給攪黃了。

雲雙娘見雲五娘拉著宋錦兒出了門，這才鬆了一口氣上前道：「您恕罪，她們倆剛剛說著說著就惱了，這會子只怕又好了。」

老太太成氏一笑。「我們家五丫頭叫她母親給慣壞了，再沒有她怕的人了，回去後我一定罰她。」

顏氏笑著點點頭，她就是那個慣壞了庶女的慈心嫡母啊！這個鍋她揹得……已經習慣了。

老王妃心想：妳們家那丫頭可比我們家的姑娘心眼子多多了！錦兒那真是賣了都給人家數錢呢，這會子只怕已經又被人忽悠住了吧？不過，看著這個鬧騰的姑娘，就知道雲家的姑娘大概是什麼成色了。這雙娘雖是庶出，要是也有這份頭腦與機變，那可算是撿到寶了。府裡，她再沒有不放心的了。

她心裡一嘆，就道：「孩子們玩鬧，好了惱了的很正常，要不怎麼說是孩子呢？」

第十三章

雲五娘跟宋錦兒相互扯著，走到了院子裡，見院子裡人來人往，五娘便又扯著她往園子裡去。回頭一瞥，見四娘和六娘帶著丫頭遠遠地跟著，也就不怕這兒人生地不熟的吃虧了。

她心裡踏實了，就看了一臉憤恨的宋錦兒一眼。

「還不放手？」她實在沒力氣跟這丫頭拉扯了，就白了宋錦兒一眼。「今兒妳得謝謝我，要不是我機靈地拽著妳出來，妳知道妳給你們王府、給妳爹、給妳祖母丟了多大的臉嗎？」

「我呸！」宋錦兒啐了雲五娘一口。「欺負了人還要人家謝妳，妳以為本姑娘是傻的？」

雲五娘一笑。「我還就當妳是傻的！」她瞪了宋錦兒一眼。「妳好端端的欺負我姊姊作甚？」

「誰欺負妳姊姊了。」宋錦兒見四下無人，就道：「我就是要告訴她，這王府不是好進的，這王妃不是好當的！」

「誰要當王妃了？」雲五娘一臉迷茫地道。

宋錦兒一愣，接著道：「妳最是滿肚子心眼，我要再信妳的話就是棒槌！」

「妳聽了誰的昏話就相信啊？我姊姊才十五歲，剛剛及笄而已，妳爹都多大了？我姊姊又不是嫁不出去！」雲五娘十分氣惱，虎著臉瞪著宋錦兒。「妳要再敢這般毀我姊姊的名聲，咱們現在就去老王妃那裡見個分曉！就算是王府，也不能這般隨便毀人家姑娘的名節啊！妳到底聽誰說的？」

宋錦兒一愣。「我就知道妳不承認！何側妃早就說過了，雲家的女人厲害著呢！」

「原來是何側妃啊！」雲五娘呵呵一笑。「這可是妳說的，咱們現在就去，把這個何側妃教唆妳鬧事的事告訴老王妃去，再把何側妃叫來，咱們對質！」

宋錦兒面色一變。「誰說了？我說什麼了？」顯然十分怕何側妃。

雲五娘堅持要去告狀，因此宋錦兒一把推開雲五娘，撒丫子就跑。

「死丫頭！好大的勁。」雲五娘從地上站起來。

四娘一把拉過五娘，就要拍打她身上的土。

五娘趕緊給阻了，她就打算留著這證據回前面去，這可比什麼告狀都要好用呢！

「五姊，妳沒事吧？」六娘上下打量五娘。「那丫頭什麼毛病，怎麼突然動手？妳剛才沒吃虧吧？」

「沒有。」五娘搖搖頭。「那就是個沒腦子的傻妞，這背後有攛掇的人，要不然，她那腦子，能鬧出什麼啊？一咋呼什麼都往外倒！」

「背後誰啊？」四娘問道：「是不是那兩個側妃不消停？」

「咬人的狗不叫。」五娘搖搖頭。「這何側妃能找上這麼一個沒腦子的出來蹦躂，就知道她自己也高明不到哪裡去。真正要在意的，倒是那個循規蹈矩的。」

四娘點點頭。「沒錯，是這個道理。」她嘆了一口氣。「我怎麼突然對二姊以後的日子不抱期待了呢？如今都要這般的勾心鬥角了，以後呢？這日子沒法子過啊！人家兩個側妃跟王爺是什麼感情？那是相伴十幾年了吧！再加上元配嫡子、庶子庶女。就拿宋錦兒來說吧，就是再蠢，人家也是王爺的親閨女，即便再有理，難道王爺還能偏著這新來的人？幫親不幫理，大家不都這樣嗎？」

「是啊！還不如找個簡單的人家呢！明年該是大比之年，找個新科的進士，家境不要多好，人好就成，年輕有為，還得扒著咱們過日子，誰敢給臉色看？」六娘嘆了一聲。「不過話說回來，這新科進士看著如今好，誰知道以後怎樣呢？」

三姊妹絮絮叨叨地往前院去，壓根兒就不知道她們正在談論的那個傻妞的爹就在後面假山後轉出兩個人影，一個是簡親王，一個是遼王。

「這雲家的女人啊，是真可怕！」簡親王嘀咕了一聲。這跟自家的閨女年紀相仿，看著還沒自家閨女大呢，瞧這一個個的心眼子。

簡親王黑著臉，遼王憋著笑。

「簡王兄這是不打算要雲家的女人了？」遼王促狹地問道。

「我這府裡，還就是缺一個本分又聰明的人。要是那個雲家的二姑娘都跟剛才那幾位姑娘一樣，那我還真是占便宜了！」簡親王一笑，看了遼王一眼。「你呢？有什麼打算？」

宋承明不自在地扭過頭，沒有說話。

簡親王嘆了一聲，道：「說句托大的話，我都是能做你父親的年紀了，有什麼不能跟我說的？你父親是我的堂叔，說是叔姪，可我一直跟在他身邊做陪讀，像親兄弟一般的長大。你父親可不像你這般，什麼事都藏在心底。」

宋承明微微一笑，道：「可他死了，早早的死了，朝廷的太子就那麼莫名其妙的死了。」

簡親王面色一白。「以後再也不要提起這個話。你記著，別提起這個話。」

文慧太子的死，是簡親王心裡的一個傷疤。對於比自己年長三歲的堂叔，簡親王敬重他，他是君，也是兄。可突然一覺醒來，他就那麼悄無聲息的死了。那年，他十五歲，而簡親王自己才十二歲。

「我就是不明白。」宋承明苦澀一笑。「既然不願意將江山還給太宗一脈，又何苦假惺惺地封父親為太子？皇祖父不是已經將父親封為遼王了嗎？送走父親去遼東不就好了？為什麼費盡心機，非要繞這一圈呢？就只為了名聲？」

「當然不光是名聲。」簡親王小聲道：「太宗在世時，有多少忠臣良將都是只對太宗盡忠的，先帝他根本就收攏不住人心。你父親成為太子，就能將這些舊部的心收攏起來，這個江山他才算坐的穩。十幾年過了之後，那些太宗舊臣老的老、死的死，還剩下幾個呢？你父親這個太子自然就失去了作用。再有，你父親端是一個風光霽月的君子，而當時還是皇子的當今聖上就顯得稚嫩多了，兩相比較，結果自在人心，若等到你父親羽翼豐滿，只怕先帝也壓服不住了。就算親兒子是太子都不能完全放心了，何況是比他還名正言順的太子呢？誰又能毫無戒心地將這萬里江山還回去？」簡親王看著遼王，嘲諷地笑道：「只是到先帝病重的時候，最常唸叨的反而是你父親。他怕了，怕到了下面，見到太宗和你的父親。」說著，有些悵然。

宋承明抬頭看著在樹梢上跳躍的麻雀。「如今，那位倒是希望我在京城留兩年，以給太后守孝的名義留下。」

「這是好事。」簡親王笑道：「這幾年你在遼東經營得還不錯，可是跟京城還是疏遠了些。你需要時間去熟悉京城的人和事，京城的人也需要進一步認識你。」

「我答應了。」宋承明笑了一下。「如今，他準備給我在京城建一座王府呢！」

「你怎麼說的？」簡親王問了一句。

「我的要求可就多了，畢竟不光是要自己住，後代子孫也要住的，自然要一步到位才好啊！」宋承明嘴角泛著冷笑。

「就得這樣說！」簡親王讚賞地點頭。「就是要一副準備在京城長住的樣子，要不然，他也不能放心。」他說著，看了一眼宋承明。「為你選王妃的事情，你可要好好掂量，別弄個身分不對的，那就麻煩了。若是有合適的，早點留意，你的事，估計得兩年以後才說，時間還很充足。看好了人，提前告訴我一聲，我也好知道該怎麼為你周旋。」

宋承明咳嗽了一聲，問道：「你覺得剛才那個如何？」

「哪個？」簡親王問完，才恍然。「就那個一肚子心眼的那個？」

宋承明又咳嗽了一聲。「如何？」

「這……好是好啊！就是年紀是不是小了點？」簡親王不確定地道。看著比自家閨女還小呢！

「兩年後也十五了。」宋承明強調了一句。

「喔！」簡親王笑了一聲。「你小子這是認準了吧？」

「我這樣的情況，找個蠢的，不是找死嗎？」宋承明解釋了一句。

「哈哈……」簡親王上下打量了遼王一眼。「就是說，咱們不光是堂兄弟，還是連襟了！」

「還不知道成不成。」宋承明不自在地扭過臉。

「喲！這不成了……你打算怎麼著啊？」簡親王還是第一次見這小子患得患失，這是上了心了，肯定不是第一次見面！虧得今兒在院子裡碰見的時候，兩人跟陌生人一般，誰也不搭理誰，裝得挺像啊！

宋承明一甩袖子，轉身就走了。

簡親王不由得懷疑，到時若不成，這小子真敢將人搶了，直接奔遼東去！

卻說這三姊妹一進院子，四娘和六娘就扶著五娘進了偏廳。

「這是怎的了？」一旁就有個姑娘這般問。

四娘猶豫了半天才道：「呃……不小心摔的，摔臺階下了。」

這姑娘愣了一下。摔了就摔了，妳猶豫什麼啊？有什麼不能說的嗎？

另一邊同時也有一位姑娘問六娘。「怎麼摔的？不要緊吧？」

「沒看路，被石子絆了一下，磕在花壇邊上了。」六娘十分索利地回答。

「剛才不是說摔在臺階下了嗎？」那邊的姑娘就問四娘。

「說了嗎？我說了嗎？」四娘十分疑惑，然後不好意思地道：「喔，那臺階下就是花壇吧！」

啊呸！妳家花壇建在臺階下，等著人天天往裡面撞了呢！

不一時，就有丫頭將偏廳的事情告訴了老王妃。

老王妃面色一青。這不靠譜的，難不成真敢動手？這偏廳裡各家的姑娘都看見人家姑娘被扶著回來了，說得清嗎？她想裝作沒看見都不成啊！做人沒有這樣的，到你們家裡來做客，就讓你們家姑娘這般欺負人家的姑娘啊？她忙叫人把五娘招來。

五娘這會子身上已經收拾齊整了，她見了老王妃還笑咪咪的。「大姑娘已經去何側妃那裡了，您老人家別擔心。」

大丫頭去何側妃那裡了？原來弄鬼的是她啊！

「好孩子，錦兒是不是欺負妳了？回頭我幫妳教訓她！」老王妃叫丫頭拿了一塊玉珮出來。「這東西還是當年太后賜的，如今給妳吧。」準備拿東西賠罪。

雲五娘咧嘴一笑。「您老的東西都是寶貝，我是真想要，但是大姑娘真沒欺負我！我們在院子裡玩著，結果我不小心被樹枝絆了一下，跌在石子路上了，真的一點事都沒有！」

老王妃一笑。「好孩子，拿著吧！我是喜歡妳才給妳的，跟其他的不相干。」

五娘這才接過來，笑著告退了。

老王妃是真有點喜歡這個姑娘了。人前給了面子，沒告狀，處處都是維護大丫頭。可她哪裡聽不明白裡面的意思？三個人三種說辭，不是擺明了告訴她這裡面有鬼嗎？而且連幕後的黑手都找到了，就是何側妃。真是個機靈的丫頭啊！她對雲家的二姑娘也多了幾分期待。

「妳可是真會養孫女，個個都是好的。」老王妃拉著老太太的手直誇。

老太太鬆了一口氣，沒出大亂子就好啊！

那些原本還有些嫉妒雲家能跟王府聯姻的人家，看了這一齣戲後，都有點往回縮了。這王府也不是一般姑娘能擺佈開的啊！

雙娘的手慢慢地鬆開，紅霞緩緩爬上了臉龐。

從簡親王府回來，雙娘的事情就已經大致定下來了。

婉姨娘頓時就得瑟開了，這可是親王王妃啊，這王妃是從她肚子裡爬出來的！一時之間，她說話的語調都變得不一樣了，帶著幾分居高臨下，就是同顏氏說話，也有幾分平起平坐的意思。

顏氏懶得同這個糊塗人計較，只是對三娘冷笑道：「看到了嗎？這就是妾室的本性，她們骨子裡，每時每刻都琢磨著怎麼取而代之，這就是妳一心一意要幫助雙娘的結果。要是我肚子裡的這個不是兒子，要是妳的夫家不顯赫，要是妳姨媽在宮裡出一點岔子，那麼，我們就得永遠仰人鼻息地活著。」顏氏的面容冷肅。「這就是妳想要的結果嗎？等著她們將屬於妳的東西一點點剝奪掉？」

不！當然不是！

可是，自己卻要去做那個連自己都鄙夷的妾室嗎？

真的要這樣嗎？

三娘的心陷入了一種無法自拔的痛苦之中，她此刻似乎有點理解姨媽了。姨媽也是嫡長女，是一個家族傾心培養的，就是按照大家族宗婦的模子教養長大的。可是，到頭來，還是低了別人一頭。這樣的身分錯位，是何等的痛苦？

她一個人靜靜地走回自己的院子，五娘說過的話不時地閃現在腦海裡。

她知道，自己不可能成為太子妃。不是正妃，那自己的處境跟姨媽何其相似？

難道自己也要變得跟姨媽一樣，汲汲營營一輩子，就是要爭取那個正室之位？對於姨媽而言，這輩子唯一能變成正室的機會就是成為太后。只有成為太后的女人，才是能陪在皇上身邊的女人。可姨媽這條路走的有多艱難，而成功的可能性卻不大。

一個明晃晃的失敗例子就擺在眼前，難道自己還要重複一次這樣的老路？

她自詡是個聰明人，從理智上來說，這樣的選擇得不償失。

但從情感上，一旦想到今生跟那個人再沒有緣分，心裡就止不住的疼，疼得不能呼吸；想到要嫁給其他人，心裡就沒來由的排斥，一陣陣泛著噁心。

怎麼辦？

她攤開手掌，又緊緊握住，再次打開，什麼都沒有。就像自己一心想要追逐的一樣，只是一場空罷了。

放棄吧！似乎總有一個聲音在心底呼喊。

是的，也許這就是自己內心深處的聲音罷了。

半圓的月亮掛在天上，透過窗戶照了進來，風也從那裡擠了進來。身上冷，但哪裡抵得上心裡的寒意？

「怎麼這麼不愛惜自己？」

聲音還是那般的醇厚清雅。一定是太想他了吧？三娘將臉埋在膝蓋上，眼淚順著臉頰流。不要再想了，明知道不會有結果，自己又是何苦呢？

表哥很好。她這般安慰自己。表哥雖然暴躁，但從來不會對自己發脾氣；表哥雖然粗魯，但在自己面前一直很文雅。自己提過的要求，他從來沒有拒絕過；自己想要的東西，他總是第一個給自己找來。這輩子，大概再也找不到這麼一個傾心對待自己的人了。

看到簡親王府，就知道雙娘將來要面對什麼。但三娘可以肯定，表哥不會讓自己過那樣的日子。不管有沒有道理，他總是站在自己這一邊的，從來不會懷疑。自己哪怕錯了，他也會將錯就錯。這般的寵愛，就是父母也沒有給予過自己。

自己憑什麼嫌棄他、拋棄他？一時間，懊惱充斥著三娘的心。

等心慢慢地靜下來後，彷彿風也止住了。身上一暖，是披風裹在了自己身上。是瑪瑙嗎？三娘皺皺眉。「不是說了，沒有我的允許不要進來嗎？」

「孤……我是見妳冷……所以才……」

三娘愕然抬頭，眼前竟然是自己日思夜想的人！

「殿下怎麼來了？」她想起身，但是腿麻了，只能就這麼怔怔地看著眼前的人。

宋承乾好似有些手足無措，目光沒有放在三娘的身上，那樣會顯得很失禮。「今兒在簡親王府見了妳一面，瞧著妳好似瘦了，沒緣故的又那般躲著我，我不放心，就出來看看。」

「您怎能這般冒失呢？您的安危關係著天下，怎麼能輕易……」三娘止住話頭，不自在地別過臉，想起自己的決定，就更不敢看他一眼了，她怕她的心不由自己的理智。她深吸一口氣才道：「殿下回去吧。咱們這之間，於禮不合。」

宋承乾的眉頭一皺。都說最難捉摸的就是女人的心，前些日子還信誓旦旦地要跟自己在一起，怎麼轉臉就又變了主意？不過看這樣子，又不像是自己想要放棄的。「妳怎麼了？」

「是我癡心妄想了。」三娘搖搖頭。「殿下早點回宮去吧，外面不安全。叫人發現了，咱們就說不清楚了。」

「這是何意？」宋承乾看著三娘。「妳這是要放棄了嗎？妳不是說總有一天會名正言順地站在我身邊嗎？」

「殿下請回。」三娘不敢回頭，只將頭扭向一邊。

「我要是娶妳做太子妃呢？」宋承乾看著三娘道：「我要是主動去父皇那裡，去請旨意，要娶妳做太子妃呢？要是我不在意妳是皇貴妃的外甥女，我不在乎這裡面的利益關係，我只要娶妳呢？妳還要趕我走嗎？」

三娘愣然地回頭，愣愣地看著他。「你知道你說的是什麼？」

「孤是太子，雖不是一言九鼎，但是口中卻從沒有虛言。今兒回去，我就去找父皇。」宋承乾看著三娘。「如此，妳可願意？」

三娘的腦子就如同炸開一般，完全沒有思考的能力。

她的眼睛迷茫水潤，睫毛上沾著的淚珠還沒有乾，就那麼愣愣地看著面前的男人。他的一雙眼睛如同一潭深水，怎麼也看不到底，她看不出他的思緒。

宋承乾看著三娘微微張著的嘴，紅潤飽滿，貝齒微微地露出個尖，他頓時就有了一探究竟的衝動。他走上前兩步，坐在炕沿上，問道：「妳還沒有回答我，妳可願意？」見三娘還沒有回過神，他猛地伸出手，托住她的腦後，嘴唇附上去，緊緊地貼在那櫻唇之上。

三娘的眼睛瞬間瞪大，繼而臉羞得通紅。她想要退縮，但怎麼也掙扎不掉，只覺得渾身的力氣都消失了一般。

宋承乾感覺到懷裡的身子由僵硬到柔軟，就不由得加深這個吻。

三娘只覺得自己的心都被勾出來一樣，直到快喘不上氣的時候，他才放開她。不知道是什麼感覺，又不捨、又留戀，但更多的是羞澀。她不敢抬頭去看他，雙手的手指相互糾纏在一起，不知道該如何是好。

「我說的是認真的。」宋承乾又把手伸過去，托在三娘的腦後，讓她的視線無從迴避。「我這就回去求見父皇，妳等我消息。」說著，手指在三娘的唇上流連了片刻，在三娘還沒有反應過來的時候，就從窗子上跳了出去。

「哎……」三娘想叫住他，只是人已經消失了。頓時，她的心裡就流淌起甜蜜，吃吃地笑了起來，又將手指放在嘴唇上慢慢的感受。

如果真能成為太子妃，那自己的糾結又算什麼呢？果然是庸人自擾之。

宋承乾出了雲家後，心裡那股子火也就散了。

「殿下，您真要去求娶？」李山輕聲問道。

李山是宋承乾的貼身太監，可謂是太子的第一心腹。

「為什麼不呢？」宋承乾的嘴角帶著幾分笑，但眼裡卻別有深意。

李山即使為太子的心腹，也琢磨不透這位主子的想法。

二人遠去後，過了一刻鐘，又有兩條人影離開；再過了一刻鐘，四條人影又相繼離開。

如此又過了半個時辰，三娘的房頂上才又出現了一條身影，卻沒有離開雲家，而是朝田韻苑而去。

宋承明心道，這宋承乾處事可真是謹慎，只是跟一個姑娘相會而已，也做得這般謹慎，著實不能小覷。他坐在五娘的屋頂上，本來下定的決心，在這一刻又有點動搖了。

這姑娘雖然年紀小，但性子極為沈穩，有時候，他一點也不覺得她還只是一個未曾及笄的小姑娘。他對她說的那些話也不是假的，她總是能讓自己忽略了她的年紀。

但是，他還沒有禽獸到對這樣一個小姑娘起了任何不該有的心思。

坐在房頂上，他心裡沒來由的空蕩蕩的。自己該何去何從？真的要將這個姑娘攪和進來嗎？

沒來京城、沒見過金氏的女兒之前，他會毫不猶豫地下這樣的決定。但是如今，自己卻猶豫了。

沒來由的，為什麼心裡就不忍了呢？想起那短短的幾次接觸，想起醉酒後，本能地走到這裡。他知道這對自己來說，意味著什麼。

對簡親王說的話，是自己的真心。他不想叫這姑娘屬於任何人，除了自己。可這之間，有太多的利益糾葛。在將來，真的還能這般的一如既往嗎？他能管住自己的心，那麼，這個聰明的姑娘呢？她會相信自己是真誠的嗎？怎麼偏偏，她就是金氏的女兒……

如此長嘆了一番，他沒打攪人家姑娘的好夢，幾個起落，就出了雲家。

「閣下留步！」

猛然一個聲音在背後響起，宋承明腳步一頓，轉過身來。來人端是有幾分手段，能悄無聲息地在自己的身後出現。擔憂倒是沒有，畢竟對方要是心懷惡意，在背後下手，自己絕無生還的機會。

這個聲音帶著少年人特有的清越，應該年紀不大，他驀地想到了一個人——雲家遠。

「閣下大半夜的出現在雲家，真是好興致。」雲家遠臉上不見喜怒，但心裡已經恨極。居然敢打妹妹的主意？真是膽子不小！

「如果我沒有記錯，你不是雲家的人吧？」宋承明看著雲家遠笑道。

「費盡心機接近我妹妹，究竟是為了什麼？明人之前不說暗話，有什麼底牌就亮出來吧。」雲家遠皺眉看著這人。「想必遼王也不想在這裡跟我耗費時間。」

「既然知道我是誰，就該想到，當年太祖與金家的協議還是要繼續下去的。」宋承明笑道。

「什麼協議？」雲家遠皺眉問道。

「這個你回去問問金夫人，就能知道。」宋承明看著兩人拉得長長的影子，低聲道。

「這跟我妹妹有什麼干係？」雲家遠向前跨了一步。

宋承明嘴裡突然泛起幾分苦澀，只輕笑搖頭，話卻不知道該從何說起。

皇宮。

宋承乾一直跪在天元帝的寢室之外，周圍幾個宮人想上前阻止，但又不敢稍動。

天微微亮的時候，天元帝自然就醒了，君王早朝是不能耽擱的。昨晚聽說太子偷偷出宮了，他連臨幸妃子的心思都沒有了。

「付昌九，幾時了？」他打了個哈欠，言語還有點含混不清，顯然是還有些迷糊。

「主子，時間還早。只是太子在外面跪著呢，」付昌九趕緊將帳子撩起來，低聲道：「跪了一晚上了。」

天元帝瞬間就睜開了眼。「他這是察覺到朕知道了他的動向了吧？」

付昌九不敢接話，只是道：「瞧著不像，倒像是想要求陛下什麼事似的。看來昨晚出去，並不是見什麼英國公在軍中的下屬的。」

「那他幹什麼去了？」天元帝坐起身，披了披風。「這混帳，就是不肯消停片刻。」

付昌九乾笑了一聲，道：「傳回來的消息說，太子沒去英國公府，倒是去了肅國公府。」

「雲家?」天元帝的臉上閃過一絲惱色。「怎麼到哪兒都有他們!」

付昌九端了漱口水給天元帝，只埋頭幹自己的活，不敢瞎問瞎打聽。

「叫太子進來。」天元帝漱了口後，順手接過手裡的熱帕子，吩咐道。

付昌九趕緊出去，湊到太子身邊低聲道:「殿下請起，陛下請您進去。」

「多謝公公。」宋承乾臉色有些蒼白，踉蹌著站起身來。

付昌九趕緊扶住他，兩人進了內室。

天元帝一看他這副樣子，就又有點心疼。「你這是鬧什麼?瞧瞧你，還有一點一國儲君的樣子嗎?」

宋承乾復又跪下。「兒臣求父皇一個恩典。」

「起來說。」天元帝指著付昌九。「扶太子坐下說。」

「兒臣跪著吧。」宋承乾低著頭。「兒臣坐著說不出口。」

「真是混帳啊……你愛怎樣就怎樣。」天元帝看著太子，道:「說吧，什麼事叫你明知道說不出口，還堅持要說?」

「兒子是來請求賜婚的。」宋承乾的臉脹得通紅，結巴地道:「兒子想……想請求父皇給兒臣賜婚。」

「賜婚?」天元帝「哈」了一聲。「朕記得東宮有幾個伺候的……」他不確定地看向付昌九，向他求證，見付昌九點點頭，才又看向太子。「你看上誰家的姑娘了？」
宋承乾越發的不敢抬頭，低聲道：「雲家的。雲家的三姑娘。」
天元帝還有點懵，付昌九卻變了臉色。
「雲家的，門第倒也配得上。你能說賜婚，必然不是庶女。可這嫡女……難道是雲家四房的丫頭？」天元帝問道。
四房是跟英國公府的關係最近的，別的也不可能啊！
「不是。」宋承乾抬頭看著天元帝。「是二房的嫡女。」
「二房的……」天元帝心裡一算，這不對啊！二房的不是皇貴妃的外甥女嗎？他不確定地問：「你剛才說什麼？哪一房的？」
「二房的！」宋承乾一副已經說出口了，橫豎無所謂的樣子道。
天元帝看著付昌九，問道：「你聽見他說什麼了？朕要是沒有記錯，那雲家二房的嫡女，皇貴妃一直說是要配給老大的吧？」
付昌九低下頭，不敢回話。皇上可能不知道，但他們這些宮人何嘗不知道呢？大皇子對那位三姑娘真是如珠如寶，寶貝得不得了。如今太子跑來要賜婚，大皇子還不得炸了啊！
天元帝一看付昌九的樣子，就更加確定了，抬腳就踹。「你個混帳啊！你們兄弟平日裡起爭執，朕也就睜一隻眼、閉一隻眼過去了，如今你這是要搶兄長的妻子！奪人妻室，這是一國太子的所為嗎？你知道你這是什麼？你這是私德有虧！一個私德有虧的人，如何能——」

見他還要罵下去，付昌九趕緊出聲。「陛下，您悄點聲，不能傳出去，若叫人聽見一聲半聲的，可如何是好？」他可不敢讓皇上再罵下去了。太子如今只能算是覬覦別人的未婚妻，甚至連未婚妻也算不上，可皇上是真的偷了大臣的老婆！要是太子是私德有虧，不配為太子，那麼皇上呢？還配當皇上嗎？什麼話都能說，就這些話，到此打住吧！

天元帝顯然也是想到了這事，心裡的氣倒消退了幾分。「你昨晚就是私會佳人去了？」

「父皇知道了？」宋承乾露出恰到好處的驚訝，才訕訕地低頭道：「是。兒子在念慧庵見到她的時候，她看著兒臣還很高興，可昨天在簡王兄府上，她瞧見兒臣卻只做不認識。兒臣就是想去問問，她究竟是怎麼了？」說著，臉脹得通紅。

「沒出息！」天元帝罵了一句才道：「等等，你剛才說，你在哪兒見到那個雲家的……姑娘。」

「是三姑娘！父皇。」宋承乾答了一聲，好似對天元帝沒記住他的心上人有些不滿。

「起來說話。」天元帝叫付昌九扶起太子。見他站也站不穩，心裡的氣又消散了兩分。

「就是在兒臣給母后建的那座庵堂裡。而且我們是兩情相悅的，父皇。在這之前，兒臣就是覺得這姑娘很好，但是兒臣也不知道人家姑娘心裡是怎麼想的……」

「你是說，那個姑娘告訴你，她心悅你？」天元帝問了一聲。

宋承乾不好意思地低頭。「父皇，兒臣沒有……這跟大哥無關。是兒臣跟那三娘情投意合，所以……」

天元帝冷笑一聲。「行了，你不用說了。從今日起，你禁足東宮，沒有朕的允許，你不許私自出來。」

「那婚事……」宋承乾又問了一聲。

直到天元帝冷哼一聲，他才低頭，慢慢地退了出去。

天元帝皺眉，低聲道：「這顏氏真是無所不用其極！」

付昌九低聲道：「許是碰巧了吧？」

「碰巧？」天元帝冷笑一聲。「天下哪有那麼多巧合？雲家的姑娘偏巧出現在太子要上香的地方，是巧合嗎？那麼為什麼這麼多年，從來沒有碰上過別家的姑娘？」

「不會吧？」付昌九笑道：「大皇子對那位三姑娘可是寶貝得緊，皇貴妃娘娘要真是那麼做了，大皇子肯定是要鬧騰的。這母子起嫌隙的事，皇貴妃娘娘該是不會做吧？」

「那位姑娘，朕倒也是有些印象，是個極為豔麗的丫頭。」天元帝沈吟道。「太子終歸是年輕啊，兒女情長了些。這樣也好……」

付昌九再不敢隨便說話。

出了大殿的宋承乾，委實鬆了一口氣。

李山上前攙扶了太子，兩人往東宮而去。

「殿下，如何了？」李山小聲地問道。

「禁足了。」宋承乾語氣平穩地道。

「這可如何是好？」李山有些慌亂。

「挺好的，這樣才好呢。」宋承乾呵呵一笑。「整天被父皇盯著，一刻讓人喘息的機會都沒有。如今好了，孤不僅表現得兒女情長，孤還顯得很稚嫩，要不然怎麼會幹出覬覦兄長早就瞧上的姑娘的事呢？這可不是小事，別說是太子了，就是普通人家，這樣的子弟也是當不得大用的。這就是明晃晃的把柄啊！」

「您是在自汙?!」李山頓時愕然。

「成王敗寇。如是贏了，史書由我書寫，將來這也不過是一段風流韻事罷了。但要是輸了，命都沒了，要這無所謂的名聲做什麼呢？」宋承乾自嘲的一笑。

「殿下……」李山頓時聲音就有些哽咽。太子是多自律的一個人啊，如今卻不得不自汙以自保，想起來，不由得讓人心酸。

宋承乾沒說的是，這只是其一的好處。其二，就是皇上已經開始懷疑這一切都是皇貴妃使的美人計了。而他就是那個頂不住美人計，年輕稚嫩、跌在女人身上的儲君。其三，就是雲家。不管父皇會不會將雲三娘賜給自己為太子妃，但終究都不會再賜婚給大哥了。

這些也就夠了。雖然對這位姑娘隱隱有些歉意，但是，通往權力頂端的道路時刻伴隨著犧牲，她不是第一個，也不會是最後一個。如果父皇能將她賜給自己，無論是什麼位分，自己都會善待她，權當是補償吧。想起那姑娘笑裡含淚的眼，他的心還是有些異樣的情愫……

他晃晃腦袋，如今且不是想這些的時候呢。

另一邊，雲家遠帶著宋承明，趕在天亮之前回了煙霞山莊。

金氏在大廳見了這位太宗一脈的傳人。

「你想繼續祖上的協議？」金氏淡淡地道。

宋承明挑了眉，問道：「相傳金家一脈，最重承諾。凡有許諾，無有不應。只要金家還有傳人在，這承諾就永遠作數。難道金夫人要毀諾嗎？」

「知道的還不少。」金夫人微微一笑。突然，她面色一冷，道：「聽說，你在覬覦我的女兒？」

「談不上覬覦，只能說是性情相合，應該算是很合適的妻子人選。」宋承明不是很喜歡覬覦這個詞。

「那你就該知道，我女兒和協議，你只能選擇一個。」金氏看著宋承明的眼睛，淡淡地道。

「我記得那是雲家的五姑娘，不是金家的女兒。難道我記錯了？」宋承明挑眉問道。

金氏也挑眉一笑。「只要我願意，我就能讓我的女兒姓金，你信嗎？」

「信！」宋承明點點頭。「以雲高華和雲順恭的品性，只要價錢合適，他們沒有什麼不能賣的。」

金氏一笑，眼底帶著幾分輕嘲，難得讚賞地看了一眼宋承明。

宋承明語氣一轉，又道：「我信您有一萬種辦法讓雲五娘姓金，但是您沒那麼做，因為您知道，跟金這個姓氏沾邊的女人，往往不會有好結果。一如東海王的獨女，一如金夫人妳。」

金氏的面色陰冷了下來。「看來太宗給後人留下的東西不少，這些往事，知道的人已經不多了。」

「金家為何會剩下夫人一人？夫人為什麼會流落在雲家？」宋承明沒理會金氏說什麼，只一徑說著自己的話。「夫人，如今東宮已經在懷疑了。不管是為了夫人的仇恨，還是為了您的女兒，您都沒有比我更合適的選擇。」

金氏緊握的拳頭慢慢的鬆開，大廳裡陷入一陣沈默。良久，金氏起身，直接去了裡間。

「你走吧。」

宋承明愕然，一時不知道金夫人這是什麼意思？既沒答應，也沒有不答應。

他看著金氏的背影皺眉，這個女人真是讓人摸不著頭腦。幸虧雲家那丫頭不是跟她娘一起生活，否則也養成這麼一副性子，怎麼得了？

雲家遠將兩人的對話暗暗記在心裡，他到今天才知道，娘讓他知道的也不過是冰山一角罷了。「王爺，我送你出去。」雲家遠客氣地道。

宋承明跟著雲家遠出了山莊，自有下人送來快馬。他知道，暗處跟著自己的侍衛是進不了這煙霞山莊的。

「舍妹年紀還小，還望王爺不要打擾才好。」雲家遠將他送到莊子門口，淡淡地說了一句，警告的意思十分明顯。

「請你轉告金夫人，不管她相不相信我的誠意，我都是最合適的人選。」宋承明看了雲家遠一眼，道：「五姑娘年紀還小，你放心，我知道該怎麼做。」

雲家遠看著打馬遠走的背影，心事重重地往回走。他有預感，平靜的日子將一去不復返。

雲五娘不知道這背後發生了許多的故事，第二天醒來，心情還是無比美妙的。紫茄伺候梳洗，紅椒在身邊嘰嘰喳喳地說著府裡的趣事。「婉姨娘真真是不知道自己姓什麼叫什麼了，越發的輕狂起來。今兒一早穿了一身銀紅的就要去正房，被二姑娘給攔住了。二姑娘氣得狠了，拿剪刀將那好衣服從袖子那邊剪開，然後扯下來扔火盆裡燒了，並放下話來，要是她還是不知道感念太太的恩德，二姑娘就厚著臉皮，要求將自己記在太太的名下，以後跟婉姨娘大路朝天各走一邊，再也不認識，婉姨娘這才嚇住了，連一聲都沒吭，換了一件蔥綠的衣服，就去給太太請安了。」紅椒的嘴吧嗒吧嗒說個不停，跟在雲五娘身後，不時地遞個東西來。

雲五娘也聽得津津有味，哈哈一笑，道：「該！」就是欠二姊收拾！婉姨娘蹦躂的這幾天，鬧得雙娘極為尷尬。

香荽進來，唸叨紅椒。「妳也別一徑的在這裡賣嘴，該吃早飯了，倒是搭把手啊！」說著，朝五娘一笑，道：「三姑娘一早打發人送來一籃子水蘿蔔，怕是大皇子著人送來的。都不大，但切成絲，拌了做涼菜，滋味倒好，主子好好嚐嚐。」

「三姊倒是好心情。」五娘不打算出門，只讓人將頭髮編了一個大辮子，自然地垂在腦後，穿著夾襖在屋裡，也算是俐落。

早飯是五仁粥，配著鮮菜，吃了兩碗，連蒸餃也幹掉一籠屜，嚇得香荽將東西都收拾索利了。

吃了飯，也沒什麼事幹，正經的書一本也看不進去，話本子也是一味的勸人盡孝、勸人行善的故事。

什麼才子佳人的話本倒是叫紅椒搜羅來了兩本，但端是無趣。不是窮秀才被富家千金垂青，就是趕考的落魄書生遇到了官家小姐，從此花好月圓，過上了幸福生活。她心裡不停地腹誹，這跟後世流行的意淫小說也沒太大差別，都是窮屌絲逆襲成功，迎娶白富美的故事。這麼一想，越發覺得好笑，千百年來，有些追求竟然就沒變過。這寫話本的都是落魄的文人，要換成識字的姑娘家寫小說，該改成嫁給高富帥、或是些變種的灰姑娘的故事了。越想越是無聊，就扔下書，想找本朝開國的史書看看，裡面應該有記載金家那位東海王的事蹟。

可這東西估計只有國公爺雲高華的書房有，或許世子雲順恭那裡也該是有的吧。

「香菱，我要去前院，找身合適的衣裳出來。」雲五娘向來就不是拖拖拉拉的性子，既然決定了，那說做就做。

大家閨秀就這一點不好，時刻得講規矩體面。這在自己家裡，也得分什麼場合穿什麼衣服、做什麼打扮。

等收拾索利，帶著香菱直接就出了門。

今兒的天不如昨天，又陰沈了下來，有點風，還是有點冷的。外面除了必須當值的下人，還真沒什麼人走動。這府邸大就這一個好處，不想找誰一般就不會碰到誰。

到了雲順恭的院子外，就有小廝迎了過來。

「五姑娘也來了，今兒世子爺這兒可真熱鬧。」

也？看來還有人在啊！雲五娘笑道：「不會是父親又抓了二哥罵吧？這不是白費勁嗎？要是能罵得出息，早就出息了。」

那小廝抿嘴一笑，道：「是三姑娘來了，給世子爺送點心的。」說完，往香菱手裡一瞄，見什麼都沒拿，頓時有些訕訕的。

「我從來只從父親這裡順東西回去，什麼時候見過我給父親送東西了？」五娘呵呵一笑。「別打攪父親跟三姊，我去東次間的書房吧！」

那裡跟雲順恭的書房隔著一道門，平時是不讓人進去的，就是雲順恭休息的地方，外人不方便。但雲五娘這親閨女，橫豎不能算是外人吧？

香菱留在了外面，雲五娘一個人悄悄地進了東次間。倒不是想偷聽，就是不想打攪人家說話罷了。

但是聲音還是無比清晰地傳了進來——

「……表哥打發人來送的水蘿蔔，做的蘿蔔餅。聽那小太監說，表哥今兒很高興，是不是朝廷上有什麼喜事？」三娘的聲音透著好奇。

「喜事？呵呵……」雲順恭輕笑一聲。「不知道太子被皇上禁足於東宮，算不算得上是喜事？」

「什麼?!」三娘的聲音有些尖厲。

「妳這孩子，怎麼這般的不穩重？高興成這樣了？」雲順恭有些不滿。太子這事還真說不上好不好的，但看到閨女這樣，他還是有些不自在。妻子顏氏向著顏家也就罷了，要是閨女的心也偏了，那他還真就高興不起來。

「這對表哥肯定是高興的事。」三娘收斂了神色，小聲道。

「這話在家裡說說就好了，別在外面瞎說，是要給大皇子惹禍的。」雲順恭又看了一眼閨女，拿了蘿蔔餅吃，倒也還算新鮮。

三娘攥緊拳頭，儘量讓自己的聲音平穩，問道：「爹爹知道因為什麼嗎？禁足太子可是大事，太子若不是犯了大錯，這麼做是會讓人心不穩的。」

「這道理朝上的大人不比妳懂嗎？」雲順恭嘆了一口氣。「我跟妳一個姑娘家說這個幹什麼？行了，沒事別打聽這些有的沒的，閒了，就幫妳二姊繡繡嫁妝。去吧，想要什麼告訴管家一聲，叫他到外面給妳尋去，只要這世上有的，一準給妳找回來。這一頓蘿蔔餅，我倒是賠進去多少，怪不得都說養閨女是賠錢呢！在家金尊玉貴地養著，出嫁了金山銀海地陪著，得著什麼了？」

雲五娘知道雲三娘要出去了，她可不好叫三娘知道自己在裡面聽見什麼了，趕緊就往外走。這一轉身，倒瞥見屋裡的榻上黏著一個亮閃閃的東西，覺得眼熟，她馬上伸手摘下來，又把桌上一個玉石的鎮尺拿了，然後退出去。

三娘一出門，就見五娘拿著魚食在大缸邊上投餵，她有些心不在焉地道：「大冬天的，妳折騰魚做什麼？」

「閒的唄！我想找本史書回去翻翻，結果妳跟父親在屋裡說話。」五娘不滿地道：「我等了這老半天了！」

「那妳去吧。」三娘的心裡全是太子被禁足的事。她心裡隱隱有些猜測，他一定是去請求賜婚了，所以才被皇上給罰了。

看著三娘出了院子，五娘才準備進去，裡面就傳來雲順恭的聲音——

「五丫兒，妳是不是進東次間了？我桌上的鎮尺呢？那可是上好的黑玉呢！」

「不是好玉我還瞧不上呢！父親，我可聽見了，你說三姊要什麼就打發管家去買，沒有不應的。我這又沒有要那折騰人的東西，怎麼就不成了？」雲五娘竄了進去，嘻嘻哈哈，從書架子上抽了兩本書就往外跑。「看完了讓人給你送回來！」

雲順恭還來不及叫，人家就跑遠了。他叫來小廝問道：「五姑娘在東次間待了多久？」

那小廝面上沒有露出任何多餘的神色，接話道：「才一進去就出來了。奴才瞧見五姑娘抱著個東西出來，想是又從世子爺這裡順什麼東西了，也就沒敢聲張。」

雲順恭面色一緩，點點頭。「知道了，你退下吧。別對著五姑娘多嘴多舌。」

「是，小的記下了。」然後慢慢地退了出去。

第十四章

雲五娘回到院子，就進了書房，將手裡一個米珠大小的東西翻來覆去的看。這東西黏在只有雲順恭才躺的榻上，一定是他的東西，或者是跟他極為親近的人的東西，要不然不能黏上。而且，這是女子首飾上掉下來的，也就是說，雲順恭的書房裡有他極為親近的女子出入。這個人會是誰呢？

肯定不是丫頭的。因為外院的書房是沒有丫頭伺候的，只有小廝、隨從和婆子，哪裡來的這個東西？

難道會是婉姨娘的嗎？雲五娘搖搖頭。肯定不是，婉姨娘不是那種能紅袖添香的女人。又或者是秀姨娘不成？雲五娘繼而又否認了。肯定也不是，這些年她成日裡燒香拜佛，只為了讓三哥的身體好一些，斷是不會佩戴這種亮眼之物。

而自己的親娘十多年都不回國公府了，自然不會是她的。

顏氏就更不可能。雲順恭的外書房，就是兩口子打擂臺時躲避的地方，誰會把敵人引到自己的根據地啊？所以，萬萬不會是顏氏。

「這怎麼跟怡姑那根水晶簪子上的流蘇珠子一樣？」香荽進來送茶，輕聲問了一句。

對！還有怡姑，她也是父親的女人。只是如今的角色，更傾向於顏氏的內管家，所以大多都忽略了她也是世子的女人的事。

原來，怡姑跟父親並沒有斷，他們的關係甚至比顏氏夫妻的關係更親近幾分。

這真是一個有趣的發現。

雲五娘將這珠子交給香荽。「不要讓任何人知道，悄悄地收好，不定什麼時候就有用。」

香荽的手都有點抖了，這個發現能要人命的！怡姑看起來多好的人啊，原來背後竟然如此……不堪。當初太太要提她做姨娘，她死活不肯，說什麼只忠心太太，啊呸！原來是怕當了姨娘後會成為第二個秀姨娘，更是為了能偷偷地跟世子爺幽會吧！

香荽將東西收了。「姑娘放心，一定收得妥妥的。」

雲五娘點頭，她十分的放心。

等屋裡剩下自己一個人了，五娘才想起三娘和雲順恭的對話。

太子被禁足了。這個消息五娘無從猜測它的好壞，但是三娘去的時間太巧合，問的問題也十分有意思。她是在刻意打聽東宮的事情嗎？

難道她事先知道太子會出什麼變故？要不然不會有這麼多巧合的。難道三娘跟太子還有見面？那又是什麼時候的事呢？

三娘不僅沒進宮，連府門都沒出過，難道有書信來往？這個可能性也不大。這東西太容易讓人抓住把柄了，這兩個聰明人不會選擇這種聯絡方式的。

幾番思量無從得知，五娘也就不費那個心思了。她更在意的是，三娘明知道那樣的結果，以她的心性，是不會做出這種不理智的事情的，但如今這般又作何解釋呢？

五娘搖搖頭，想不通，就只能靜觀其變。太子既然已經察覺到了金家的事，五娘就不得不防著他從三娘那裡知道一些東西，來讓他確定這件事。

坐了半晌，五娘才又重新拿起從書房裡順來的書，並不是什麼本朝的史書，只是普通的遊記。她是臨時改變主意的，她不能讓人知道自己在查金家的事。

所以這書，還得從外面找。史書外面可不會隨便就有賣的，尤其是本朝的史書。找哥哥顯然不現實，一說，他就能猜到自己的意圖了。

想來想去，能幫自己的人，好似只有遼王宋承明了。

可惜，卻沒留下他任何聯絡的方式。雲五娘暗暗有些後悔。

兩人之間也算彼此救過對方的命了，實在算得上是過命的交情，就算私底下來往一二，也是不打緊的吧？有些事情，別人辦不到，但這個人，還是能的。

這套史書，如今就只能落在宋承明的身上了。

想起他暗暗露出來的意思，五娘抿嘴一笑，也說不清楚心裡是怎樣一種滋味。就是想著，他肯定還會來的。

她也不知道哪裡來這樣的自信。

雲五娘伸手摸了摸臉，又低頭看了一眼豆芽身材，所有旖旎的心思瞬間都沒有了。雖然心理年齡成熟，但生理年齡真的沒有吸引人的地方。

聽見外面傳來腳步聲，雲五娘不禁啐了自己一口。怎麼好端端的想起這些事情了？果然是閒的。

見紅椒躡手躡腳進來，雲五娘就知道肯定有事了。

「主子，」紅椒皺眉道：「剛才我出門一趟，碰見了老爺書房裡伺候的小廝，他說了一句莫名其妙的話，我想了想，還是要跟主子說一聲。」

「說了什麼？」雲五娘好奇地道。

「他說，再別瞎跑了，主子肯定要查問的。」紅椒學著那小廝的語氣道。「當時我以為他在提醒我，叫我別瞎跑，可是查問我行蹤這樣的事，主子從來沒有過，也不會有。再說了，咱們院子的事，他不可能知道啊！這話莫名其妙的，前言不搭後語，對不上啊！也或許是我多心了。」

雲五娘的臉色慢慢地凝重了起來。

別瞎跑。這說的是自己，說自己不該在書房瞎跑。

主子要查問的。這是說自己走後，他被父親查問過了。

查問了什麼？要是查問拿走了什麼東西，就很沒有必要。除非查問自己在裡面待了多長時間？都聽到了什麼？

雲五娘猛然意識到，自己這個父親，一直都在防備自己。

而這個小廝，也十分奇怪。他能透露這個消息，就證明他隱瞞了自己在東次間偷聽的事，替自己打了掩護。

可是為什麼呢？他們並不熟悉，她甚至叫不出對方的名字，他為什麼會替自己隱瞞，還要來通風報信？

除非，他根本就不是父親的人。

能將人不動聲色地安插在父親身邊，還能毫無條件地幫襯自己，那麼他的主子，就已經呼之欲出了。

娘親！他一定是娘親的人！

雲五娘的心裡頓時如同有一團火在燒。這就對了！娘親怎麼可能不在雲家安插眼線呢？

「妳做的很好。以後見了他，還是不要理，他要是跟妳說了什麼話，妳只管一五一十地回來告訴我就是了。」她揮手讓紅椒下去。

「是！」紅椒點頭應了。

雲五娘真想知道，娘親究竟在這雲家安插了多少人？怪不得自己從小就沒覺得有任何不順手、不順心的地方，原來是娘親在暗地裡將一切都打點好了。直到自己大了，怕被自己發現，可能才停了這種特殊的照看。

一時間，鼻子一酸，眼眶就有些發紅。她能想像到娘親是怎樣在暗地裡籌謀算計，只為了讓自己過得好點。

她是不是也該做點什麼，也許就能早一點見到娘親了？

這時候再想起被雲順恭提防的事，心裡也不再難受了。反正自己沒將他完全當作父親，也沒道理埋怨他沒將自己完全當作女兒。

所以，他們父女之間算是扯平了。

家裡雙娘準備著自己的嫁妝；三娘心不在焉，不知道在想些什麼；四娘見了一場風就又病了；六娘還在煩惱自己該不該記作嫡女。

沒有人陪伴，連個說話的人都沒有的情況下，雲五娘只能在自己的屋子裡長了幾天的蘑菇。眼看這年節就要熬過去了，過了十五賞了燈，就又是新的一年。

可偏偏今年，皇上讓雲順恭將家眷都帶上，去參加元宵宮宴。

五娘從來沒進過宮，儘管宮裡的規矩學得很順溜，但雲家好似一直在避免讓她進宮，顏氏也不想帶她，一晃這麼些年也就過去了。

看著香菱擺了一炕的衣物挑選，雲五娘卻皺了眉。

「將昨天剛做好的衣裳拿出來吧。」雲五娘吩咐道：「就穿那個。」

「姑娘！」紅椒不可思議地瞪大眼睛。那種衣服哪裡能穿得出去？而且還是那樣的場合！

「聽我的就好。」雲五娘也不解釋，一副不容辯駁的樣子。

等到元宵節這天，五娘一大早就起來打扮。身上的衣裳卻是一件粉紅色的、上面繡著貓兒戲蝶的圖案，端是童趣十足。又讓紫茄用絲帶纏了雙丫髻出來，戴了兩個蜻蜓樣子的鈿子，雲五娘並將幾年前就不戴的金鈴鐺拿出來，纏在髮髻上，臉上半點脂粉也沒有。本來就只有十三的年紀，愣是又小了兩歲。

香荽也不知道主子究竟是在打什麼主意，這可是第一次出席正式場合，可這打扮，就是一個女童！人家姑娘到了十一、二歲就往大了打扮，自家主子倒好，再有一年半載的就算是奔著十四歲的大姑娘了，怎麼越扮越小了？

其實主子這個年紀才是說親的好時候，像二姑娘及笄才說親，就已經算是晚的了。十三歲說親訂親，走完六禮，差不多就及笄了。如今這副樣子，看得幾個丫頭心裡直犯嘀咕。

等雲五娘到了榮華堂，老太太成氏見狀一愣，然後頗有深意地看了一眼五娘，才笑道：「怎麼這麼打扮？」

「不好看嗎？」雲五娘笑道：「就只有這一身衣裳沒上過身了，想著穿它，結果一穿到身上，戴什麼首飾都不合適，倒是這般打扮還能看。反正那麼多人，誰還在乎我一個小丫頭？」

「這話也有理。」老太太一笑，就不深問了。不管這是有心還是無意，這樣的打扮都是極為妥當的。先前國公爺的意思還想著是不是要給五娘報病，又怕這丫頭機靈，想的多了，倒沒想到這個主意。

能進宮的也就二房了。等雲順恭帶著顏氏，連同雙娘和三娘過來，一家人就準備出發。見老太太盯著自己身後看，雲順恭就解釋道：「那兩小子上不得檯面，不帶也罷。」

顏氏看見五娘，就笑道：「這就是個猴兒，可是想著穿成這樣，就能仗著年紀小四處溜達，沒有禁忌了？」

五娘十分詫異地看了顏氏一眼。「母親怎麼知道？」

「妳那幾根腸子，哪有我不知道的？」顏氏回了一句。

雲高華看了成氏一眼，見成氏微微地點頭。也就是說，這是五丫頭自己的主意。他眼裡就閃過一絲亮光，五丫頭自己要是機靈，那事情就好辦多了。

坐在馬車上晃晃悠悠的，三娘心不在焉，五娘也沒心思說話，只有雙娘微微有些緊張，不時地整理自己的裙襬。

到了宮門口，馬車停下來，但還不能下去。

三娘不解地問：「往常咱們府裡可沒有被攔住過。去問問是怎麼回事？」這話是說給外面的人聽的。

外面的嬤嬤便接過話道：「今年是太后走了的第一年，皇上請了道觀裡的姑子，在慈寧宮為太后做一次水陸道場。」

「怎麼選了這麼一個日子？」三娘又問。
「說是欽天監的大人們算出來的，巧了。」那嬤嬤又道。
三娘「嗯」了一聲，這才不說話。她對宮裡熟悉，便叮囑五娘道：「別亂跑，小心衝撞了人。這宮裡的人，從下到上，沒有好打交道的。」這邊話才落下，外面就傳來跟車嬤嬤的話——
「大皇子發下話了，叫咱們先進，那些道姑且得等一等。」
雙娘有些好奇，就微微撩起了車簾子朝外看去。
五娘才剛要整理一下裙襬，就聽見雙娘壓抑地叫了一聲「啊」。
「怎麼了？」五娘嚇了一跳，問道。
三娘睜開了眼，也看向雙娘。
雙娘捂著胸口，喘了兩口氣才道：「我好像看見大姊姊了。」
「什麼？」三娘一愣，沒有反應過來。
五娘卻一把撩起簾子，朝道姑聚集的地方看去。黑白相間的道袍，烏壓壓一片。「沒有啊！二姊姊看錯了吧？長得像的人多，妳看錯了也未可知。」
「不可能！我怎會認錯大姊姊？」雙娘壓著胸口。「別的都會錯，但眼神卻錯不了的。雖然瘦了一些，但確實是大姊姊沒錯！」
五娘垂下眼瞼，要是雙娘真的看見了，那麼就一定是元娘想辦法混到道姑裡面去了。她自己一個人肯定是辦不到的，一定有人幫了她。會是誰呢？是娘親和哥哥嗎？

三娘看著雙娘又問道：「二姊姊確定自己不是眼花了？」

「不會的！」雙娘保證道。「雖然只是一眼，但我可以肯定，一定是她。」

三娘看向五娘，問道：「妳怎麼看？」

「要真是大姊姊，她終是會露面的。」五娘含混了一句，既沒有肯定，也沒有否定。

三娘點點頭，心裡卻驚疑不定。

三個人，三種心情。雙娘只是單純的高興，五娘則更多的是猜測，三娘是既高興又有些懼怕。

下了馬車，一路進了大殿，三個人緊緊地跟在老太太和顏氏的身後。

五娘原來以為，這該是要分男女坐的，結果進去才知道，是一家占幾個位子，兩人共用一個案几。人陸陸續續的來，但是卻沒有嘈雜之聲，各自按位子坐好，等著皇上、皇后和妃嬪的到來。這一切都讓五娘覺得頗為新奇，她不著痕跡地四下一看，成家就坐在雲家的對面，不過，陪著江氏的是周媚兒。

這讓雲家的三姊妹不由得皺了眉頭。

江氏也極為氣惱，恨不能手撕了周媚兒這個臭丫頭。但是，一招錯，招招錯。

現在這場合，且不是跟周媚兒掰扯的時候。三人對視了一眼，不約而同地想到了元娘。要是元娘真的出現了，才真的是周媚兒的噩夢。

雲五娘總是覺得有視線緊跟著自己，等自己去找的時候，又沒有了。幾次之後，五娘才把視線落在跟簡親王搭伴的遼王身上，但也只是眼睛一掃，就收回了。

簡親王輕聲道：「那樣子是十三歲嗎？」

遼王沒有言語，不過心裡還是挺滿意她的機靈的。即便有人懷疑金氏的身分，知道雲五娘是金氏的女兒，也會被下意識的誤導，忽略了她的年紀。有了這個時間差，自己到時謀劃起來也更從容。這樣的場合，還真不會有人太注意一個小丫頭。

皇上帶著皇后、皇貴妃以及幾位妃子進來，讓大殿裡頓時活了起來。

雲五娘藏在雙娘和三娘的暗影裡，一邊又靠著柱子，上面的視線還真看不到她。

叩拜完成，落坐。

大殿裡就只有皇上和親近大臣的寒暄之聲。

而雲五娘則抬眼看了上位的皇后、皇貴妃幾眼。皇后比皇貴妃年輕許多，但說句良心話，皇后的長相也是極好的，尤其是穿上皇后的禮服，透著一股子端莊威嚴。皇貴妃的禮服其實也是杏黃色的，但穿到她身上就多了幾分別樣的瀲灩，即便人到中年，也擋不住她的美貌。

男人應該都是喜歡皇貴妃這樣的女人的吧？就見她也一樣坐在上位僅次於皇后的位子上，身子微微扭著。就這一個簡單的動作，平白多出不少風情來，天元帝邊跟大臣說話，還邊瞧了皇貴妃好幾眼。

江氏偶爾瞄到上首兩人的眉來眼去，直恨得牙癢癢。
雲五娘不得不說，皇貴妃是一個極有女人味的女人。
突聽得天元帝笑道：「雲愛卿，兒孫滿堂，你也好福氣！」
雲高華連忙站起來。「沒有成了紈袴，給老臣敗家，老臣就自認是有福嘍！」
天元帝一笑。「這話很是。朕的這些個兒子啊，真是讓朕操碎了心！」說著又道：「想必你也一樣吧？」
雲高華就不敢隨便答話了，只道：「皇子們個個孝順，已是十分難得。」
天元帝正要說話，就聽見外面傳來腳步聲。
「啟稟陛下，慈寧宮道場吉時快到了。」該去上香了。
皇上要去上香，這些人也都得跟著去磕頭吧？
這叫什麼事啊？誰出的這個主意，在這種時候，選在慈寧宮做道場。
眾人心裡不管怎麼想，但該幹的還得幹。
五娘卻想到了元娘，這或許就是元娘一直在找的機會。可她這樣出現，也未免太不高明了些。
雙娘緊握著拳頭，如果元娘在裡面，自己一定能夠找到她！
然而，道姑比想像中多的多，得有兩百人。如此多的人，且全都是一樣的打扮，想不動聲色地找出元娘，談何容易？

「妳覺得會是她嗎？」三娘低聲問道。

五娘遠遠地跟著，既看不清前面的道場是個什麼樣子，也靠近不了那些正在做法事的道姑。雲高華和雲順恭帶著成氏和顏氏去了前面上香，而她們這些被長輩帶著來的小輩們，都在周邊跪著便罷了。

「這根本就沒機會去前面。」雙娘跪在五娘身邊，小聲地道。

慈寧宮門口的地方十分有限，這周圍都是人，有些認識，有些不認識。甚至有些人家帶來的少年中，還有幾個壞小子，往姑娘這邊靠。雙娘已經及笄，三娘過了年也十五了，都是大姑娘的模樣了。尤其三娘長得豔麗無雙，總是惹得那些厚臉皮的少年郎往這邊擠。

五娘仗著打扮的年紀小，很是惡狠狠地瞪走幾個懷著旖旎心思的人。當然了，能進來的，身分都不一般，也不會做出什麼過分的事，不過有幾分愛美之心罷了。

才舒了一口氣，就聽見雙娘的話，五娘想也不想地就道：「對！現在先管好自己吧，其他的，暫時顧不上呢！」

三娘低聲道：「都噤聲，還嫌不惹人注意嗎？」

「都是三姊的美貌引來的！」五娘哼了一聲。

話音剛落，前面就傳來一陣驚呼之聲，繼而是女人的驚叫聲。

五娘馬上就站起身來，可還是什麼都看不見，只能感覺到人群瞬間亂了。左右看看，全都好似沒頭的蒼蠅亂竄，要不是五娘反應尚算靈活，只怕早就被人絆倒了。她看見三娘在奮力地朝前面去，不禁暗罵一聲蠢蛋！前面發生了什麼尚且不知道，三娘擠過去能幹什麼？再一扭頭，見雙娘在往道姑堆裡躥，肯定是還想找回元娘。

五娘一咬牙，奔著三娘而去。雙娘那邊，出事的概率應該是最低的。

五娘心裡知道，三娘這是記掛著顏氏，畢竟顏氏還有身孕。而自己也絕不能不顧親人長輩，一個人走。

好似只一瞬間，場地就空了下來，能躲的都躲了。

五娘也能看清究竟發生了什麼事——幾十個道姑打扮的女子正手持軟劍，挾持著不少女眷，包括皇后、皇貴妃和幾個妃子都在內！

五娘還沒明白這究竟是怎麼一回事，就聽見三娘的聲音——

「娘！」

聲音焦急，帶著驚恐。

五娘便在人群中找尋，只見顏氏和成氏赫然在列，也被人用劍架在了脖子上。

「祖母！母親！」五娘仗著年紀小，直往裡面擠。

兩個小姑娘的喊聲，顯得格外的突兀。

雲高華叱道：「還嫌不亂嗎？回去！」

「母親在流血！」五娘看著顏氏痛苦的呻吟，血已經把裙襬染紅了。

雲順恭又何曾看不見？自己的嫡子，能不心疼嗎？但是皇后還在別人的挾制之下，難道他能為了自己的老婆說話不成？

雙娘也擠了過來，一看差點暈過去。「怎麼會這樣？怎麼會這樣？」

三娘睚眥欲裂，瞪著為首的那個老道姑。「妳放了我母親，否則我是不會放過妳的！」

雙娘雙膝跪地。「求求妳們，放了祖母和母親！」

兩個姑娘的話，讓周圍的人不由得有些動容。

就聽那老道姑笑道：「妳不該求我，該求你們的皇帝才是。讓他交出海王令，我們誰也不會傷害。」

海王令！雲五娘心裡一頓，該不是和金家那位東海王有關吧？

就聽天元帝道：「告訴過妳了，海王令不在朕的手中，妳讓朕拿什麼跟妳換？」

「笑話！海王令何等重要，不在皇上的手中，還能在誰的手中？」老道姑冷哼一聲。

「虧得是一國之君，端是無情冷血！這些女人都是你的，今兒不見血，看來你就不知道厲害！」她一揮手，皇后側面一個雲五娘不認識的妃嬪，脖子就噴出了鮮血，瞬間倒下了。

雲五娘簡直不敢相信自己看到了什麼，真的有人殺人！

那些被挾持的女眷們傳來哭喊聲、掙扎聲，但這些道姑卻絲毫不為所動。

「哭什麼？」皇后的聲音帶著沈穩。「要殺就讓她們殺吧，橫豎不能成為男人的包袱。」

五娘這才注意到這個皇后從始至終都冷靜自持，端是個了不起的女人。皇貴妃顏氏就差多了，早已經花容失色，面色慘白了。

皇后的話音一落，這哭聲就小了，帶著壓抑。

「果然是朕的皇后。」天元帝面色不變地誇了一句。

可他身邊的六皇子卻變了臉色，那是自己的親生母親，難道就看著她死在自己面前？

侍衛們將這裡團團圍住了，可是有什麼用呢？

這些道姑用人質做了一層肉盾，她們都縮在人質的後面，除非他們不顧人質的死活。

可這些人質都太重要了，不提宮裡的主子娘娘們，就是大臣家的女眷，也折損不起啊！

裡面好些老夫人都是一些重臣的母親、妻子，這是說捨棄就能捨棄的嗎？而且，這些禁衛軍中，許多都是出自名門，這些女眷裡只怕也有他們的親眷。

那道姑見對方還是不為所動，就又要推出一個人來。

「不要殺我！我知道海王令！」

說話的人是周媚兒。

也是她虛榮心作祟，非得跟著江氏，不想這次搞砸了，遇上這般倒楣的事。當感覺到被推出來的人是她以後，她第一個想到的就是自保，就是不能丟命。

不就是海王令嘛！先嚷出來再說。

「在哪兒？」這是老道姑的聲音。

「在哪兒？」這是天元帝的聲音。

兩人異口同聲，然後又彼此看了一眼。
周媚兒哪裡知道什麼海王令？她就是本能的一喊，見視線聚焦在自己身上，她眼珠子一轉，還是老招數——禍水東引。
當看見三娘的時候，她眼睛一亮，忙喊道：「在雲家！我知道，在雲家！」
雲高華和雲順恭心裡咯噔一下。他們的確心裡有鬼，但絕對不知道海王令！
見天元帝的目光看過來，帶著懷疑與怒意，見眾人的視線都落在他們父子身上，雲高華只覺得如芒刺在背。
那老道姑更是將成氏和顏氏拉了出來，以示威脅。
雲高華嘴唇動了幾次，想要說話，卻不知道該怎麼說一般。
雲五娘心道一聲糟糕，祖父要是頂不住壓力，將娘親招出來怎麼辦？
就在雲高華要開口的時候，雲五娘動了，她嘻嘻一笑，看著那老道姑道：「是啊、是啊，海王令在我們家呢！」
不光是雲高華愣然，就是眾人都愣然。這東西在雲家，竟連雲家的孩子都知道？要真是這樣，這事反而不可信了。
天元帝顯然也想到了這一層，沒有說話，只看著事態的發展。
那道姑上下打量了一眼雲五娘。「叫你們大人出來說話，妳一個毛孩子知道什麼？」
雲五娘面色一肅。「我家大人不知道，知道的人是我，有海王令的也是我。」

後面不知道誰「噗哧」笑了一聲，這雲家的孩子可真逗。

連天元帝都看了雲高華一眼。

雲高華和雲順恭兩人對視一眼。她是沒有海王令，但是她自己本身所起的作用跟海王令是一樣的。誰掌握了她，誰就掌握了活的海王令。

雲五娘在那道姑發火之前解釋道：「我的身世，師太可能並不知道。我的娘親是雲家的金夫人，妳可聽好了，是金夫人，金夫人就是東海王的傳人！」

遼王心裡先是一緊，繼而一鬆。好聰明的丫頭！此時她先說出這話來，真的也成了假的了。

要是真的，誰會宣諸於口？她偏偏反其道而行之，說了真話，反倒不會有人信了。

天元帝果然哼笑一聲，小聲地對雲高華道：「沒想到東海王的傳人在你家做妾室啊？」

雲高華呵呵乾笑兩聲。他心都提到嗓子眼了，可這真話卻偏偏沒人相信了，他都不知道自己現在是什麼心情。

就見那道姑冷笑道：「糊弄我！妳明明叫那個女人母親！」她說的是顏氏。

雲五娘搖頭嘆道：「妳為什麼這麼喜歡在別人的傷口上撒鹽呢？我是庶女啊，那是我的嫡母！妳沒聽見我說金夫人的時候，叫的是娘親嗎？」

顏氏已經快要暈厥的樣子，渾身都是血。

三娘低聲道：「先想辦法把母親救下來。」

這聲音那道姑聽不到，但身處周圍的天元帝和大臣們都能聽見。心道，人家孩子是為了救母啊，難怪什麼都敢認！

雲五娘點點頭道：「那人雖沒生我，但養了我一場。妳先將人放了，妳有什麼問題，我都回答妳。」

「妳既自稱是金家後人，那我倒有許多問題問妳。」那道姑冷眼道。

「我答對一個，妳放一個人。」雲五娘寸步不讓。

「好！」那道姑冷笑道：「妳知道海王令是做什麼的？」

「凡持令者，但有號令，莫敢不從。」雲五娘毫不猶豫地道。要是沒有這個效果，這個海王令也就沒什麼價值了。

那道姑眉頭一皺，冷笑道：「原話可不是這麼說的！」

「意思對了就成了。多少代的事了，能記到這成色就不錯了。」雲五娘辯解道。

遼王在心裡苦笑，要是那權杖真有這樣的作用，可就太好了。

那道姑看著雲五娘的眼神透著懷疑，好似想進一步試探，一會兒才道：「放了世子夫人。」

雲順恭就要上前，那道姑立馬又將劍架在顏氏的脖子上，見此，他馬上退了回來。

三娘和雙娘一起跑過去，吃力地將顏氏搬了回來。

此時雲順恭才上去接了人，自有宮裡的嬤嬤上前，帶著人下去了。

太醫就在邊上守著，立即簡單地號了脈，道：「性命無憂，只怕孩子難保住。」那太醫沒說的是，這孩子的月分明顯不對。

雲順恭自家人知道自家事，朝太醫道了一句「拜託了」，就又回了皇上身邊。

三娘見陪在顏氏身邊的是姨媽的貼身嬤嬤，就道：「這裡交給嬤嬤了，姨媽那裡我去看。」

這嬤嬤是自小就在顏家的，顏家的姑娘她哪裡會不經心？忙點頭應了。她雖不放心主子，但是那地方如今下人且靠不過去呢！

五娘見三娘過來了，就小聲道：「我什麼都不知道，糊弄不下去了。祖母還在人家手上呢，該怎麼辦？」她打算縮回來了，只要不牽扯出娘親的事，其他的事且輪不到她出頭。六皇子不都在天元帝的身邊沒出頭嗎？人家都不著急了，自己急什麼？

三娘低聲道：「表哥如今在巡視宮門，姨媽這裡，我不能不管。」

五娘就不說話了，她還真就沒轍了。

那道姑看見五娘跟三娘嘀咕，就冷笑道：「再不老實說話，別怪我不客氣！」說著，一抬手，又有一個貴人打扮的女子被扭斷了脖子。

眾人一驚。

五娘乘機捂著嘴，瞪著眼睛尖叫，她想裝暈來著。卻不想，肩膀突然一疼，只覺得眼前一黑，就什麼也不知道了。

雙娘看著五娘身子一軟，就往下倒，想拉都沒拉住，摔到青石板上的聲音十分響亮。

雲順恭愣了一下，趕緊上前，搭上手一試脈，竟然是暈過去了。他把五娘抱回來，交給跟過來的雙娘照看。因著有人指認雲家有海王令，雲家的人還是別離開皇上的眼前比較好。

雲順恭將五娘放在地上，這才轉身，重新回到皇上身邊，對雲高華道：「嚇暈了，這孩子從沒見過這陣仗。」

天元帝一個眼神過去，就有太醫上前診脈。

那太醫診了脈，就又朝天元帝點點頭，這就是肯定她是真的暈過去了。

天元帝這才轉過頭，看也不看五娘的方向一眼。

簡親王倒是看了身邊的遼王一眼，眼裡露出幾分若有所思來。

天元帝轉頭對著道姑道：「朕可以答應妳，在妳們出城之前，絕不追殺妳們。妳也看到了，殺人是無用的。剛才那小姑娘是雲家的庶女，是為了救她母親才胡亂應下來的。妳覺得這般重要的東西，朕會讓雲家擁有嗎？」

那道姑看了五娘和雙娘的方向一眼，越想那小姑娘的話越像是從說書的那裡聽來的，就將視線對準周媚兒。「妳不是說在雲家嗎？說不出來，下一個死的就是妳！」

周媚兒哪裡會想到這個？她喘著粗氣道：「是雲家的二太太知道！那對面站著的是二太太的親生女兒，她一定知道！還有，皇貴妃是二太太的親姊姊，她肯定也知道！」

皇貴妃本就站不住了，刀就斜架在自己的脖子上，只要輕輕一動就是一個死，如今又聽了這話，端是又氣又驚，委屈地喊了一聲。「皇上……」

天元帝尚且沒有說話，皇后就開口了。

「留幾分體面吧。不管什麼時候，都別成了皇上的包袱。」

皇貴妃牙咬得死緊。皇后當然不會怕，因為皇后的身分本身就是一種象徵，這些道姑就是瘋了，也不會殺了皇后。因為皇后一死，皇上便再沒有顧忌。皇后是君，難道臣子顧念家眷，就能看著殺了皇后的兇手而無動於衷嗎？到時候亂箭齊發，可就生死由命了！

不一時，又有一個將領從後面上前，低聲稟報道：「房頂、樹梢、那些高處，臣已經看了，這些賊子選的位置尤其刁鑽，臣不敢保證沒有意外的損傷。」

天元帝點點頭，看了周圍的大臣一眼。「現在不是客氣的時候，家眷都在這裡，有什麼主意就說。」

這話誰敢說？到時候折損了哪家的女眷，不是結仇嗎？

最好的方式自然是拿出海王令，將人換回來。這海王令知道的人不多，但作用連雲五娘都能想到，這些大人怎會想不到？雖然不會像雲五娘一般，幼稚地以為有了這個令就真的能動用東海王留下的東西，但有一定的助力是確實的。

這邊正商量著從哪個方向過去，可以儘量的減少損失。

那邊三娘看著皇貴妃的臉色越來越白，心裡就不忍了起來。她覺得她自己心裡有了別人，唯一對不起的就是姨媽和表哥，如今表哥不在跟前，自己不能眼睜睜看著姨媽受罪。

「妳放了我姨媽，我給妳做人質！」三娘對著老道姑道。

這話讓六皇子眼睛一亮，跟著道：「沒錯，我也來換我的母后！」

皇貴妃先是一愣，既而眼裡閃過一絲淚意。自己陪了半輩子的男人不為所動，卻要一個外甥女替自己出頭。

皇后卻看了六皇子一眼，輕輕地搖頭。

雙娘把五娘的頭輕輕地放在地上。「我祖母年紀大了，我可以換我祖母。」

成氏看了雙娘一眼，這孩子此時能站出來，也算難得。

遼王見本來照顧五娘的姑娘就這麼離開了，就又看了躺在地上的五娘一眼，心裡有些著急。這天寒地凍的，躺在地上，可不得坐病嗎？

那道姑眉頭一皺。「想表孝心，就想辦法把我要的給我找出來，不然今天休想干休！」

三娘看了那道姑一眼，倒越發的冷靜起來。「我不知道海王令是什麼，但是卻知道妳挾持這些人質一點用處都沒有！說知道海王令的人，就是那個周姑娘。她本是江南鄉下的一個姑娘，母親死的早，親爹是個爛賭棍，繼母是個刻薄的。這姑娘就拋下了家，也不知道聽誰說他們家祖上跟江南蘇家的老太太祖上連過宗，就借著人家老太太出門上香的機會，撲到人家的馬車前，差點沒被馬踩死。蘇家的老太太看她可憐，就留在身邊照看。我姑姑就是嫁到了那蘇家，可惜去得早，單留下我表妹。表妹進京，是帶著她一起來的。她起初是住在我們家的，衣食住行，我們無不精心。可這姑娘不知道怎的又攀上了英國公世子夫人江夫人，從此再沒回過雲家。蘇家對她有再造之恩，她跟隨表妹而來，卻拋下了她；雲家對她有照顧之情，她一開口，就咬死了雲家，害得我五妹不得不應付妳才能救下母親。其實，妳一聽就該知道，我五妹說的都是話本上的話。妳要寄希望於這個周姑娘，那可就白費心思了。她這樣一個人，為了活下去會無所不用其極，她的話能信嗎？」

周圍的人聽了都一愣，還以為那姑娘是誰家要緊的女眷呢，沒想到是這麼一回事，不由得都看向英國公和世子。

成家父子緊皺眉頭，他們從沒把周媚兒這個小人物放在心上，卻沒想到會引來如此大的麻煩，這江氏究竟是怎麼一回事？

周媚兒聽著三娘歷數她的過往，就不由得暗恨。她為了拋棄過去，吃了多少苦，受了多少罪，如今卻被雲三娘揭下了面皮。一種不甘充斥著她的心，好似給了她無窮的勇氣，於是她大聲道：「我還知道一個秘密，一個天大的秘密！妳道江氏為什麼要對我這般好？就是因為我知道這個秘密！」她轉頭看向那道姑，道：「只要妳帶我走，我就把這個秘密告訴妳！這是個能讓天下大亂的秘密！」

這話一出口，眾人不由得心驚。這姑娘到京城後只在雲家和成家待過，讓天下大亂，肯定是和這兩個府邸有關了。

雲家和成家兩對父子皆面面相覷。天地良心，他們真沒有不臣之心！這個姑娘說話何其誅心啊！

江氏就在周媚兒身邊，剛才見周媚兒攀咬雲家和顏氏，她心裡還閃過一絲快意，不想這死丫頭就是瘋狗，竟然什麼都敢往外說！「住口！」江氏喝斥。那事要是讓成家知道了，不光自己要死，就是自己的兩個兒子也跟著完了！

「我為什麼要住口？妳這個——」周媚兒的話還沒說完，一支箭簇就朝周媚兒飛了過來，周媚兒耳朵一疼，看著箭頭從自己的臉頰邊飛過，頓時尖叫一聲。

這一番變故不光這些大臣吃了一驚，就是那道姑也吃了一驚。

原來是天元帝從身邊的侍衛統領手中奪過了弓箭，朝周媚兒射去。

這事絕不能叫成家知道，成家會造反的！

天元帝面不改色地道：「惑亂人心！成家和雲家朕都是信得過的！」

雲家和成家兩對父子趕緊跪下謝恩。這朝堂，最忌諱的就是君臣相疑了。

只有遼王隱晦地露出一個嘲諷的笑意。

周媚兒嚇得暫時失語，她知道，再敢說話，自己就不一定有好運能躲得過了。

皇后神色一動，見那道姑的注意力被分散，就猛地一撞那道姑，拔下頭上的簪子就往胸口上戳。「皇上，別顧忌我們，放箭啊！」

隨著皇后的身子倒下，三娘猛地拉了雙娘和六皇子一把。「趴下！」剛趴下，箭矢就從頭頂上方飛過。

六皇子看了雲三娘一眼，知道這姑娘救了自己一命，同時對父皇的涼薄也多了一份認識。

他知道母后沒事。母后要真想自殺成全父皇，給父皇製造機會，早就在道姑的劍刃上抹脖子了，再不濟也該是拿簪子戳在喉嚨上，而不是胸口。母后頭上的簪子，就是全刺進去胸口，那長度也傷不到心臟。所以，母后應該只是皮外傷，沒有大礙，但這點傷卻給了父皇一個機會。繼續僵持下去實在是太難看了，而且，父皇剛才射出來的那一箭，委實是蹊蹺得很。不過母后這一配合，倒顯得好似父皇跟母后有默契一般。

那道姑哪裡想得到這些人真敢射箭！不時有慘呼聲傳來，不知是哪個女眷被傷到了還是送了性命。

那道姑見對方毫不顧忌，一點也不曾手軟，自己的一點人根本就擋不住這些禁衛軍的合圍，就道：「不要戀戰！帶著那姓周的姑娘走，不要妄造殺孽！」

三娘心道，這道姑倒是聰明，知道不能再殺人了。這些人的身分不低，真死在她們手裡，找她們尋仇的人可就太多了。她心念一動，就往皇貴妃的身邊移動，等到了跟前，才看見皇貴妃倒在地上，肩頭中了一箭，她心裡一鬆。可再一瞧，只見原本完美的臉上添了兩個血口子，看著還不淺，不留疤的可能性真不大。

三娘知道，姨媽將容貌看得比命還重。可這臉上的傷是怎麼來的？也不像是被箭簇傷的，倒像是有人刻意劃的一般。周圍很亂，根本就找不到有嫌疑的人。她心裡一嘆，姨媽平時得罪的人太多了，只怕被人找機會報復了。

雙娘去找成氏，見成氏只是髮髻散亂了一些，一切都還好，忙問：「祖母，您還好嗎？」

「好好好！」成氏見這孩子前來，心裡就更多了幾分真心，道：「是簡親王和遼王搭了一把手，要不然，這條老命就真的交代了。」

言下之意，就是簡親王看在雙娘的面上才出手相助的。

雙娘面色一紅，不好答話。見那些道姑已經不知道退到哪裡去了，周圍都是官員來回奔忙找家眷的身影，看著已經沒有危險了。她這才恍然想起什麼似的，臉色一白，急道：「五妹……五妹不知道怎樣了？」

「別擔心，我已經拜託遼王照看了，妳們儘管放心。」

雙娘一扭頭，見是簡親王說話，忙局促地道：「多謝王爺。」

「舉手之勞罷了。」簡親王又問了成氏。「您還好嗎？」

「都好。」成氏謝了又謝。

簡親王這才打發身邊的太監領著祖孫兩人去安全的地方。

今兒要論起自在的人，就是簡親王和遼王了。

簡親王府的老王妃著涼了，今日沒來，而側妃他又不樂意帶，唯一要留心的也就是雲家的二姑娘了。

遼王則是沒有親眷的，因此幾乎一半的心思都放在雲五娘的身上。

第十五章

雲五娘醒來時，只覺得周圍一片黑暗，背後和後腦勺尤其的疼，才要呻吟出聲，就聽見耳邊傳來「噓」一聲。這熟悉的感覺，雲五娘一下子就知道這人是誰了。

她當時只是想裝暈來著，後來肩膀一疼，就真的什麼都不知道了。

「是你打我。」雲五娘壓低聲音，肯定地說道。

「妳以為裝暈能騙過誰？」宋承明淡淡地回道。「連妳父親都是先把妳的脈，後來皇上還讓太醫瞧了瞧。妳差點弄巧成拙。」

「我沒有更好的辦法。」雲五娘強辯道。

「妳當時就不該站出來！」宋承明叱道。

「要是我祖父迫於壓力，說出母親的身分怎麼辦？」雲五娘道。

「妳太小看金夫人了，她要是連這個都處理不好，就不是金夫人了。」遼王失笑道。

「你站著說話不腰疼！」雲五娘冷哼。「那是我親娘，她能不計代價為我籌謀，我就不能不計後果地為她出頭？換做是你的親生母親可能有危險，你會怎麼做？」

遼王一愣。

雲五娘頓時有些後悔，明知道他父母都不在了，還說出這樣的話。她不由得氣弱了幾分，道：「對不住，我不該……」

「沒事。」宋承明的臉隱在黑暗中，讓人看不清表情。「若是能為一個人不計代價，也是一種福氣。」

雲五娘沒有再說話，因為外面似乎傳來了腳步聲。

「吱呀」一聲，是門軸轉動的聲音。雲五娘心道，這地方一定少有人來，因為若是有人來往，很難受得了如此刺耳的開關門的聲音。

屋裡的腳步聲一點都沒有停下來的意思，顯然是這人在屋裡來回的徘徊。這個人顯得心緒不寧並且極為焦急，看來是在等人。

又過了不足一盞茶的功夫，又是「吱呀」一聲，應該是他等的人進來了。但顯然，這個人身上的功夫該是不錯的，因為雲五娘沒有聽到他的腳步聲。

「您來了。」

這是個男人的聲音，但卻比一般男人的聲音尖厲一些。他還用了敬稱，這說明後面來的這人的身分更高一些。

「嗯。」後人回答的聲音很平淡。「進展如何了？」

這聲音讓雲五娘覺得耳熟，但又想不起來在哪裡聽過？

「沒有成。」前人嘆了一聲才道：「看來他手裡確實沒有。」

「可有找出什麼蛛絲馬跡？」後人又問。

「那倒沒有，都是些無關緊要的，唯一的收穫就是一位姓周的姑娘。這周姑娘跟雲家以及成家都有些關係，應該知道一些隱秘之事。」前人稟報道。

「人呢？」後人又問。

「被羅剎那女人帶走了。」前人有些懊惱。

「廢物！」後人輕聲罵了一句。

雲五娘心道，看來這屋裡面的人跟那個叫做羅剎的道姑並不是一夥的，就不知是誰利用了誰？

「執行第二套計劃。」後人又說了一句。

緊跟著，門又「吱呀」地響了一聲。

「是！」前人應了一聲。

然後屋裡就靜了半盞茶功夫，才又聽見門的響動聲。

雲五娘以為人已經都走了，宋承明卻又輕輕「噓」了一聲。

果然，等了一盞茶時間，才又有腳步聲響起，門再次「吱呀」了一聲，那腳步聲慢慢地走遠了，直到聽不見。

雲五娘還是不敢動，看著宋承明。

宋承明拉了雲五娘的手，在黑暗裡行走，好半天之後才停下來。

就見宋承明從懷裡摸出一個夜明珠來，發出瑩白而微弱的光。

「這是哪兒？」雲五娘打量四周，感覺這就像是個密室。

「這裡說話安全。」宋承明往石凳上一坐，才道：「這裡是毓疏宮，也是以前的東宮，太祖皇帝為當時還是太子的太宗皇帝修建的。後來，我的父親文慧太子就在這裡長大。這些年來，這裡顯然已經荒廢了。」

「原來是東宮啊！」雲五娘肅然起敬。「那麼如今的太子東宮是……」

「文殊宮改建的。」宋承明有些不屑地道。

「這裡的暗室、暗道，你都很熟悉？」雲五娘問道。

「我的祖父留給了我的父親，但我的父親是一位人人都稱為君子的人，既然是君子，就從不屑於這黑暗裡的勾當。」宋承明的笑意有些複雜。

「你想說，他的性格根本不適合太子的位置，但是很多人卻因為文慧太子的品性而愛戴他？」雲五娘不由得問道。

「皇位從來都不該屬於好人。」宋承明的目光似乎想從這暗室穿過去，去看看真實的毓疏宮。

「但也絕不能給壞人。」雲五娘不由得接話道。

宋承明先是愣然，然後不由得一笑，問道：「妳覺得如今的聖上，是好人還是壞人？」

「是個不能自持的人。」雲五娘嘆道：「也是個容易自我膨脹的人。」

「膨脹……」宋承明唸叨了一句，才道：「這個說法好。」

雲五娘急著知道外面的情形，就道：「外面如何了？我想盡快回去，叫人發現就壞了。」

「妳放心，簡親王會告訴妳祖母，妳被我帶走照看。」宋承明解釋道。

「那就是我家裡的人都沒事了？那就好！」雲五娘心裡一鬆。

「妳知道海王令在誰的手上吧？」宋承明又問了一句。

「除了你，再沒有別人。」雲五娘哼笑了一聲。「太宗皇帝可不是先帝能比的。他一輩子只得了一個兒子，怎麼可能不給這獨苗苗安排好自保的退路呢？只可惜人算不如天算，他沒算到自家兒子的性情，這才白費了他的所有籌謀。不過，還好，還有你在，幸而你沒有長歪。」

「我見過金夫人了。」宋承明對於雲五娘的話不置可否，轉移話題似地說了一句，然後看著雲五娘。

雲五娘眼睛一瞇。「你想動用海王令，進而利用我娘親為你效力？」

「妳太高估海王令的權力了。」宋承明笑道。看著五娘瞪圓的眼睛，他心裡一動。「怎麼，妳是不是想要收回這面權杖，讓金家徹底沒有掣肘？」

「不行嗎？」雲五娘問道。「你有什麼條件都可以提，如果只是需要錢財的話，我也可以幫你賺。但只有一條，將海王令還給我娘，我不想我娘成為任何人的工具。」

「還回去也不是不可以，只是……什麼條件妳都答應嗎？」宋承明問道。

「是！只要我能做到！」雲五娘回答得斬釘截鐵。

宋承明眼睛一閃，嘴角一翹道：「這個可以考慮。在我想好要妳做的事情之前，我不會動用海王令。」

「嗯。」宋承明站起身來，不知道扭動了哪個機關，牆上就出現了一個小門，順著門又是一條黑漆漆的通道。

雲五娘鬆了一口氣。她不自在地看看這四面的牆壁，道：「咱們是不是該出去了？」

雲五娘跟著宋承明的腳步走，問道：「你知道羅剎是什麼人嗎？」

「不知道。」宋承明嘆了一聲。「不過這羅剎帶著的人都是女人，應該很好查。」

雲五娘點點頭，又問道：「剛才那個後來的人，聲音好像在哪裡聽過，但我實在想不起來了。不過那個先來後走的人，應該是宮裡的公公才對，他的聲音實在很特別。」

「妳倒是好記性。」宋承明不由得讚了一聲，才道：「那個後來的，輕功不錯、聽不見腳步聲的，叫做李山。」

「李山？這個名字好熟悉……」雲五娘擰著眉頭道：「我一定在什麼地方聽到過。」

「東宮的總管就是李山。」宋承明淡淡地道。

「什麼?!」雲五娘吃了一驚，腳下一絆，差點摔倒。「你剛才說什麼？」

宋承明皺著眉頭，扶著雲五娘。「妳小心腳下。這有什麼吃驚的？」他笑道：「若是沒有人配合，皇上怎麼會選在元宵宮宴的時候做什麼道場？妳想想，這做道場得多少人配合？

欽天監、內務府，沒有人配合完成可能嗎？所以，這背後的人，身分一定不一般。可這個當口，太子被禁足了，不能出東宮啊！外面就是亂成了一鍋粥，跟太子有什麼關係嗎？就連出手的都不是東宮的人，轉了幾道彎才利用了那個叫做羅剎的、不知道什麼來歷的女人。要不是咱們聽見了李山的聲音，誰能想到這會跟太子有關？」

「太子這是想借此機會找到海王令！」雲五娘倒吸一口氣。「他如今這般，是不是太著急？皇上還正春秋鼎盛呢！」

「要不是皇上對太子防備得太嚴格，做太子的誰又願意鋌而走險？」宋承明笑道。「妳知道太子為什麼會被禁足？」

「為什麼？」雲五娘不由得想到了三娘在雲順恭的書房裡拐著彎打聽東宮的事，難道真的跟三娘有關？

「太子夜會佳人，回去就跪求皇上賜婚。」宋承明的話帶著笑意。

「夜會佳人……」雲五娘有點張口結舌。「這佳人……她……她不會是我三姊姊吧？」

「嗯。」宋承明回頭，光線昏暗，他只能看見這丫頭兩個眼睛瞪得圓溜溜的。

「太子這也太……卑鄙！」雲五娘罵了一聲。就說嘛，以三娘一向理智的性子，是不可能去做明知道不會有好結果的事，結果太子就主動過去勾搭，三娘搖擺的心可不就偏向了太子？再加上這個求賜婚被禁足的風波，三娘的心裡還不得以為因為她，太子才被皇上厭棄了？這樣肯為她犧牲的男子，絕對值得她不惜一切、義無反顧啊！

宋承明沒有說話。在他看來，一個願打，一個願挨，都是人家的選擇。

雲五娘的心思全被三娘和太子的事占著，不知道是怎麼走的，等回過神來，竟然出現在了慈寧宮不遠的亭子背後。才要出去，就見亭子裡有一個熟悉的身影。

大姊姊！

五娘險些要叫出聲來。她真的進了宮！那麼，她跟那些道姑是一起的嗎？她明明是交給哥哥照顧了，怎麼會一個人跑到這裡？又是怎麼跟那些道姑混在一起的？還有，她如今身上這宮女的衣服算是怎麼一回事？

會是娘親和哥哥的安排嗎？

娘親和那個羅剎是認識的嗎？

或者是元娘自己跑出來的？可是這可能嗎？哥哥的身邊都是什麼人，自己很清楚，元娘一個弱女子是不可能從他們的眼皮子底下走脫的。

雲五娘只覺得頭痛欲裂。這究竟是怎麼一回事？娘親和今天的事情有關嗎？

難道娘親也想找回海王令，不想聽令於任何人？可是不對啊，遼王既然已經見過娘親，那麼他們彼此不可能不知道對方的底牌。

再等她回過神時，卻已經不見元娘的蹤影了。扭頭一看，就見宋承明看著亭子，若有所思。

「待在這裡別動。」宋承明小聲道。

雲五娘點點頭，表示自己絕對不會動。這才見宋承明輕輕地掠過花木，進入了亭子，然後繞著柱子、石凳，連同元娘剛才站過的地方，都細細地看了一遍，還時不時地用手敲打一番。

雲五娘心道，難道元娘是在原地消失的？如此一來，這宮裡豈不是還有一條隱秘的通道，是連宋承明都不知道的？

宋承明回來的很快，然後苦笑道：「是我小看了金夫人。」

雲五娘心裡一跳。「難道真的跟我娘有關？」

「這話，也只能問問金夫人本人了。」宋承明嘆道。

「我娘這是為什麼……」雲五娘十分的不解。

「仇，報仇，滅族之仇。」宋承明深吸一口氣。「這事說來複雜，等有機會再跟妳說吧。不過金夫人究竟在裡面起了什麼樣的作用，我還看不出來。但我瞧著，太子該是不知道還有人在暗地裡參與。」

滅族之仇？雲五娘倒吸一口冷氣。「東海王的後人都被……」

「東海王重諾，許下的諾言萬世不改。」宋承明有些艱難地道：「金家不聽令於先帝，所以……」

「所以，都被殺了！而我娘，就是那個漏網之魚。」雲五娘看著宋承明。「莫非你，才是金家要聽令的人？」

宋承明突然不知道該怎麼回答這個問題。是的。金家信守承諾，一直等著文慧太子的召喚，可等來的卻是先帝的絕殺令。金家一脈，因為這一個承諾，幾乎斷絕。

宋承明張張嘴，一句話也說不出來。

雲五娘坐在搖椅上，看著香荽正指揮著婆子們翻著院子裡的田地。

從宮裡回來都已經一個來月了，雲五娘的身子還是沒有完全的康健起來。或許真是因為在冰涼的地面上躺的時間長了，也或許是因為心裡存了事，這一病，竟然就是好不索利。找來了不少大夫，都異口同聲地說自己這是驚懼所致，得好好養著，別叫人打攪。雲五娘自己知道這不是嚇病的，但大夫能如此說假話，要嘛是娘親和哥哥插了手，要嘛就是遼王宋承明做了安排。連雲家的人，慢慢的也相信了起來。

那天她是怎麼回來的，她自己都不記得了。

本來等著遼王回話的，卻不想他突然道「有人來了」，然後不知怎的，自己又暈了過去。等再睜開眼，就已經在田韻苑自己的屋子裡了。邊上圍著幾個丫頭，怡姑在旁邊陪著一個鬚髮俱白的老大夫，那大夫手裡撚著針，顯然是在給自己針灸。

關於那日跟遼王的事，她半點也不曾提起，只道自己是看見那個被扭斷了脖子的貴人臨死時瞪著的眼睛，給嚇住了，剩下的全然不知。反正就是渾身提不起一點勁頭，也就這麼在院子裡養著了。

顏氏的肚子暫時是保住了，只是如今卻不能下床，是不是能順利生下來尚且不得而知。家裡的事情，如今由雙娘和三娘管著，老太太成氏則忙著參加葬禮。此次沒折損女眷的人家還真不多，有當場就死了的，也有回來後不治身亡的，好似整個京城都掛上了白幡一般，氣氛都透著壓抑。

雲家算是幸運的，顏氏雖然受了損傷，但好歹命是保住了。

雲高華和雲順恭好似一下子就忙碌了起來。雲五娘猜測，他們可能正在追查那個叫做羅剎的女人的蹤跡。

天氣和暖了，遠遠地看去，柳條上已經帶了綠意。雪水沁潤了一冬的土地，平整過後，露出濕潤的泥土，帶著一種特有的腥味，反倒叫雲五娘的心踏實了起來。

她這些日子是有些挫敗的。自己想要幫助娘親，可如今看來，全不是那般簡單的事，自己不添亂就算好了。也許按照娘親的安排，按部就班、糊裡糊塗地過活，也是一種不錯的選擇。

她兀自苦笑。不是經歷過一輩子就比別人活得更聰明了，不說娘親，就是這家裡的姊妹，哪個也不是自己能比的。

「姑娘，回屋子去吧。」紫茄過來。

紫茄胳膊上搭著毯子，看來是準備勸不動自己的時候，給自己蓋的。五娘不想讓跟著的人為難，遂點點頭。「那就回吧。」

紫茄最近有點憂心，姑娘自打回來後，還真沒有什麼地方看起來像是病了，除了肩膀上有一處不知道是怎麼出現的瘀青外，也就後腦勺上起了一個大包，如今早就消去了，可人也不見精神，反倒越發的清瘦了起來。原本就不算柔和的長相，竟然又多了幾分稜角。

雲五娘剛回到屋子，六娘就過來了。她這些日子，天天都會過來陪五娘一會兒。

「五姊，妳心裡究竟有什麼不痛快，不能好好說出來？」六娘看著五娘，問道。

雲五娘張張嘴，也覺得自己甚是矯情，就道：「也不知道為了什麼，就覺得沒一件事是自己能看明白的，我自己都不知道到這世上來這一遭是為了什麼？」

六娘擰著眉頭道：「妳這又是發什麼感慨？不管為了什麼，這生死是能由人的嗎？若是如此，不知道有多少人後悔來這世上一遭呢！」她看了五娘一眼，又道：「我倒覺得妳這像是在跟人賭氣一般，這氣悶在了心裡，發不出來。」

「我能跟誰賭氣？」五娘將頭瞥向一邊，眼睛看著窗外那時不時飛過的雀兒。

「這是跟我賭氣呢！」城外的煙霞山莊，金夫人坐在搖椅上搖晃著，哼笑了一聲，對兒子雲家遠道。

雲家遠苦笑一聲。「送去的東西叫丫頭們收了，卻是沒用，也沒傳出什麼話來。」

「身子還是不見好嗎？」金氏又問。

「是啊！飯進的少了，人也瘦了許多，再這樣下去……我終是不放心。」雲家遠道。

「這是存了心病了。」金氏又一笑。「你一會子就去接了她吧。我寫一封信，你帶回去給雲順恭就行。」

雲家遠這才笑了。「接過來多久？」

「你想多久？」金氏搖搖頭，道：「先把人接來再說吧。」

「住在山下還是山上？」雲家遠又問道。

「就住山上吧。」金氏看了一眼旁邊的廂房。這屋子已經收拾出來十幾年了，天天打發人打掃，如今終於有人能住進去了。

雲家遠響亮地應了一聲，就連忙往外跑，彷彿害怕金氏又反悔一樣。

雲順恭聽說雲家遠來了，好一陣歡喜，忙打發人將人請了進來。一共三個兒子，也就這個兒子最合他心意。

「你怎麼回來了？」雲順恭打量兒子，看著就如同自己翻版的兒子，他心裡的喜意壓都壓不住。

「娘說，你看看這個就明白了。」雲家遠將書信遞了過去。

金氏！這個女人真是讓人又愛又怕。他趕緊將信接過來，看了之後，面色變得有些不自然。見雲家遠在一旁看著他，就道：「現在出城，到煙霞山都晚上了。要不然你在家住一晚吧，明兒一早再帶五丫兒回去。」

「娘還等著呢。」雲家遠簡單地說了這幾個字，卻沒有任何讓步的意思。住在這家裡，雲家的人又該多想了。

雲順恭嘆了一口氣，道：「那就罷了，我這就打發人去叫。」

雲五娘吃了午飯，就又準備睡了。紅椒說了半天外面的趣事，也沒能讓她有點精神。才要脫了大衣裳上炕，就聽見香荽跟誰在說話。不一會兒，香荽就急匆匆地進來，臉上的表情十分的奇怪。

「姑娘，遠少爺來接了。」

「什麼？」雲五娘回過身，又問了一聲。

「遠少爺來接了，現在就在前院，讓咱們馬上就走，說是煙霞山什麼都準備著呢，一應東西都不用帶。」香荽笑道。

雲五娘還沒有回過神，幾個丫頭已經七手八腳地給她換衣服了。

香荽安排道：「還是我和紅椒跟著去，院子的事情全都交給紫茄作主。」

等到了二門口，看到站在馬車邊的哥哥時，雲五娘才感覺到了真實。

雲家遠看了一眼雲五娘就皺眉了。「怎麼瘦成這副樣子？」語氣裡對雲順恭有些埋怨。

雲順恭也有一個多月沒見五娘了，猛地一見，才發現這孩子已經瘦得脫了形了，沒想到竟病得這般重。他低聲道：「為父這段時間忙，竟不知妳病成這樣。妳先隨妳哥哥去城外莊子上住上一段日子，好好養養。」

雲五娘笑著應是。雲順恭對著雲三娘從來都是自稱「爹爹」，只有遇到自己的時候，才自稱「父親」。這稱呼就如同一條線，父女倆都從不去觸碰它。

雲家遠親自將人扶上了車，車從側門出去，一路朝城外走去。

出了城，雲家遠才上了馬車，看著五娘懶懶地歪著，就笑道：「還賭氣呢？」

雲五娘看著車窗外，道：「才沒有。」

「還說沒賭氣，嘴上都能掛油葫蘆了。」雲家遠嘆了一口氣道：「妳這樣，娘可是把遼王恨得半死，都怪他多嘴多舌惹的事。」

「你們還要瞞著我到幾時？」雲五娘壓低聲音道：「要報仇，對抗皇權，這是多危險的事，我卻被蒙在鼓裡！」

「事情沒妳想的那般糟糕，也不是妳想的那個樣子。」雲家遠一派輕鬆地說。

雲五娘有些不確定地道：「真的？」

「只說一件事，妳就知道真假了。」雲家遠小聲道：「那天之後，娘已經主動聯繫當今的皇上了。」

「什麼?!」雲五娘大吃一驚，差點跳起來。

「嚇著了吧？」雲家遠看著妹妹的樣子就失笑道。

「是不是因為我說了不恰當的話？」雲五娘不由得問道。

「不是。」雲家遠搖搖頭。「當年母親在雲家，那是迫不得已，而現在，早已經今時不同往日了。雲家貪婪，想要的越來越多，但這時間一久，露出的破綻也就更多，世上從來就沒有不透風的牆，所以已經到了瞞不下去的時候了。」

雲五娘皺眉道：「雲家雖貪婪，但那皇家要的豈不是更多？」

「皇上的價值，難道是雲家能比的？如果非要合作，雲家並不是最好的選擇。以前，那是金家需要時間恢復元氣，不得不跟他們虛與委蛇，而如今……妳只要知道，若不是有十足的把握，娘是不會冒險的。」雲家遠道：「有我們倆在，娘很慎重。她籌謀了這麼些年，放在第一位的永遠都是我們的安危，而不是勞什子仇恨。」

雲五娘憋在胸口的氣慢慢的消散了一些，才道：「這十幾年來，金家在恢復元氣，而皇家卻已經長成了許多皇子，將朝廷分成了幾派，又有太子虎視眈眈。在皇上的心裡，他跟江氏的那點事被揭出來是遲早的，尤其是周媚兒消失之後，他更會疑神疑鬼成家是不是已經知道了卻隱忍不發；對於雲家，他也是信不過的，而娘親的主動聯繫，就將雲家推到了被皇上懷疑的一邊，雲家又分走了皇上的一層精力。而元娘那天進宮，就是替娘親送信的。元娘也是皇上和江氏事件的知情人，元娘知道了，就意味著金家知道了，這也是在震懾皇上，如果皇上不選擇跟金家合作，那麼金家就會將消息告訴成家。成家是太子的外家，金家和成家合作輔助太子上位也該不是難事。另外，成家雖然和雲家不對盤，但是你我畢竟姓雲，金家跟雲家有這斬不斷的關係，真起了衝突，雲家的態度就是個變數。皇上冒不起這個風險，與其將助力推給對手，為什麼不留在身邊呢？所以，他對金家的態度，更多的是拉攏。」

雲家遠讚賞地點點頭。「此次宮裡的事件，娘和我並沒有參與，只是提前知道了一些消息罷了。那天，雲家的父子倆差點就將娘親說出來，若真如此，金家即使不復仇，哪怕從來都沒有起過復仇的心思，也會被皇上看做是居心叵測。而幾個皇子，又怎敢對金家輕易相信呢？只怕那時，金家就是他們共同的敵人，他們恨不得一起衝上來，將金家分而食之。況且，有人這麼不惜一切代價的要找海王令，也會讓皇上重視起來。到時候真要查證，找到娘親只是時間的問題。再說，雲家有老太太成氏、二太太顏氏，這些人更不是可靠的，與其相信她們，倒不如相信自己。」雲家遠坐在五娘對面，輕聲道：「另外，娘她也不想藏著了。從今以後，妳想見娘，誰也不會攔著。雲家想一直藏著妳，可藏著妳終歸不是辦法。妳長大了，不管金家這層身分賦予了妳什麼，妳都得學會應對了。」

「哥哥是說，我的身分會讓許多人趨之若鶩？」雲五娘笑道。

雲家遠點點頭，道：「所以，哥哥要告訴妳，男人的話千萬別輕信。」

雲五娘反而灑脫一笑。「這有什麼？大不了一輩子不嫁人便是！」

雲家遠斥了一聲「胡說」，但心裡卻在思量著這話的可行性。

雲五娘還沒有見到娘親，就已經將心裡的憋悶盡數去了。此刻看著真是天也藍了，水也清了，渾身都舒坦了起來，也有興致看外面的風景了。突然，她又想到什麼似的，問道：

「對了，元娘人呢？」

「信送到了，人就沒回來了。」雲家遠道：「皇上將元娘留在了宮裡，又另外打發人去煙霞山送回信。」

「原來已經進宮了。」雲五娘又問：「是什麼位分？」

「宮裡剛死了妃嬪，又有那麼多女眷出事了，要冊封也得等些日子。皇上如今認為元娘的背後有金家在，所以，位分不會低。」說著，雲家遠遞了一個蘋果過去，給雲五娘潤喉。

雲五娘沒問那羅剎是什麼人，問了估計哥哥也不會說。

她看著已經慢慢暗下來的天色，突然有些緊張了起來。

雲五娘不知道自己是在一種怎麼樣的心情中踏上煙霞山的。

周圍是什麼樣的環境，完全都不在此刻的雲五娘心中，她的眼裡只有那山頂亮起來的一盞微弱的燈，像是在指引她回家的路一般。近了，就在眼前了，但眼淚不知道為什麼，就這麼突如其來的掉了下來。

雲家遠牽了五娘的手道：「走，咱們回家。」

跟在雲家遠的身後，沿著走廊，穿過外院，跨過了兩道高高的門檻，才看到燈火從正廳的窗戶上投了出來。

「娘！我和妹妹回來了！」雲家遠邊走邊喊。

「喊什麼？」裡面傳來淡淡的聲音。「回來了就進來吃飯，不餓啊？」不像是十幾年沒見，倒像是兩個孩子在門前玩了一會兒後回來了般平常。

雲五娘突然覺得腳下似乎邁不動了。她這會子腦子裡只有這些年的孤單，頓時心裡全都是委屈，也沒工夫去想這是不是近鄉情更怯？

雲家遠能理解這樣的心情，看五娘哭花了臉卻偏偏不出聲，也跟著鼻子一酸，喉嚨就像堵著似的。他手上用勁，生拉硬拽著雲五娘進了大廳。

雲五娘就跟在雲家遠身後，也不抬頭，就那麼站著，不動不說話。

兩孩子一進來，金氏就把視線落在閨女身上。見她不抬頭，就那麼強著，就知道這是又委屈上了。她強壓下眼裡的淚意，道：「強在那兒幹麼呢？」

雲五娘的眼淚就流得更凶了。從小不管我，如今我來了，妳不說哄我，還沒事人似的！越想越委屈，雖然理智上覺得這樣十分的幼稚，但就是擋不住覺得委屈。

「不吃飯啊？」金氏又問。

這聲音聽著清亮幹練，但雲五娘沒心情欣賞。這人怎麼當娘的？我都強了這半天了還不來哄我啊？於是越發牛性了，甕聲甕氣地道：「不吃！」

金氏一噎，又不忍心訓她，眼圈都紅了，再問：「真不吃？」

「就不吃！」雲五娘嘴一撇，就帶上了哭腔。

雲家遠一看，得，這倔脾氣都倔一塊兒去了！

金氏一聽，這是哭了。她扭過臉，用手背抹了一把淚，深吸了一口氣才道：「不是說長得有多知禮嗎？不是說雲家上下沒人能說一句不好？就是這樣的？」

雲五娘哼了一聲，哭道：「就這樣怎麼？妳是我親娘，橫豎什麼樣都是妳生的！」

「我生了妳還沒理了？」金氏道：「這是在我跟前不裝了，露出真性子了吧？」

「我就這樣怎麼了？」雲五娘「哇」一聲哭出來了。「我就這樣怎麼了？生下我妳不管我……我來了妳還嫌我！」

「我幾時嫌妳了？」金氏抹著眼淚，被她氣笑了。「妳一年到頭的給我送妳那勞什子青菜，我可曾說過一句嫌棄？」

「那妳現在說還不就是嫌棄！」雲五娘抬起胳膊，用袖子抹了一把臉。

「鼻涕都黏在臉上了！」金氏嘖嘖有聲地道。

「哪兒呢？」雲五娘哭得打嗝，還一邊問。

「妳過來我告訴妳。」金氏這般道。

雲五娘扭著臉道：「不去！」轉臉又道：「我都多大了還玩這遊戲？幼稚！」

金氏一下子就尷尬了起來。

雲家遠「噗哧」一聲笑了，道：「先吃飯，吃完飯咱再吵。」說完就拉妹妹過去坐。

「給哥哥個面子，這一路顛簸，可真餓了。」

雲五娘也餓了，倒沒強著，跟著雲家遠坐了過去。

金氏心裡舒了一口氣，這可真是個魔星。見閨女臉都埋到碗裡了，就是不抬頭，就挾了一筷子菜過去，放在五娘的碗裡。「嚐嚐看。」

雲五娘倒是沒拒絕，吃到嘴裡卻沒什麼滋味。

「怎樣？」金氏的聲音帶著一點點的緊張和期盼。

雲五娘不用想也知道，這定是娘親下廚做的，因為味道實在不怎麼樣，就道：「熟了。」

金氏氣得直喘氣。「我做了半天，就只是熟了？」

「那妳剛才還說我的青菜了呢！」雲五娘嘟囔了一句。

「死丫頭，還挺記仇！」金氏又把其他的菜挾給她。「吃不慣就吃這個。」

雲五娘卻把金氏做的那盤拉到自己跟前，道：「我還是吃這個吧，橫豎熟了就成。」

金氏眼裡的淚意一閃，臉上卻笑了，嘴裡罵了一句。「臭丫頭！」

雲五娘吃著飯，偶爾抬眼看一眼金氏，竟然發現自己瘦下來以後，更多的是像了她。

「看什麼？」金氏將湯碗推過去，問道。

「怪不得我長得沒有人家好看呢！」雲五娘接過湯碗，又說了一句。

「這長得不好也是我的錯了？」金氏被閨女這賴皮勁給逗樂了。她從來就不知道孩子還有這樣的一面，還以為她本來性子就穩重，不然不能在雲家有這樣的好名聲。如今一瞧，才知道這孩子跟自己還是很像，有許多惡劣的性子在。

雲五娘撇撇嘴，不說話了。其實金氏真的是一個很有氣場的女人，她容貌的美更偏向凌厲一些，就是比英氣還要多一些。雲五娘覺得，自己就是修煉一輩子也沒有這樣的氣場。

金氏又問雲家遠。「雲家沒難為你吧？」

雲家遠搖搖頭。「本想留我過夜的，我拒絕了。」

金氏淡淡地哼了一聲。「黃鼠狼給雞拜年，沒安好心。」

雲五娘認同地點點頭。

母子三人吃了飯後，雲家遠就退了出去，將這處留給母女二人。

一會子就有兩個丫頭進來，收拾了餐桌，並奉了茶。

雲五娘打量了一下堂屋，很精緻，但不奢華。

「東廂是妳的房間，我叫丫頭帶妳去。」金氏道。「妳的兩個丫頭已經安排過去了。」

「我不去。」雲五娘拒絕了。

「又怎麼了？房間一直都有人收拾，佈置得跟妳田韻苑的屋子一樣。」金氏的聲音輕下來，哄道。

「不去！」雲五娘看著金氏道：「我跟妳睡！」

金氏愕然了一瞬，然後才笑了，笑著笑著，眼圈就紅了。「好。」

雲五娘這才覺得，大概這娘親也不知道該怎麼跟自己相處吧？

眼。

金氏的臥室要比想像中的溫馨舒適很多，顏色也不是自己以為的偏暗沈，反而十分的亮

「屋裡的浴室引的是溫泉水，去洗吧。」金氏指給五娘看，又道：「我叫丫頭給妳把換洗的衣服送進去。」

「我自己搓不了背，一起洗唄。」雲五娘不自在地提議。

「……我給妳搓。」金氏起身。「妳真是個魔星。」

進了浴室，才知道浴室有多大。看得出來，浴室是金氏獨用的。也是，從沒見誰家主子跟下人共用洗浴之所的。這池子極大，在池子裡面游水都能游得開。溫泉的水溫熱舒適，雲五娘只覺得渾身的毛孔都張開了。

還是這裡舒服啊！

金氏瞧著當初生下來的那個軟團團的小肉疙瘩如今已經長成這般大的小姑娘了，那長胳膊長腿在水裡歡快地撲騰，心就不由得柔軟了起來。

五娘一扭頭，果然見娘親才下了水，她的視線不由得落在娘親的肩膀，那裡有一道極為猙獰的疤痕，幾乎橫過了整個肩膀。

金氏順著閨女的視線看過去，笑道：「怎麼？嚇著妳了？」

雲五娘卻見娘親身上還穿著肚兜，就問道：「身上是不是還有其他的傷？」

金氏一笑。「都過去這麼些年了，早就好了。」

也就是說，肯定還有。不敢露出來的傷，自然比露出來的更猙獰。她簡直都不能想像當初傷成什麼模樣？一時間，拳頭在水下悄悄地握起來。這才知道娘親能活下來，是多麼僥倖的一件事。

金氏給閨女洗著頭髮，問道：「在雲家，吃穿用度上還不算多虧待吧？」

「還好。」雲五娘道：「給我我就接著，不給我也不搶，好了壞了的差別能有多大？不在乎就無所謂。」

金氏哼笑一聲。「雲家那樣的暴發之家，哪裡懂什麼享受？」

雲五娘一囧，笑道：「祖父聽見妳這麼說，一定會氣得跳腳的。」

「又沒說錯！」金氏不屑地道，又問：「我聽說顏氏的女兒愛找妳茬啊？」

「妳說三姊姊吧？」五娘道：「人之常情。」

金氏挑眉道：「我怎麼瞧著妳還挺大度？」

雲五娘就知道接下來她要說什麼了，頭一扭，笑道：「這得分人。」

金氏哼了一聲。

娘倆有一搭、沒一搭地說著話。

出了浴室後，雲五娘只覺得渾身都軟了，這是泡的時間有點長了。

金氏遞了一杯溫水過來。「晚上不許飲茶，也別喝那什麼蜜汁子糖水，就白水，聽見沒？沒人管妳，妳養成的那都是什麼習慣？晚上還都得有溫茶候著。」

雲五娘趕緊低頭，裝作喝水的樣子，掩蓋了自己的神情。這就是親娘，要不然誰管妳這麼幹對身體好不好？也只有親娘才不在乎妳愛不愛聽，只要覺得妳不對了，肯定要說的。

「不渴了就行了，水也不能多喝，要不然明天臉該腫著了。」金氏倒是沒注意雲五娘的情緒變化，只背過身，去鋪床。

雲五娘看著她的背影，放下手裡的杯子，叫了一聲。「娘。」

金氏的動作猛地就頓住了，僵了好半天才又繼續動作。這是這孩子第一次開口叫自己娘。她「嗯」了一聲，道：「不喝了就上床睡覺。」

雲五娘嘴角一翹。母女之間大概就是這樣的吧？

第十六章

雲家。

送走了雲家遠、雲五娘之後，雲順恭這才拿著手裡的信紙，起身去找雲高華。

雲高華剛聽說金氏打發雲家遠來接走五娘的事，正要去問問雲順恭這是在鬧什麼，就見到雲順恭來了，於是皺眉道：「你在幹什麼？怎麼答應了？」

「不答應能怎麼辦？」雲順恭揚了揚手裡的信紙。「父親當日在皇上面前的樣子激怒了她，如今她倒先跑去找皇上說了自己的身分。」

雲高華一愣，繼而面色一變。「你怎麼不早說？」

「父親！」雲順恭道：「她這些年就沒離開過煙霞山，就連家遠也沒有離開京城走去太遠的地方。東海王已經去了多年了，您當日偷聽到的也許就是假的。」

「放屁！」雲高華怒道：「太宗那時對我雲家是極為信任的，皇帝的親衛，要嘛是沒有身分背景的人，只能忠於皇上一人；要嘛是心腹臣下的子弟。我當時被你的祖父送到太宗身邊當了親衛，那是極為榮耀的事，證明雲家在皇上的心裡是信重的。

「東海王是何等樣的人，你根本就不知道。當年太祖打天下，能快速地收攏人心，就在於錢財上有人源源不斷的支持，而且即便戰事再艱難，從沒有橫徵暴斂，還每每減免賦稅。

收不上銀子，沒有賦稅，你說錢財從哪裡來？那都是東海王提供的！至於金家的生意是怎麼做的，先帝沒能找出蹤跡。」雲高華撓頭嘆道：「東海王當年只有一個女兒，獨生的女兒，太祖本打算讓還是太子的太宗娶了金家的姑娘，可東海王卻不樂意。

「想想也能理解的，辛苦積攢下來的基業，不能就這樣被皇家吞了。聽說那個東海王的獨女，後來倒是招贅了一個丈夫，不過不知道什麼原因，婚後一年不到，那丈夫就死了。這也就是為什麼東海王的後人沒有爵位的原因，因為沒有男丁承襲這個爵位。東海王的女兒倒是懷了遺腹子，生了一對雙胞胎兒子下來。只可惜，只活下來一個，另一個據說在幼年的時候夭折了。」

雲順恭道：「這個活下來的，應該就是金氏的父親了？」

「應該是的。」雲高華道：「東海王有一個義子，太祖皇帝和太宗皇帝都知道，可後來也不知出了什麼變故，反正，再也沒人見過這個人。都說，是他在暗地裡經營金家。金家的事，為父知道的也就這麼些了。但有一點可以肯定，太宗臨終的時候，跟他說話的一定是金家的人。雖然詳情沒有聽見，但隻言片語也夠了。當年能引出金氏，不就證明為父當時聽到的不是假話，是確有其事的嗎？」

事到如今，雲家父子不得不想想之後的應對之策了。

雲五娘此刻躺在金氏的身邊，沈默了半晌才好奇地問道：「當年，金家出了事，妳是怎麼逃出來的？」

「逃？」金氏一笑。「當時的境況，哪裡是想逃就能逃出來的？金家那一脈，已經斷了。」

雲五娘眉頭一皺，不解地道：「什麼那一脈？」

「我的祖母，是東海王的親生女兒，後來招贅了一個看得順眼的人，就是我的祖父。我的祖父命短，在我父親出生以前就已經死了。我祖母生下了一對雙胞胎，一個是伯父，一個是父親。父親體弱，被當時還在世的先祖東海王送出去養病，其實，是送給了他的義子金純教導，金純就是我的大爺爺。那時候先祖已經意識到，皇帝再也不是當年打江山時候的皇帝了，於是暗暗將金家拆成了兩支，一明一暗。先祖得了一對雙胞胎孫兒這事瞞不住人，但為了拆成兩支，先祖便秘密送走了父親，只對外說是夭折了一個，皇家也以為是夭折了。但咱們自己知道，金家明處有伯父，暗處有父親。」

「所以，後來金家被滅，說的是明處的一脈，沒一個活下來？」雲五娘不由得問道。

金氏呵呵一笑，聲音有些蒼涼。「何止是明處的人啊！父親是在暗處，但他總不能眼看著伯父一家身死而置之不理吧？於是，將人都撒出去救人。可惜啊，都死了。他怎麼也沒想到，皇家會這般的狠。那些火藥，還是先祖從洋人手裡買來的方子，助太祖打下這天下的，不想，這東西最後竟然用到了自己的子孫身上。任憑你武功再高強、人再多，也逃不出來。現場沒有一具完整的屍體，到處是殘肢，有的都已經化成了灰燼。我的父親、我的兩個哥哥，都死了。金家的護金衛，也折損了大半。金家只留下一老一小，老的是大爺爺，小的就是我。

「當時的情況太慘了，連一具完整的屍體都找不到，因此，下手的人根本就不知道金家到底死了多少人？到現在為止，別人也只以為我是伯父的女兒，卻不知道暗處還有過我父親那一支。後來，不停的有人在查找金家錢財的下落和金家生意上的事，所以我們就更不敢動了。

「大爺爺一輩子都在經營金家。他感念先祖救了他，從不曾存半點私心，為了怕自己有了子孫後，子孫會覬覦這些產業，他甚至一輩子都沒有成家。也有家裡的老人說過，大爺爺喜歡的人是我的祖母，但祖母卻只把他當兄長。這些長輩的陳年舊事，誰又說得清楚呢？但祖母也在那場滅門……中死了。

「大爺爺驟然失去這麼多親人，他年紀大了，差點挺不過去，要不是見我年紀小，從小又被父親和兩個哥哥慣得不知世事，恐怕早就撒手去了。他們將金家夷成平地，卻沒找見半兩銀子，」金氏的聲音透著嘲諷的笑意。「想必先帝是極為後悔的吧？」

雲五娘長長地嘆了一口氣，這就是皇權啊！她又小聲地問道：「那娘妳……是怎麼到雲家的？」

金氏沈默良久，才道：「那一年，大爺爺終是撐不住，扔下我，也去了。剛辦完喪事，就聽到有人去祭拜金家的墳塋，說是守諾而來，如今人卻不在了。金家行商，最重諾言，人都道『金家一諾，萬世不改』，大爺爺臨終前也囑咐過，金家什麼都能沒了，只金家這重諾的招牌不能砸了。於是，當時我便打發人去問，金家許下了什麼諾言？可有憑證？不想那人卻只說了『海王令，天下歸』這幾個字。那是大伯父跟太宗之間的協議，別人不可能知道，想到太宗一脈還有傳人，我就親自去了。

「那時候我還年輕，儘管大爺爺教了我許多，但我從來沒有自己真正的操持過，也從來不知道人心是那麼可怕。當時，護金衛得用的人已經不多了，新一茬的人還沒接上來，加上有一筆生意要走貨，人都調撥走了，而這邊又耽擱不得，因此我只得帶著兩個人，親自去見一見這個所謂的持有海王令的人。我想著，對方既有海王令，就該是需要金家出力，總不會對我不利吧？那是我第一次知道人心的險惡。而我見的那個所謂持有海王令的人，就是妳的父親，雲順恭。」

「他這是詐妳？」雲五娘不可思議地道：「而且他是怎麼知道那些隱秘之事的？」

「妳祖父曾在太宗身邊做過貼身護衛，估計是偷聽到的。」金氏不屑地道。

「那後來呢？」雲五娘著急地問。

「我看他的年歲，以為他是文慧太子托孤之人，倒是不曾防備，將身邊的人打發了出去守著。結果，一口茶下去，中了迷藥。雲高華的意思，可能是想掠了我去。可雲順恭那時還年輕，起了不該有的心思，趁著我被迷暈時，占了我的身子。」

「什麼?!」雲五娘霍的一下坐起來。「怎麼可以這麼卑鄙？」

「他一直都這麼卑鄙！」金氏嗤笑一聲，才接著道：「事情就那般的巧，他家裡有個母老虎，因為他常出門又神神秘秘的，所以起了疑心，那日悄悄地跟著他過來了，侍衛、丫頭、婆子都不少帶，前來捉姦了。我帶的只有兩個人，被那些雲家的侍衛絆住了，顏氏闖進去的時候，我還沒有醒……」

雲五娘想到一種可能，她不由得道：「妳身上的傷，是她砍的?!」

「是啊。」金氏淡淡地道：「砍了好幾刀，就怕死不了呢！」

雲五娘真不知道該說什麼了。

金氏卻接話道：「可我還真不怪顏氏，要是我換做她，看到那樣一副場面，也會二話不說上去砍人的。」

「吃了疼，我就醒了。」金氏有些自嘲地笑道：「可那時，我卻沒有選擇的餘地了。雲順恭將刀架在我脖子上，威脅我的侍衛不要反抗。護金衛就是護衛金家以及金家的產業而存在的，我是金家的獨苗，我的安危重於一切。那顏氏這才知道事情有蹊蹺，知道了我的身分後就有些害怕了。她知道金家的人絕不能死在她的手上，那時先帝已經去了，而皇位上這位對金家是個什麼態度，誰也不知道，她冒不起這個風險。於是，才有了後來妳聽到的那個故事，全都是他們夫妻二人編造的。

「我重傷，只能被帶到雲家。也許真是孽緣吧，在那樣的情況下，我竟然還有孕了。可是，養傷喝了那麼些藥，誰知道這肚子裡的孩子還好不好？生下妳哥哥後，他確實比別的孩子更弱一些。那時候，妳哥哥還小，腦子是不是有缺陷還看不出來。我想從雲家脫身，就說了要將金家傳給自己的孩子，所以這孩子不入雲家族譜。以雲高華和雲順恭的為人，如何不喜？但為了以防妳哥哥有什麼萬一，又想牽制我，才想再有一個孩子，如此就能更穩妥。」

「於是，就有了我？」雲五娘看著金氏，問道。

「對。」金氏道：「你們兄妹的出生，就伴隨著如此不堪的陰謀和算計。顏氏答應我會照顧好妳，我則答應她跟她的恩怨一筆勾銷。」說完，她一嘆。「如今，妳可明白了？」

「我想過許多回，唯獨沒想到是這樣的。」雲五娘搖搖頭。「娘啊，妳是不是恨我父親？」

「恨吶！如何能不恨？」金氏道：「不過，他的算計也教會了我很多。在生你們倆的那段時間，是我真正成長起來的時間。何況，有了你們倆。我如今是懶得跟他計較了，我還有許多事情要做，理他做什麼？」金氏說著，就伸出手，摸了摸五娘身上的被子有沒有蓋好。

雲五娘翻了個身，面朝金氏，卻沒有再往深了問。比如，金家的錢去哪兒了？金家的產業是哪些？金家是怎麼經營運轉的？這些都屬於一個家族的機密。要是大家都猜到了，就不會有如今的金家了。哪個有傳承的世家，沒有自己的秘密？這些就不該自己現在問。讓自己知道，自己就知道；不讓自己知道，這輩子自己也不打聽。看見什麼不該看的、聽到自己不該聽的，也只做視而不見、聽而不聞。

她更關心的反倒是金家當年的那一諾，於是問道：「娘，兌現遼王的諾言，是不是不容易？」

金氏一聽閨女提起遼王，心就提溜起來了，不動聲色地問道：「妳怎麼會想起問他？」

「他不是太宗一脈最後的傳人嗎？」雲五娘問道。「海王令肯定在他手上。若是娘覺得做起來艱難，不若咱們將權杖拿回來？」

金氏眉頭一挑。「妳怎麼會這麼想？」

「咱們自己收回指揮咱們的權杖，不成嗎？」雲五娘問道。

「妳知道那權杖意味著什麼嗎？意味著如果遼王要做太祖，金家就得再做一次東海王。」金氏笑道：「明白了嗎？」

雲五娘心裡一跳。「這不還是造反嗎？」

金氏呵呵一笑。「我的傻閨女喲，妳要學的還多著呢！但是妳記住，妳身上也流著金家的血，妳的名字，我也寫在族譜上。當年先祖娶妻，承諾過一生只他妻子一人，哪怕後來兩人只生了一個女兒，先祖也不曾納妾，甚至在妻子早早亡故之後，依舊守著當初的諾言。臨終前他曾經留下話，金家不論男女，子孫後代皆一樣對待。同樣地，妳也要遵守金家的家規，不可輕易許諾，但諾言一出，萬世不改。」

雲五娘怔怔的愣了半天，才道：「是，我記下了。」

金氏拍了拍她，道：「睡吧，有的是時間說話。」

雲五娘應了一聲，慢慢地合上眼。以為換個地方，會睡不踏實，誰知道閉上眼睛，馬上就睡著了。

金氏這才睜開眼睛，重新將燭光挑亮，認真地看著閨女。距上次見到她才過了幾個月的時間，就瘦成了這副樣子。她伸出手，輕輕地將閨女臉上蓋著的幾縷散亂的頭髮撥開，露出在她眼裡比花朵還要美的容顏來。

明明是個小美人，卻說自己生的不好，哪裡不好了？再也沒有比這樣貌更美的姑娘了！

金氏心裡這般想。

雲五娘一睜開眼，先是懵了一會兒，這才反應過來，如今在煙霞山上。床上只有自己一個人，外面也沒有動靜，她就喊道：「娘！」

「醒來就自己起來。」金氏的聲音從外面傳來。

不過，還是有一個三十來歲、做嬤嬤打扮的婦人進來，笑道：「姑娘醒了？我伺候姑娘梳洗吧？」

「沒事，我自己來。」雲五娘笑了一下。這人能進出娘親的屋子，肯定是心腹中的心腹。

「妳叫她大嬤嬤就好。」金氏在外面說了一聲。

雲五娘就笑道：「這誰這麼取名字的？為了省事，不會就一直一二三四的叫著吧？」

外面的金氏臉上閃過一絲尷尬。

裡面的大嬤嬤卻笑了。「要嘛說親母女呢！姑娘說的沒錯，我的名字就叫阿大！」

雲五娘絕倒，格格格地笑。「娘啊！妳小時候有多懶啊？」給丫頭的名字都是這樣取的！

「快起來！」金氏怒道：「妳一個人就頂一群鴨子，嘎嘎嘎的沒完沒了！」

五娘在裡面一徑的笑。大嬤嬤伺候得很精心，衣服也很舒服合身，穿戴的衣裳首飾顯然都是特意做的，比自己在雲家穿戴的還高一個檔次。

等雲五娘出來，飯桌上的早膳已經擺好了。

見金氏穿著黑底紅牡丹的衣衫，五娘眼裡閃過一絲驚豔，這衣服換個人穿都壓不住！坐在飯桌前她才問：「我哥呢？」

「下山去了，如今正是忙的時候。」金氏將一碗豆漿遞過去。「快喝了。」

雲五娘吃的很香甜，這次做飯的人的手藝真的沒話說。

「吃完飯想玩就出去玩，這山上山下，妳隨便走動都行。」金氏囑咐道：「多動一動，回來讓廚房給妳做好吃的。太瘦了，多吃點，養點肉回來。」

雲五娘點點頭。她是得熟悉這上上下下的環境了，順便，也能認識不少的人，這都是自己必須要做的功課。

香荽和紅椒再次見到自家主子的時候激動極了。在這裡被照顧得很好，可就是一點兒也不自由，這上上下下規矩嚴整，她們連出屋子都不敢。

「走，咱們出去瞧瞧！」雲五娘笑道。

香菱跟紅椒趕緊應了，跟著雲五娘一路打量著出了院子。

金氏看著三人出了院子才道：「跟來的兩個丫頭，妳看著怎樣？」

大嬤嬤道：「我瞧著挺好。姑娘可比主子您年輕的時候有本事多了。」

金氏也不惱，微微一笑。「妳見著她昨晚那拗脾氣了吧？」

「跟主子小時候不一樣嗎？」大嬤嬤笑道：「我一看見那樣，就想起主子小時候的樣子來！」

「比我還拗！」金氏撇嘴道：「那小脾氣，頂起嘴來梆梆的！」

「我瞧著倒好，這院子裡一下子就有活氣了。」大嬤嬤笑道。

「嘰嘰喳喳的，沒點穩重的樣子！」嘴上雖然這樣抱怨，但眼裡的喜色怎麼也掩蓋不住。「睡覺也不老實，直往我懷裡鑽，我這一晚上只顧著她了，哪裡能睡好？」

大嬤嬤心道：您就顯擺吧！

五娘一出莊子的大門，就猛地吸了一口氣，只覺得呼吸都是順暢的。

「姑娘，這莊子裡的人呢？」紅椒問道。「好似需要的時候，肯定有人出現；不需要的時候，連一個礙眼晃蕩的人都沒有！也是奇了。」

「人家那是都忙著呢！」雲五娘哪裡是沒發現？只是看見了也不探究罷了。「這山上就咱們最閒，先四處瞧瞧吧，別鬧得一出門就迷路才好。」

初春，山上已經有了綠意。從這裡往下看，山下的莊子家家戶戶都能看見炊煙。

「姑娘，往哪邊走？」香菱問道。這莊子門口的小路就有好幾條，通到哪裡完全不知道。

「隨便走，走哪兒算哪兒。」五娘說著，就真的隨便選一條路。往前不過二、三十步，就有一條小溪擋住了去路。溪水中放著幾塊表面平整的石頭，顯然是要踩著石頭過的。

雲五娘還沒如何，兩個丫頭先興奮了。這些丫頭很少出門，哪曾見到這般有自然之趣的溪水？

「還有魚呢！」紅椒笑道：「這都有一匝長，弄兩條回去煲湯，比養著的鯽魚更補！這山上的人都不吃還是怎麼著，怎麼都沒人撈呢？」

「先往下看，回來的時候再兜魚。」雲五娘明知道這山上肯定沒危險，但還是有了探寶的興奮。

兩個丫頭趕緊應了，跟著雲五娘往前走。山上的樹木還沒有發芽，只有露出地面的草，從枯葉下偶爾露出一點綠意。山上最多的大概就是野雞和野兔了，偶爾發現了兩個野雞窩，還被兩個丫頭掏了蛋。

「留一個在窩裡，下次再來肯定還有的。」雲五娘笑著說話。她提著裙襬，要是知道山上的小路不好走，說什麼也不穿這個出來。

正說著話，一個什麼小東西輕輕地砸在後腦勺，雲五娘轉過頭，以為山上有松鼠和猴子，正要四下尋找，就見大石後面露出一截黑色的衣襬出來，然後，出現一張熟悉的臉——遼王！

他怎麼來了？要是找娘親的話該走大路啊，如今這般鬼鬼祟祟，肯定是找自己的。

雲五娘轉身，見兩個丫頭沒發現，就對二人道：「妳們倆看看周圍出了什麼野菜沒有，我想給娘親做頓飯，能找點什麼算什麼吧！我就在這裡歇著。」

「您一個人行嗎？」香荽問道。

「自己家門口，有什麼不放心的？」雲五娘打發兩人。見兩個丫頭一會兒功夫就竄到樹林子裡去了，雲五娘才過去，果然見宋承明靠著石塊，抱胸而立。「你怎麼來了？」雲五娘問道。

「去看妳，結果妳不在。聽妳的丫頭說，妳被妳哥哥接走了，就來這裡瞧瞧妳。」宋承明不自在地道。

「看我……去雲家了……」話還沒說完，雲五娘就恍然大悟地道：「你又偷跑到我的院子去了，還偷聽丫頭說話！」

宋承明更不自在地咳嗽了一聲，道：「想看看妳好點沒有？」

「那你怎麼不今天晚上上我屋裡去呢？」雲五娘似笑非笑地問。

「這莊子我根本就進不去，就連到這裡都已經很費勁了。」宋承明解釋道。

雲五娘嗤笑一聲，她就知道。

「妳答應過我什麼，妳還記得嗎？」宋承明看著五娘，又問了一遍。

「什麼？」五娘不由得問道。

「金家人對待諾言的方式可不是這樣的。」宋承明別有深意的一笑。

五娘還要追問，就見宋承明面色一變。

「有人來了！我走了。」

五娘還沒反應過來，人已經消失了。可五娘看看周圍，哪裡有什麼人來？不過她可不認為宋承明在說謊，這只能說明煙霞山的防備力量不可小覷。

此刻的三娘坐在馬車上，心思跳躍著。

最近實在是發生了太多的事，讓自己簡直沒有冷靜下來思考的時間。

宮裡。太子被禁足了，他那邊情況究竟如何，自己根本就打探不出來；姨媽傷了臉，聽說脾氣變得極為暴躁，大表哥一天來催好幾次，叫自己進宮，可自己又不是太醫，又能怎麼辦呢？要不是想知道太子的事情，自己真的未必會選在這樣一個期間進宮。跟表哥見面，真的是有一種難言的負疚感。

家裡。五娘被金夫人接走了，母親沒有惱怒，倒多了一份釋然，好似有什麼東西終於叫她放下了。過去究竟發生了什麼？這些都是叫自己百思不得其解的。

馬車進了宮門，大表哥身邊的太監已經殷勤的等著了。一路行到啟瑞宮，就遠遠地看見一身勁裝的大皇子宋承平。

他臉上帶著愁容，不過見到三娘，馬上就露出了笑意。「三娘，可把妳請來了！」

「表哥。」三娘笑得有些勉強，不敢跟他的眼神對視。「姨媽現在如何了？」

「今兒又把藥碗給砸了。」宋承平嘆道：「肩上的傷倒只是皮肉傷，沒有大礙，只臉上的傷，我瞧著並不樂觀。」

「只要人活下來，就是運氣。當時那種情況下，若是那人再狠一點，直接下了死手，這會子又是個什麼情形？」三娘不由得皺眉道。

「正是這個話，只是妳還是別當著她的面說才好。我何嘗不是這般勸她的？有命在，什麼都是次要的。如今我也這般大了，過兩年母妃也該當祖母了，容貌已經不那麼重要了。」宋承平說著，看了三娘一眼。

三娘叫他看的不自在，瞪了宋承平一眼道：「難怪姨媽罵你，是我，我也罵你！女人不管多大年紀，容貌都是頂頂重要的，你偏胡說，這不是勸人，這是給人傷口上撒鹽！得虧說這話的是你，這要是下面的人敢這麼勸，早就叫姨媽給杖斃了！」

宋承平看著三娘呵呵一笑，撓撓頭。

他的笑容帶著爽朗與陽光，讓人的心都不由得愉悅了起來。這個人做哥哥是極好的，三娘在心裡這般想。

「帶我去瞧瞧姨媽。」三娘提起裙襬，就往臺階上走。

宋承平一低頭，剛好看見三娘腳上鵝黃的繡花鞋，上面繡著一支紅梅，梅花蕊用細碎的寶石攢成。再一晃動，就看不真切了。再看三娘，只覺得一步一步，就像是踩到了自己的心上，輕靈柔軟，他頓時就紅了臉，頓住腳步。

「表哥走啊？」三娘回頭，不解地看了過去。

「走。」宋承平想起小時候，都是拉著三娘的手的。如今，反倒怎麼也做不出這般冒失的舉動來。

皇貴妃躺在正殿的榻上，四周的窗戶緊閉，簾子低垂，也沒有點燈。這是有些怕見人了。

「姨媽，我來了！」三娘的聲音透著輕快。

「是三娘啊！」皇貴妃的聲音低沈，道：「妳娘如今怎麼了？」

「還不能下床。」三娘嘆了一聲。「也不知道能不能順利地將孩子生下來。」

皇貴妃沈默了半晌才道：「妳娘也是個沒有運道的。」

「誰說不是呢？」三娘嘆道。「姨媽，要緊的事情還有很多，妳可不能就這麼消沈下去，以我看，這反而是不幸中的萬幸了。」

「我時常也是後怕。」皇貴妃嘆了一聲道：「可是妳表哥將妳接進來的？」

「是啊！火急火燎的，只說姨媽不肯好好吃飯呢！」三娘沒有擅自撩開簾子，只站在外面說話。

「讓妳表哥陪著妳說會兒話吧！」皇貴妃笑道：「哪裡是我想妳了，明明是這小子想妳了！」

「姨媽！」三娘的聲音高了一些。這樣的玩笑聽在自己的耳中，猶如鞭子，鞭打著自己的心。

「好好好，不說了！」皇貴妃呵呵一笑，看著並沒有什麼異常。

三娘這才放心的出來，對著宋承平道：「我瞧著還好。」

宋承平有幾分詫異地看了一眼內室，道：「那咱們出去說話，別打攪母妃休息。」

三娘跟著宋承平出了啟瑞宮。這會子陽光正好，兩人並肩而行，少年英氣勃勃，身材高大壯碩；少女明豔動人，高眺婀娜，怎麼看都是一對璧人。

「表哥最近在忙什麼？看著心情還不錯。要不是因為姨媽的事，我都覺得表哥的心恨不能飛揚得上了天了。」三娘言笑晏晏，心卻揪得緊緊的。太子倒楣，大表哥一向是最高興的。

果然，宋承平朗聲一笑。「還真是叫妳給猜到了！」他低聲道：「他被禁足了，我就是高興！」

「堂堂太子，怎會被禁足了？」三娘的手悄悄攥成拳頭，小聲地問道：「應該是大事吧？表哥也該小心著才是。」

「哪裡是什麼大事？只說是半夜私自出宮了。誰知道他半夜找人謀劃什麼去了，叫父皇抓了個現行，這才罰了他。我早就知道他不是什麼好人，陰險著呢！只大家都不信，還以為我嫉妒他。」宋承平嘆了一聲。「我有什麼嫉妒的？大不了早早叫父皇給我個封地，我上封地去。要不是母親，我何苦在這京城裡磨著？」

三娘心裡一頓。「是啊！早離開了，說不定是福氣。」

「原來表妹也贊成啊？」宋承平有些驚喜。母妃總說，自己要是不往前走一步，雲家就不會答應他們的親事，沒想到表妹跟自己的心思倒是一樣的。將來成了親，遠走就是，何苦蹚這趟渾水？

三娘看了宋承平一眼，他的眼睛太亮，叫她不敢直視。她不自在地迴避了一下，又問道：「就為這個？也未免太小題大做了。」

「那誰知道呢，聽說在父皇的寢宮外跪了一晚上，父皇還是這麼罰了，大概是錯誤犯得太大的緣故。」宋承平說著，就笑道：「咱們不說他了，怪掃興的。」他看著三娘道：「天慢慢暖了，選個日子，我帶妳出去踏春。」

「今年就算了，我娘還在床上躺著，姨媽心情也不好，哪有咱們兀自傻樂的呢。」三娘不敢去看他，怕顯得心虛，只抬眼四下裡看。

原來此處已經是御花園了。三娘剛要叫住宋承平，想要往回走，突然，遠處亭子裡的一個身影吸引了她的目光，哪怕僅僅是一個背影，也叫三娘愣住了。

「表妹在看什麼？」宋承平也向遠處看了一眼。

「那是誰？」三娘的聲音有些顫抖。

「誰知道是父皇的哪個貴人。」宋承平沒有多看，父皇的妃嬪，他該避讓的，就道：「咱們走吧。」

「表哥先回，或是去前面等著我，我去瞧瞧。」三娘儘量讓自己的聲音平穩一些。

「妳不會是想替母妃瞧瞧那妃嬪對母妃有沒有威脅吧？」宋承平搖搖頭。「行，妳去看吧，我在前面等妳。」說著就往回走，邊走邊嘟囔。「真是不瞭解妳們這些女人……」

三娘的手止不住的顫抖，是她嗎？三娘一步一步靠近，想起雙娘曾經說過看見了元娘的話。她們是姊妹，怎麼會認不出彼此？雙娘只匆匆一瞥，就堅信自己不會認錯，而自己只看了背影，也同樣堅信自己不會認錯。

三娘一步步上了亭子，周圍的宮女並沒有攔著，她看著這個背影道：「是妳嗎？」

那人身子先是僵了一下，才出聲道：「碰見了就是緣分，請坐著喝杯茶吧。」

是這個聲音！三娘心裡驀然一鬆，是這個聲音……她的眼睛濕潤了，慢慢地走過去。那眉、那眼，不是元娘還能是誰？

三娘坐下，只看著她，問道：「妳怎麼會在這裡？」

「以姑娘看，我該在哪裡？」元娘頭也不抬，只專注地分著手裡的茶。

「姑娘?!這是什麼稱呼？但不管在哪兒，妳都不該在這裡！」三娘眼裡冒火。「妳知不知道，那天那麼亂，二姊姊還在拚命找妳！」

元娘手一緊，笑道：「姑娘認錯人了，我不是姑娘要找的人。」

「妳知道我要找誰嗎？」三娘冷笑。「不知道的話，又怎麼會說我找錯了人？」

「我不認識姑娘，自然就是姑娘找錯人了。」元娘將手裡的茶遞過去，小聲道。

三娘呵呵一笑。「不認識我了？原來妳不認識我了。」

「是啊！我不能認識姑娘，不是嗎？」元娘抬頭看著三娘，慢慢地道。

「那妳現在是誰？」三娘捏著茶杯的指節發白。

「伺候皇上的一個宮女子罷了。」元娘淡淡地道。

三娘看了看周圍一圈伺候的人，就笑道：「一個宮女子就有這樣的排場，我看，應該是受盡寵愛的宮女子吧？」

「這於姑娘只有好處，沒有壞處，不是嗎？」元娘看著三娘又道。

三娘心裡一跳，看著元娘的眼睛，姊妹兩人的視線一碰，就明白了彼此的意思。

三娘和元娘對視了半晌，就端起了桌上的茶杯，慢慢地放在嘴邊，一口悶了下去。這一杯茶下肚，三娘的眼淚就跟著下來了，她深吸一口氣道：「如今這茶，再沒有一絲清甜的味道，苦，太苦！」

元娘則慢慢地品了，微微地笑了，然後，就低垂著頭。她已經做了婦人的打扮，臉上也已經沒有了少女純然的笑意。

三娘站起身來，沒有看向元娘，只道：「貴人繼續賞景吧，小女失陪了。」

「雲三姑娘慢走，不送。」元娘沒有起身，就這麼背對著三娘，直到她的腳步聲遠去，才慢慢地收拾起石桌上的茶具，看起來有條不紊，沒有一絲的慌亂。

自己選了一條艱難的路，但三娘選的路比自己艱難何止十倍？自己是不能選擇、不能回頭，而三娘呢？她還能回頭，可三娘自己卻固執地往下走。

元娘嘆了一口氣。她們姊妹誰也別說誰，誰也別笑話誰，誰……又能真的比誰好過呢？

宮裡的這番變化，五娘全然不知。

她坐在這大石邊上，觀察著周圍。她相信，這周圍一定有人在暗處保護自己，或者說，是守護著煙霞山。但是見鬼的，自己連一點蹤跡也尋找不到。「有人嗎？有人就出來給我看看啊！」五娘朗聲問道。

這林子裡除了偶爾躥出一隻兔子來，真是連半個人影子都不見。

紅椒遠遠地問道：「姑娘，是您在找我們嗎？」

五娘應了一聲，乾脆就道：「是啊，妳們回來吧！時候不早了，找到多少算多少吧！」跟著，林子裡明顯就有了響動聲，不一會兒，就見紅椒和香荽從林子裡鑽出來，身上的衣裳被掛得抽出許多的絲來，頭上的釵環也亂了，歪歪斜斜地插在頭上。

「就不該這麼打扮進林子的！」香菱邊走邊懊惱地道。

「沒經驗，今兒回去就做兩身短打穿！」紅椒還能理智地做計劃。

五娘呵呵地笑。「怪我，都怪我沒考慮周詳。回去賞妳們一人一疋好料子，做新衣裳穿！」

「那咱們可賺了！」香菱笑著附和了一聲，又把衣襟上兜著的野菜拿給五娘看。「太小了，都沒長成。」

五娘看了一眼道：「盡夠了，有多少算多少，就是添個味罷了。」說著就抬腳往回走。

「咱們去兜魚，妳們順便把野菜摘了，清洗乾淨。」

兩人應了，緊跟著五娘的腳步。

香菱穩重，只坐在溪邊摘菜。

五娘帶著紅椒，用樹枝刨了個不大的坑，然後將水引過來，再把魚往裡面趕，最後堵一道壩。主僕倆弄得一身泥巴，只抓了三尾一匝長的鯽魚，用藤草的枯莖穿了魚腮，提著。

「快回去吧！」香菱皺眉道：「衣服都濕了，再著涼了可不是玩的。」

五娘看看天色，道：「回去正趕上做午飯，咱們下午換了衣裳再出來玩！」

紅椒熱烈相應，香菱只不言語。

等主僕三人回到院子，正屋的門口有侍衛守著。

大嬤嬤正在院子裡曬被子，看見五娘的樣子就笑了。「趕緊回去換衣裳。」

五娘看了正房一眼，就知道裡面有正事，她也沒有靠近探聽的心，一徑地回了廂房。廂房的浴室也是一樣引了溫泉的水，她將身上的髒衣服脫了，跳進去游了兩圈，出來換了衣服，才進了廚房。

廚房裡是一個三十多歲的美貌婦人，她見五娘進來，就道：「是姑娘啊，我是二嬤嬤。」

「嬤嬤好！」五娘看了二嬤嬤一眼，嘆道：「我娘給取的名字，真是白瞎了嬤嬤這樣的人！」

二嬤嬤嫣然一笑。「妳這小嘴喲，也跟主子不像啊！」

五娘嘻嘻一笑，道：「我想給我娘做頓飯，嬤嬤教我啊！」

二嬤嬤眼裡閃過一絲喜意。「姑娘能這樣，主子也算苦盡甘來了。」

不過看著五娘索利地用刀剁餡、和麵、擀餛飩皮，倒叫二嬤嬤愣了許久，然後怒道：「那顏氏這般欺負了妳不成？小小年紀怎麼會做得這麼溜？」

「只不過是我喜歡罷了。」五娘笑著解釋。「家裡的姊妹都能幹，誰不得有樣拿得出手的本事？」

二嬤嬤點點頭。儘管如此，她還是在心裡覺得這姑娘真是可憐了。

用鯽魚燉了濃濃的湯，包了薺菜的餛飩，那嫩綠的顏色從薄薄的皮裡透出來，散落在乳白色的湯裡，再用野雞蛋攤了雞蛋皮，切成絲，灑在湯碗裡，頓時就香氣撲鼻。

吃飯的時候，金氏將湯一送進嘴裡，就看了站在一邊沒退下去的二嬤嬤一眼。「這可不是妳的手藝。」

「主子猜猜，是誰的手藝？」二嬤嬤笑盈盈地道。

雲家遠嚐了一口，看了五娘一眼，道：「肯定是寶丫兒做的！這都是原汁原味，沒放多少香料進去。」

金氏詫異地看了五娘一眼，挑眉又嚐了一口，點點頭，漫不經心地道：「還行。」

五娘哼了一聲，看在她連著吃了三碗的分上，也就不計較她的口是心非了。

「消磨一會兒時間就去午睡，睡起來才能出去玩。」金氏吩咐五娘道。

五娘「喔」了一聲，她一向是自由散漫慣了，如此被人管著，還有些不習慣。她看金氏很忙，就要退出去先回廂房，不想剛要邁出門檻，就聽見那清淡的聲音不高不低、淡淡地道——

「以後出門，看著點路，別遇上不該遇上的人。」

五娘差點絆一跤，自己早上碰見宋承明的事情，肯定被娘親知道了！她突然有了早戀被家長抓包的感覺是怎麼回事？

她低低地應了一聲，趕緊竄回房裡。

金氏在屋裡哼笑。「這丫頭看著精明，其實還是個傻的。」

大嬤嬤哭笑不得地道：「主子何苦嚇唬姑娘？」

「不是我嚇唬她，是怕她年紀小，掌握不住自己。」金氏一嘆，道：「就如同雲家的三姑娘，這要是叫顏氏知道了，非得氣出個好歹來。」

大嬤嬤點點頭，道：「這位太子的心性，實在算不得好。」

「但是小姑娘嘛，總是崇拜強者。」金氏搖搖頭。「大皇子要是能遇上一個心性平和的母親，說不得早早地離了京城這個漩渦，反倒是好事。」

大嬤嬤點點頭，又道：「上午那邊傳來消息，羅剎還沒有找到。」

「慢慢來，不急。」金氏沈吟半晌道：「如今找她的人多了，自然會躲一陣子才能冒頭的。英國公府呢，有沒有消息？」

「沒看出什麼問題。江氏是一個極為有手段的女人，籠絡男人很有一套。」大嬤嬤道。

「喔？」金氏倒是詫異了，又笑道：「看來，女人要是將自己的優勢利用的好了，征服男人也並非是多難的事。江氏這樣的，可謂是個異數了。」

「是。」大嬤嬤又道：「我已經查過了，當年元后有孕，作為嫂子，江氏常去宮裡看望，而那時的英國公世子尚且在戰場上，不知怎的，江氏跟當今皇上就混在了一起。元后是不是已經得知，這個無從查證，元后的死是不是跟這事有關，也還沒能查出來。」

「不管是不是有關，妳都要想辦法讓它變得有關。」金氏淡淡地道。

「是！」大嬤嬤應了一聲。

雲家遠看著大嬤嬤出去，才問道：「這些事是不是該叫妹妹知道？」

「她機靈著呢，真想知道，她就能知道；真不想知道，你拉著她也沒用。她現在還處於什麼都不想知道的狀態，她心裡累了，先讓她玩吧。」金氏拿起桌上的帳本，道。

雲家遠斟酌半天才道：「別的事倒也罷了，只這帳本，叫她幫幫娘妳，娘就該省了大勁了。」

「這有什麼說頭？」金氏問道。

雲家遠低頭道：「這事我一直瞞著娘，其實，妹妹於算學一道上堪比先祖，十個帳房扒拉算盤珠子，只怕也比不過她的心算。我怕娘聽了這個又觸景傷情，所以一直沒敢說。」

金氏手裡的帳本瞬間就落在地上了。金家代代都有這樣的奇葩，他們對數字敏感異常，好似天生就是為了帳本而生的，誰也別想在帳本上動手腳。自己的父親、大哥都有這本事，如今金家只留下了自己，她還以為金家的這本事就此消失了，畢竟連自己的兒子也沒有繼承到，他的心算只能說比普通人強些。沒想到，閨女竟然繼承了金家這個彷彿滲透到了血脈裡的能力。

「你該早說的。」金氏吸吸鼻子，將桌上的帳本全都合上。「這下有了幹活的勁了！」嘴上說得一派輕鬆，心裡也著實是歡喜的。

她此刻才覺得，金家真的不曾消失，它的血脈依舊還在。

第十七章

雲五娘一覺睡起來，只覺得神清氣爽。但想起自己見宋承明的事情叫娘親知道了，到底有些不好意思，再不肯出去見她，只悶在屋子裡，叫紅椒拿了針線來做。

金氏估摸著五娘快起來了，就打發大嬤嬤去問。

大嬤嬤見雲五娘在做針線，就先笑了。「主子她半輩子都沒拿過針線呢！」

五娘笑道：「我也不愛做。粗針大腳的，上不得檯面。」

「已經很好了。」大嬤嬤笑道：「姑娘今年送來的襪子，主子就喜歡得不得了，也就晚上在炕上穿穿，平時再是捨不得的。」

「哪裡至於這樣？」五娘不好意思的一笑。「別的做的不拿手，只這襪子還是成的。娘要喜歡，穿就是，我以後再做。」

「只怕姑娘以後就不得閒了。」大嬤嬤笑著說了一句，才道：「姑娘跟我走吧，主子等著呢！」

五娘有點緊張，不會是要說遼王的事吧？想了想，自己跟宋承明好像也沒有什麼，有什麼可緊張的？這麼一想，就又理直氣壯了。

金氏一見閨女故意挺著小胸脯進來，就笑道：「這是不心虛了吧？妳不覺得自己有點欲蓋彌彰嗎？」

五娘頓時就泄了氣。她自覺不是個笨人，但跟金氏在一起，好像智商真的有點讓人著急。「娘找我有什麼事？」五娘抬頭問道。要是問宋承明的事，自己也不知道能說什麼，最好還是免談吧。

金氏哪裡不知道她的小心思？再說，這裡是煙霞山，還真不是雲家，不是誰都能悄無聲息地跑進來的。她低頭道：「這兩天我有點忙，妳去替我看看帳本，看下面送上來的帳算得準不準？」

「就這事？」五娘詫異地挑眉。

「嗯，就這事。」金氏隨意地指了指帳本道。

五娘看了桌上的一大摞，點點頭。「成啊，我看看。娘妳要出門嗎？」

「我去山下轉轉，見個人就回來。」金氏淡淡地道。

五娘這才目送金氏出門。

門口有大嬤嬤守著，紅椒和香荽是不能跟過來的。

五娘知道，這只怕是金家一部分生意的帳冊。沒想到她這個猶如雞肋一般的特長，竟給了她一個契機，一個窺探金家冰山一角的契機。她隨意地拿了一本翻看，就不由得皺了眉頭。這進出的貨物究竟是什麼？怎麼每筆都這麼大的量？五娘沈著心思再翻下去，就越發覺得不對了。

這帳本上總是夏秋兩季大量的購進，然後四季都在緩慢的出貨。而且這進的貨和出的貨，數量上似乎對不上，總是進的多，出的少。什麼東西折損這麼大啊？這買賣的究竟是什麼？五娘放下帳本，在心裡琢磨一遍，就有點明白了。這大宗的買賣，肯定就是糧食！只有糧食才是按季節產的，分為夏糧和秋糧。可這糧食也不至於就折損這麼多吧？難道被人中飽私囊了？那也不對。若中飽私囊了，那肯定得做個假帳應付啊！不會這麼明晃晃地擺出來，一看就知道是進的多，出的少。而且，每個帳本折損的比例基本上都是一樣的。那麼，這就絕對不是巧合了。如果這生意是糧食，那麼，這麼多無端消失的糧食去哪兒了？

為了驗證自己的猜測是否正確，五娘收斂心神，細細地往下算。

帳本一頁一頁地翻過去，一個數字一個數字地在腦子裡翻騰，用了半個下午，五娘才從這帳本上驗證了自己的猜想。這帳本的銀子數其實沒算錯，錯的是大宗購進，小宗賣出，這一進一出，貨物就少了兩成不知去向。

少了的這一筆，要是自己沒猜錯，金家是藉著糧食買賣在囤積糧食，但這數目未免太大了？五娘將桌上的帳本大概地過了一下，竟然有大半都是糧食的買賣。她只把糧食的買賣先拿出來，一筆一筆地計算。

時間一點一點流失，大嬤嬤倒了兩次茶都沒把五娘驚醒。等屋裡點起燈時，五娘額頭上已經被汗水打濕了，這不是累的，更不是熱的，而是嚇的！

這糧食的數目如此龐大，幾乎能掌控這天下的半壁江山！

五娘太清楚這壟斷意味著什麼。只要金家願意，這天下馬上就能亂起來！一旦金家停止出售糧食，糧價就會節節攀升，窮人吃不起飯，就會拿起武器造反。如果說金家單獨做不到這一點的話，那麼，只要金家投靠任何一家，光是財力上的支持，就能在至關重要的時刻起作用了。

這還不算從金家流失出去的兩成糧食，不管是用於賑災，還是養一支軍隊，不說綽綽有餘，但也該是勉強夠的。

坐擁這些，金家就有和任何一方談判的籌碼了。

而皇家想再對金家動手，只怕也會更謹慎，畢竟殺過一次人了，但也沒找出金家的根本。所以，短期內，拉攏比打壓的可能性更高。

想到這裡，五娘不由得對金家多了一份認識。只糧食這一項，就夠叫人膽顫心驚的。五娘現在懷疑，很多人買進賣出，只怕都不知道他們是在跟金家做生意。

金家真正高明的不是它捏住了國計民生的命脈，而是事情做得足夠隱秘，手段足夠高明。就叫她如今想，想破腦袋也猜不出金家是怎麼經營的？這帳本上沒有店鋪的名字、沒有掌櫃的名字，只有代碼，根本不知道是哪裡的生意、經手人是誰？要不是這些帳本堆在一起，五娘甚至不會發現這是糧食的買賣。而且這麼多家店鋪同買同賣，若沒有足夠的本錢，誰都玩不轉這一盤棋。這份強大的財力支持，除了金家，恐怕也找不到第二家了。所以才說，金家在某種程度上是無可替代的。就算有人想要取而代之，若拿不出銀子來叫金家的產業運轉，那麼，得到的也不過是個空架子罷了。如果將金家拆散了，也同樣失去了原本的意義。這麼思量了一番後，五娘緩緩地吐出一口氣來，這才發現天已經黑了，屋裡的燈也點起來了。

見金氏不知道什麼時候已經回來了，正安靜地坐在她的對面，五娘嚇了一跳。「回來怎麼不出聲？嚇死我了！」

金氏微微一笑，起身道：「先吃飯吧，想必也餓了。」

是餓了！但也被嚇得夠嗆！

母女兩人面對面坐了，桌上的飯菜已經擺好。

大嬤嬤盛了一碗排骨湯給五娘，道：「先喝口湯。」

五娘漫不經心地接了，湯微微有些燙，她吹了吹後，慢慢地喝了一口。

金氏頭也不抬，自顧自的吃飯，突然問道：「都看懂了吧？」

五娘差點把嘴裡的湯給噴出來。她現在鬧不明白，娘親這是只叫自己核對帳目，還是有其他的想法？這帳本上的事情都是自己猜測的，也不知道這是不是娘親想叫自己知道的那一部分？

五娘放下碗，點點頭道：「看了。有幾處小問題，是粗疏出現的錯誤，應該不是刻意的做假帳，出入也就幾十兩銀子。但是有一本甲字八號的帳本，是被人動了手腳的，前後有八千三百兩銀子被人用假帳做平了。我都做了記號，娘找人查查就知道了。」

金氏看了大嬤嬤一眼，大嬤嬤就點頭出去了。金氏給五娘挾了一筷子菜，才道：「還有什麼？」

「沒了！」五娘乾咳了一聲。「今天就看了這幾本帳。」

「還挺滑頭啊！」金氏笑道：「那妳幹麼一腦門子汗啊？」

「喔，這個……累的！一動腦子，就出汗。」五娘頭也不抬地回了一句。

「腦子裡裝的又不是水，出的哪門子汗啊！」金氏笑道。

五娘就不說話了，嚷道：「還讓不讓人好好吃飯了？」這半天勞心勞力，擔驚受怕的！

金氏一笑，就道：「好，吃飯！」這孩子比自己想像的還要聰明，只看帳本，估計心裡也猜度了七七八八。「這只是金家產業的一部分。還有一些，吃完飯後妳能看多少是多少吧。」

五娘一下子就嗆住了。她要是皇上，她也會想辦法幹掉金家的！要不是金家一直人丁凋零，不用等到先帝，太祖、太宗還在位時，就會想法子滅掉金家的。

金家這般玩法，遲早是要出事的。銀子再多，也沒有人家槍桿子硬啊！

「妳想說什麼？」金氏問了一聲。

「我想說，財不露白。」五娘放下筷子，深吸一口氣，道：「財不露白的道理，娘妳不會不懂吧？這東西一旦叫人察覺，金家別說我跟哥哥了，就是世世代代，也休想有安寧的時候。誰不想上來咬一口？所以，才有財去人安樂的話。」

金氏看著五娘一嘆，道：「這話，跟先祖說過的倒是一樣的。」

「那為什麼金家還守著這個……炸藥包啊？」五娘不解地道。「別人眼裡是金山、銀山，但對於咱們來說，這玩意兒就是要命的炸藥包啊！」

「炸藥包？」金氏呵呵一笑。「這個比喻挺恰當……」

五娘就知道，娘親這是又想起金家人被炸死的事了，一時沒有言語。

「妳以為金家不想交出這燙手的山芋？」金氏低聲道。

五娘看了金氏的神色，就知道這裡面有隱情。

「當年，太祖稱帝，可那時國庫空虛，天下百廢待興，太祖還需要金家為他的國庫賺取銀子，如此，就拖了下來。」金氏呵呵一笑，露出幾分嘲諷。「等到太宗的時候，先祖覺得，這總該可以撒開手了吧？可西南有了叛亂。那時天下才太平了幾年啊，元氣剛剛恢復，拿什麼去平叛？太宗依舊將這些交托給金家。因為他知道，換個人上來，未必就能經營得如同金家一般風生水起，不管什麼時候用，都能頂得上去。太宗年間，其實並不平穩，原因嘛，妳也知道。太宗直到晚年才得了一個兒子，這前幾十年，都因為江山沒有傳承，太祖的兒子們，也就是太宗的弟弟們，沒一個消停的。不是想著過繼子嗣過去，就是想著直接成為皇太弟，人腦袋恨不能打成狗腦袋。太宗那時，哪有那個心思管金家的事？不過，金家卻在暗處幫太宗囤積物資，不光是軍需物資，還包括賑災所需之物，只要有災情，從沒有耽擱。

太宗在民間的名聲能與太祖齊名，金家功不可沒。

「到了後來，大伯父想將這底子交到皇家手裡，也算是了了一樁心事，但是，那時太宗老了，而文慧太子還在他娘的肚子裡。太宗當然期盼那肚子裡的是皇子，而金家，就是太宗留給他自己兒子的保障。他盼著他的兒子能再做一次太祖，而金家再出一個東海王。可誰能想到，世事無常啊……」金氏嘆了一聲。

「如今再要交上去，娘妳也不會甘心的，因為金家為此犧牲得太多了。」五娘說道。

「是啊！」金氏深吸一口氣。「而且，當年對太宗的許諾，還是要完成的。如果對方需要的話。」

「那要是對方主動放棄呢？」五娘不由得問道。

「放棄？」金氏像是能看透五娘的心一般，道：「若是放棄，那他不論是什麼身分，都不能從金家得到半絲的幫助。」

五娘不解地看向金氏。「這個是必然的。」

金氏不置可否地一笑，低頭就道：「吃飯。」

可飯菜已經涼了。

就見二嬤嬤拿了食盒進來，重新換上剛出鍋的。

「真是貼心啊！」五娘嘖嘖稱奇。「娘是怎麼找到這麼些貼心的人？」

「都是調教出來的。」金氏挑眉道：「就妳帶來的那兩個丫頭，再調教也沒用。」

五娘撇撇嘴，就不說話了，心裡多少有點不服氣。

母女倆沒有再說話，相互對坐著吃了飯。

這時大嬤嬤進來，小聲地說了什麼，金氏就起身了。

「我真要出去見人了。妳在家裡能看多少看多少，累了就睡覺。」

五娘點點頭。合著妳下午說去見人是糊弄我的？

金氏不理五娘不滿的眼神，直接就走了。這孩子，就算不長在跟前，也一點都不生疏。

金氏要見的不是別人，正是從雲家前來的雲順恭。

雲順恭在這裡已經枯坐了半下午了，就因為比約定的時間遲到了一刻鐘，就被晾了兩個時辰。金氏這個女人，真是不可理喻。

見金氏面無表情的進來了，雲順恭心裡就直冒火。

「五丫兒呢？妳什麼時候讓她回家？」雲順恭開門見山地道。

「回什麼家？回哪個家？」金氏捧著茶杯，慢悠悠地道。

「妳別忘了，妳曾經答應過什麼？」雲順恭問道。

「當然記得。」金氏嘴角一撇。「但是你沒有做到你的承諾，就休想叫我履行諾言。」

「我哪裡沒有遵守承諾了？」雲順恭站起身來，怒道。

「你怎麼疼愛我的女兒的，你可還記得？」金氏看著雲順恭的眼神帶著冷意。

「自然記得！」雲順恭沒覺得自己做的有哪裡不好。「在家裡，哪一個不知道五丫兒是一家的寶貝？妳見過誰給過她一個臉色瞧、給過她一句重話沒有？」

「是沒有。」金氏嗤笑道：「你敢說，你對寶丫兒沒有半點防備？你究竟在怕什麼？怕我借著我閨女的手報復你不成？」

「胡說什麼！」雲順恭像是被踩了尾巴的貓一樣跳了起來，但心裡卻是害怕的。這個女人真的是無孔不入，休想在她面前耍半點花樣。

「行了，你回去吧。」金氏站起來，朝外走去。「知道自己理虧，你就不該來。」

「我走可以。」雲順恭攔住金氏的去路，道：「但妳得告訴我，妳究竟對皇上說了些什麼？」

「露出尾巴了吧？」金氏嗤笑一聲。「不扮演慈父，思念女兒了？」

「金氏！」雲順恭有些惱羞成怒。

「再敢跟我大呼小叫，我就將你扔出去！」金氏的聲音也冷了下來。

雲順恭只得憋氣地將要出口的話嚥下去。

「趕緊麻溜的回去，省得我改了主意，叫你好瞧！」金氏出去，頭也不回。

雲順恭嚷道：「不知道答案，我就在煙霞山不走了！」

金氏冷哼一聲，朝暗處的人招招手，然後低語了一陣，就笑著上了山。

雲順恭等了半個時辰，見金氏果然沒再來。天色也已經晚了，今晚是回不去了，因此他就順勢往榻上一躺，打算明天上山跟這個女人繼續掰扯。

不想這一睡，竟格外的香甜。夢裡的金氏，還是十五、六歲的稚嫩模樣，身子散發著幽香，那是一個叫自己看一眼就忍不住想要擁有的女人。

夢裡，她再不是冰冷的模樣。巧笑嫣然，讓人欲罷不能。他只覺得，能有這麼一晚，這一輩子也足夠了……

早上一睜開眼，雲順恭只覺得這地方怎麼不對呢？

土炕、茅屋。

往身上一看，衣服早就不知去哪兒了，渾身赤裸地裹在一床破棉被裡。

再扭頭一看，身邊躺著個五、六十歲的老嫗。她滿臉的褶皺，渾身的褶子包裹著骨頭。此時她張著缺了門牙的嘴巴，看著自己直樂呵，那嘴也不知道多久沒清潔了，一股子叫人作嘔的口臭味，剩下的幾顆牙齒黑黃不堪，上面還沾著菜葉子。

雲順恭不知道的是，他眼前的這個老嫗，年輕的時候也是受人追捧過的名妓，只是老了才過得如此淒涼。

有人給了老嫗一筆銀子，叫她睡一個長相還不錯的壯年男人，上哪裡找這樣的好事去？就是她自己年輕那會子，也不一定能遇上這般優質的男人。昨晚幾度春風，彷彿又回到了那個受人追捧的過去。

雲順恭見這老嫗的樣子，就有幾分明悟——昨兒跟他恩愛了一晚、幾度酣暢的女人，就是這個老嫗！

他頓時一陣作嘔。

金氏，妳這個狠心的婆娘！

她這是在報復自己，報復自己當年玷污了她！所以，這是以其人之道，還治其人之身嗎？可是，孩子都生了兩個了，至於嗎？

果然，最毒還是婦人心！

雲順恭跳起來穿了衣服，在「現在就殺了這個老女人」和「過後再殺這個老女人」之間猶豫不定。

那婆子也識趣，缺了牙的嘴巴一咧就道：「你不能殺我，外面有人！」她伸出乾枯的手一指。

就見那手指甲黑黃，指甲縫裡全是泥，不知道多長時間沒有清洗了。只要一想到這雙手在自己身上遊移了一晚上，雲順恭就恨不能跳到池子裡泡上三天三夜！

忍著噁心，他看向外面，既而眼睛一瞇。金氏，妳真是好樣的，咱們走著瞧！他知道此刻動手並不是什麼好主意，只能壓下心裡的怒意，再看向這個婆子的時候，就帶了恨意和厭惡。「別再讓我看見妳！」說完，將自己的東西一徑收拾乾淨，逃也似地從裡面跑了出去，及至跑到一里地外，才扶著一棵樹吐了起來。實在太噁心了！

他心裡閃過一絲恨意，但更多的卻是挫敗。難道自己如今的感覺，就是金氏曾經的感覺嗎？

簡直混帳！怎麼能將自己跟那個老嫗相提並論？他扶著樹幹，好半天才直起腰。

再往前走，岔路口拴著一匹馬，正是他自己的坐騎。雲順恭翻身上馬，狠甩了幾下馬鞭，一路往前，策馬飛奔而去。

五娘長大了，金氏再無顧忌，這是要撕破臉了！

五娘昨晚是幾時睡的，她自己都不知道，反正就是拿著帳本睡著了。她揉了揉眼睛，發現還是在娘的房裡，身上的衣服肯定也是娘給脫了的。怎麼會睡得那麼沈呢？

正想再賴一會兒床，大嬤嬤就進來了。

大嬤嬤笑道：「姑娘醒了，現在要起身嗎？」

五娘翻了個身。「再等會兒，我還想睡呢。」又問：「我娘又出門了？」

「沒有。」大嬤嬤搖搖頭。「正在院子裡活動身體呢！」

五娘點點頭，還是沒有要起來的自覺。「我娘昨天見了誰？能說嗎？」晚上見人，很奇怪啊！要是自己人，肯定在山上見；要不是自己人，幹麼又要晚上見？所以，五娘覺得很奇怪。

大嬤嬤一怔，就笑道：「是姑娘的父親。」

「他？」五娘大驚失色。「不會是來接我的吧?!」

大嬤嬤笑道：「怎麼，不願意回去啊？」

五娘哼哼一聲。「這裡多自在啊！在雲家，天天得請安，還得繞半個園子。就算颳風下雨，沒有上面的恩典，還是得去的。雖然我相對來說能自由一些，但是也不能太特立獨行啊！」

大嬤嬤就笑道：「姑娘想住就住，誰還能硬拉著妳回去？」

正說著話，金氏就在外面喊人了——

「別賴著了，起來吧！」

五娘就問道：「娘，父親來是為了什麼？」

金氏想起下面人的稟報，心情正好，就道：「無事，不過是來問問我跟天元帝是怎麼說的、對雲家有哪些影響罷了。」

對雲家有沒有影響，此刻的雲高華感覺最是明顯。下了朝，他就被皇上叫到了御書房來。

天元帝看著這個老臣，當真算得上是老臣了，歷經了太宗、先帝和他三朝的皇帝，的的確確算得上是老臣。

「金夫人的事，你有沒有什麼想要跟朕說的？」天元帝的語氣還算得上溫和。

雲高華心裡直打鼓。這話該怎麼說？要說多少？分寸怎麼拿捏？這些都是個問題。他先跪下請罪，道：「臣有罪！」至於什麼罪，一字也沒說，他拿不住皇上的意思。

「起來吧！」天元帝呵呵一笑。「別動不動就請罪的。」

雲高華站起身來，深吸了一口氣，道：「金氏之事，老臣無從驗證真假啊！畢竟金家當年滿門皆亡，這是大家都知道的事，老臣怎敢輕易相信她就是金家的人？更何況這個女人在煙霞山住了這麼多年，從沒有離開過，老臣對那些往事也就不在意了，時間一久，也就忘了。」

這話只怕去糊弄鬼，鬼都未必肯信。

天元帝沒什麼表情地點點頭，突然道：「朕記得你們家老四在西北領著兵呢，是吧？」

雲高華愣愣地點點頭。「是啊！為皇上盡忠，義不容辭。」

「那也有好些年沒回京了，朕看著，還是叫你們家老四回來吧！一則，也該骨肉團聚了。二則，在哪裡不是盡忠呢？」

雲高華心裡一嘆，到底是有影響了。再說，皇上都定下來的事情，他能說什麼？只能高興地謝了恩。

「那就退下吧。」天元帝點點頭，淡淡地吩咐了一聲。

雲高華趕緊往門口退，突聽天元帝又道——

「初娘，去送送肅國公。」

「不敢不敢！」雲高華連稱不敢。天元帝叫的可是一個女子的閨名，又能夠在御書房伺候，顯然是極為得寵的。雖不知道是哪位娘娘，但也不敢勞動啊！

「是。」

一個女子的聲音清亮婉轉，聽在雲高華耳朵裡只覺得有些熟悉，彷彿在哪裡聽過。但他不敢抬頭，一步一步往外走，低著頭，餘光只能看見那女子飛揚的裙角。

等退出大殿，雲高華才微微抬起頭，只打算瞄一眼，畢竟皇上身邊向來無小事。

可只這一眼，他就僵住了。

這不是自己的大孫女，還能是誰？怪不得皇上讓她來送，原來是叫自己知道有這麼一件事！

初娘……可不就是元娘嗎？元者，初也。

如果宮裡有了雲家的女人，老四帶兵確實已經不合適了。就如同二皇子成為太子，英國公府被卸了兵權是一個道理。

但還有一個問題就是，元娘是怎麼出現在宮裡的？

他張嘴就想問來著，可看元娘一點都沒有打算跟他這個祖父相認的樣子，他就有些懵了。鬧不明白，今兒這一齣究竟是幾個意思啊？

「國公爺，您慢走。」元娘的眼神沒有絲毫的波動，輕聲道。

雲高華看著這樣的元娘，又瞥了一眼身後的御書房，還是打算先回去再說。

天元帝見元娘回來，就放下手裡的筆，輕聲道：「怎麼，真的不打算認了？」

「陛下何苦拿他來試探我？」元娘只將頭往邊上一扭，就不再說話。

「妳這小脾氣，真是越來越大了。」天元帝拉了元娘坐在自己身邊，解釋道：「不過是因為突然調離妳四叔的事……」

「是雲家的四老爺，可不是我的四叔！」元娘瞪著一雙眼睛，認真地道。

「好好好！不是妳四叔。」天元帝帶著幾分無奈地道：「還在為朕把妳留下的事情生氣啊？」

「陛下又何苦呢？」元娘眼裡的淚意一閃而逝。「我跟在金夫人身邊挺好的。對男人，我也死心了。」

「說什麼呢……」天元帝有些不自在地道：「究竟是為了什麼讓妳這麼不自在？」

元娘垂下眼瞼，再是一句話也不肯多說。

天元帝趴在元娘耳朵小聲道：「還是因為江氏的事情？」

元娘看了看天元帝，一副極為忍耐，但實在又忍不下去的樣子，壓低聲音道：「那您又知不知道她的長子叫什麼？」

「叫什麼？」天元帝見元娘肯說話了，就露出了幾分笑意。

「成蒲！」元娘低聲道。

「傻瓜！要是連重臣的家裡有幾口人都鬧不明白，朕也不用坐這江山了。」天元帝呵呵一笑。「她的兒子叫什麼，朕自然知道。」

「那您又知不知道成蒲的小名叫什麼？」元娘咬著嘴唇，又問了一聲。

「叫什麼？」天元帝見元娘這般的鄭重，也不由得好奇了起來。

「小名叫牢兒。」元娘低聲道：「您聽清楚了，是牢兒。」

天元帝皺眉，這名字沒什麼啊！還有些孩子叫柱子、石墩，都是為了將人留住罷了。牢，也有留住、困住的意思，不過是為了將孩子的小命留住，有什麼要拿出來特意說的嗎？

元娘四下看了看，才又道：「您怎麼想不明白呢？成蒲、牢兒，連起來就是蒲牢！」

蒲牢！

天元帝面色一變。

龍生九子，子子不同。

贔屭、狻猊、饕餮、蒲牢、囚牛、椒圖、螭吻、狴犴、睚眥，皆是龍子。

而蒲牢是排行為四的龍子。

這代表的意思，簡直太過明顯了！

也就是，這個孩子可能是自己和江氏的孩子！可誰又說得清楚他一定是龍子呢？真要是這樣，成家豈不是早就發現了江氏的不忠了？成厚淳也不是蠢貨，要是這孩子的月分不對，不會一直沒有察覺的。

承乾是太子，只比老三承宗大了一個月。而這成蒲的年紀，要說是，時間上也不無可能。畢竟，第一次跟江氏偷情的時候，就是元后懷著太子的時候。現在倒不是糾結這孩子是不是皇子的問題，而是江氏這個蠢貨，怎麼能這麼明晃晃地將把柄留在明處呢？

今兒要不是元娘的提醒，他真有可能不知道自己的失誤究竟在什麼地方。

「多虧妳了。」天元帝拉著元娘的手嘆道。

元娘低了頭。「你就那般喜歡她不成？」喜歡到讓她生下孩子。

「沒有的事。」天元帝搖搖頭，一手撫著元娘的背，心裡卻一直沒有閒下來。

元娘是知道了自己跟江氏的事情，才將這個名字跟意義聯繫起來的，那麼其他人呢？這世上從來就不乏聰明之人，難保不會讓人從中看出蹊蹺。那麼，自己該如何做呢？最聰明的做法，當然是先下手為強了。

成家是太子的依仗，太子如今對自己這個父皇的疏遠，未嘗沒有成家的因素在。離間天家父子之情，就是真殺了，也不算冤枉。

元娘只覺得抓著自己的手越來越緊，她的眼瞼也慢慢垂下了。

雲高華回到家裡，第一時間就是去見成氏。像他們這樣的大戶人家，倒是不會有什麼少年夫妻老來伴的事。兩人既不是少年時候的夫妻，也注定不會是心貼心、相濡以沫的伴侶，倒像是兩個合作者。年輕的時候，對夫妻感情還曾經期待過，如今嘛，孩子們都大了，相互之間牽扯的利益更多了，夫妻之間自然也就走得越來越遠了。

老四被皇上罷了軍權的事，自然應當給成氏說一聲。在去榮華堂的路上，雲高華在心裡琢磨著這話該怎麼說才是合適的？不一時又想，或許真的夫妻都是元配的好吧，要是戚氏還活著，自己也不會這般的作難。

成氏迎了雲高華進來，就問道：「國公爺怎麼這個時候過來了？可是有什麼事？」說著話，就親自捧了熱帕子過來，讓雲高華擦臉，又親手奉了茶，然後才默默地陪坐在一邊。

雲高華心裡又是一嘆，這真的不像是夫妻，倒像是上司面對下屬。他咳嗽了一聲才道：「今兒，皇上留下我說了一會子話。聖上的意思，是想叫老四回來。」

成氏果然面色一變。讓老四回來？回來能做什麼？圈在京城，哪裡有在外面實權在握來的自在？她將手上的佛串向上攏了攏，才接話道：「為的什麼？橫豎不能好端端的就罷了官吧？總得有個緣故才是。國公爺可打聽清楚了？」

雲高華自己還沒有想明白呢，能怎麼跟成氏說？說自己也不明白？然後呢？這個女人肯定會四下去打探的。萬一誰說了什麼話，不管對錯，成氏先入為主怎麼辦？

想到這裡，他不動聲色地點點頭，只道：「太子被禁足，為的是什麼，妳可知道？我倒是聽了幾句傳言，說是太子私下裡出宮，被皇上知道了。妳說，這出宮會見什麼人呢？難道英國公府就沒有什麼消息給妳？但凡有一點消息，也不至於讓咱們如此措手不及。」

言下之意，竟是因為太子的事，而讓皇上對太子安排的人有了排斥不成？成氏有些驚疑不定。是啊！太子出宮，能見什麼人呢？除了英國公府安排的人，再沒有誰能讓太子做出如此冒險的事，可自己還真就是一點消息都沒有得到。成氏皺眉，哥哥這是什麼意思？利益沒見到給自己兒子，怎麼一出事，先犧牲的倒是自家的兒子呢？成氏心裡湧起了一股子怨氣，第一次對自己的娘家有了不信任感。

雲高華心裡一鬆。

成氏看了雲高華，道：「以國公爺的意思，可如何是好？」

「老四如今站到太子的船上，還能半路下來不成？」雲高華低聲道：「端看以後，皇上和太子的關係如何了。」

「不到那一步吧？」成氏心驚肉跳了起來。成家跟太子可是一體的，若真是皇上跟太子的關係緊張起來，第一個受波及的肯定是成家！相比而言，自己兒子的這點事真不叫事！這難道是皇上想對成家動手的前奏？成氏簡直不敢相信自己的判斷。若真是如此，太子該何去何從？成家又該怎麼辦？自己和老四在雲家只怕也要艱難起來了。還有四娘和成家的親事，是要繼續下去，還是要到此時終止？成氏只覺得萬般的煩亂，竟一時沒有了主意。

「妳現在這般愁苦又能如何？」雲高華心裡有些歉意，就安慰道：「也不過是我的猜測，不一定就能做得了準，妳也別聲張。能將老四摘出來，已經是萬幸了，這也未嘗不是皇上給咱們的機會。而且，一旦猜測錯了，後果不是咱們能承擔得起的。要是太子跟舅兄直接……到了那個時候，又該如何？」

「國公爺放心，妾身曉得輕重。」成氏的神色越發的凝重，道：「不管將來如何，妾身都是雲家的人。但是，真要是有一日成家有個萬一，妾身也不能看著他們送死。要是有對不住的地方……看在夫妻一場，國公爺別見怪才是。」

「難道我就是那般冷心冷情？」雲高華將視線對準高几上天青的花榭，就是不敢看成氏的眼睛。他再是沒想到自己的一番托詞竟叫成氏想了這麼許多來，乾脆就道：「唇亡齒寒，我哪裡能真的看著成家倒了？妳只管放心便罷了。」

成氏難掩詫異地看了這個男人一眼。這麼些年了，還真沒有從他的嘴裡聽到過什麼承諾。這大半輩子都過去了，她怎麼也沒想到，竟能從這個男人嘴裡聽到這麼有人情味的話。難道真的是老了，人心也開始變軟了？

雲高華叫成氏看得頗不自在，就起身道：「妳也打發人，趕緊把老四的院子收拾出來吧，這說回來可不就回來了？兩個孩子也好幾年沒見他們爹娘了，要真是說起骨肉團聚，倒也算得上是一樁喜事。妳不也想老四想得厲害嗎？做父母的能見到孩子，做孩子的能見到父母，三代人，差了誰，都是遺憾。如此也好，平平安安的，守在一處，是好了、歹了都能見到，豈不比兩下裡相互牽掛來的好嗎？」

成氏鼻子一酸，這話可是說到了她的心上了。雖然盼著兒子出息，可誰能不盼著孩子就在眼前呢？

送走雲高華後，成氏深吸了一口氣，就見四娘提著裙襬，一路笑著跑了過來。

「祖母，可是我爹娘要回來了？」

成氏心裡一嘆，這孩子還是不知道愁滋味的年紀呢！於是也笑道：「是啊，說快也快，說不定要不了多久了。怎地，想妳爹娘了？」

「難道祖母就不想？」四娘嘻嘻一笑道：「怕是我爹娘也想我跟弟弟了！」

是啊！娘掛念兒，兒掛念娘，都是一樣的。

成氏一笑道：「我正要打發人去給你們收拾院子呢，要不妳去張羅？」

四娘趕緊笑著應了。「如今二姊姊和三姊姊管家，我閒著也是閒著。以前五妹在的時候還有人能陪著說話，如今連個說話的人都沒有了，無聊的緊。什麼時候將五妹接回來吧？鄉下地方，有什麼好住的！」

「真是傻話！」成氏愛憐的一笑。「妳想妳娘，五丫頭就不想自己的娘不成？將心比心，再不可如此說話，叫妳娘回來又該埋怨祖母沒將妳教好。」

「娘才不會呢！」四娘一笑。「再說了，就咱們祖孫一處說說，您可曾見我在外人面前瞎說過什麼？」

成氏笑著打發四娘。「妳且去瞧瞧院子要怎麼收拾，叫我歇一會子吧。一天到晚嘰嘰喳喳的，等妳爹娘回來，就趕緊離了我這裡。」

四娘便賴在成氏身邊磨纏，只是不依。「祖母怎能趕人呢？」

成氏笑呵呵地將四娘趕走，心裡難免可惜。這孩子跟姪孫，是多好的一對喲！牢兒那孩子溫文爾雅，最是好性子，跟四娘兩人又是青梅竹馬的情分。但成家的未來要是不好說，自己又怎能將這孩子往火坑裡推？即便那是自己的娘家也不行啊！娘家再親，也親不過自己的骨肉啊！

此時五娘坐在金氏的對面，看著金氏在一本本帳冊上畫一些她根本就看不懂的符號，心裡驚詫極了。要是沒有猜錯，這是密碼吧？金家的那位先祖端是一位能人啊！

金氏將五娘的神情看在眼裡，不由得有些驚訝。這孩子只是有些詫異，但顯然已經明白這些符號是什麼用途了。她不禁問道：「妳知道它們的作用嗎？」

「保密唄！」五娘抬頭道。

「妳不好奇嗎？」金氏又問道。

「金家能成功，最重要的不就是做得足夠的隱秘嗎？」五娘看著金氏道：「有自己的一套傳遞消息的途徑和辦法才是正常的。」

金氏讚賞地點點頭，剛要說話，就見大嬤嬤進來。

「主子，有消息了。」說完看了五娘一眼。

五娘便站起身來，道：「娘，妳們忙，我去山下轉轉。」

「待著吧！」金氏看了大嬤嬤一眼，道：「以後不必瞞著她。」

大嬤嬤應了一聲，才道：「宮裡傳回消息，雲順謹即將被調回。而成家的事，天元帝已經知道了。」
金氏點點頭表示知道了，可五娘卻糊塗了。
四叔要回來了？可這跟娘有什麼關係？娘插手這事是什麼意思呢？
還有所說的成家之事，成家有什麼事？這半說不說的，更讓人著急。
「還有嗎？」金氏頭也不抬地問。
「雲高華將雲順謹被卸兵權之事推到了太子和成家身上。」大嬤嬤看了一眼五娘才道。
金氏抬起頭就恥笑一聲。「雲家的男人，也就老四像個男人。」
說句老實話，雲五娘實在沒看明白娘親她究竟想要幹什麼？先是搜集宮裡的消息，再是搜集雲家、成家的消息。這世道，有錢能使鬼推磨，娘親能有使喚的人，五娘一點都不驚訝，真正讓人驚訝的是，娘親搜羅這些消息的目的究竟是什麼？但顯然，娘親迄今為止並沒有要解釋的意思，這讓雲五娘十分的無力。
「妳究竟想幹什麼？娘啊，這樣半漏不漏的說話才真是讓人難受！」雲五娘皺眉，直截了當地問道。
「用妳的眼睛看，用妳的耳朵聽，再用妳的心去想。」金氏淡淡地道：「妳需要學的還有很多。」
雲五娘心說：我學這些幹什麼呢？「躲進小樓成一統，管他春夏與秋冬」的做法或許多少有些不可取，但是跳進渾水裡攪風攪雨也未必就是明智的選擇。

「娘，妳心裡沒有一刻放下過仇恨，對嗎？」雲五娘看著金氏的背影，又道：「差別只是妳比別人更能忍耐。」

金氏良久都沒有說話，在五娘以為她不會回答的時候，她才輕聲道——

「孩子，仇恨不是娘說放棄，別人就能相信的。」她頭也不抬地繼續說道：「有時候，鬼不在別處，都在自己的心裡。」

「就如同現在的皇上一般。」雲五娘接話道。「不是成家要如何、不是太子要如何，而是皇上他自己心裡的鬼在鬧騰呢！」

金氏點點頭。「孺子可教也。」

五娘聽了這貌似誇讚的話，也只能看著娘親的背影發呆了。正如娘親所說的，皇上能這麼對成家，難道不會這麼對金家？畢竟先帝可是幾乎要了金家全族的命，要說皇上相信金氏不恨皇家，那是絕對不可能的。如今能容得下金家，說到底，不過是皇上還需要罷了。這也跟金家只剩下一個女人，而這個女人還有兩個孩子要照看，且十幾年沒離開過煙霞山有關。至少，皇上暫時沒感覺到有什麼致命的威脅。但，這並不意味著就是信任。

此一時，彼一時。如今不早些準備，等真的到了鍘刀落到頭上的那一刻，可就晚了。

「大姊姊她……跟娘妳之間，有什麼關係嗎？」五娘問道。

「她恨江氏，恨宮裡的皇貴妃，恨雲家的顏氏。她想要出人頭地，想要借助金家的力量，事情就是這麼簡單。」金氏直言不諱。「當然了，作為報酬，她也會為我做一些事，是在不影響她的前提下。為了讓她不產生逆反心理，我一般只會給她她樂意做的事。」

「比如呢？」雲五娘問道。

「比如江氏的長子成蒲，小名叫牢兒的事，就是我叫元娘提醒皇上的。」金氏淡淡地道。

「蒲牢?!竟然是蒲牢！」五娘愕然了一瞬，才道：「娘親啊，妳這不是將皇上心裡的鬼給徹底放出來了嗎？」

「要不然怎麼辦?在你們兄妹倆還沒長成的時候，不叫他去折騰別人，他就該尋思著折騰咱們了！」金氏涼薄的一笑。「死道友不死貧道，不懂嗎？」

「受教了！」五娘輕聲道。她是真的覺得受教了。

這跟內宅裡女人言辭間的機鋒完全是不一樣的概念，她這才發現，自己真的需要學習的還有許多。

顏氏躺在床上，如今的天氣，不能出去賞景透氣，只能躺在這兒，看著微微有些隆起的肚子失神。

「太太，要不要坐起來一會子？」怡姑殷勤地道：「把窗戶開著，您坐起來，正好能看見院子裡的景色。」

「不用了，不看就不想，看了就越發的止不住想出去。」顏氏嘆了一口氣。「三娘今兒在忙什麼？到現在都沒見過來，可是家裡有什麼事不成？」

「是四老爺要回來了，四姑娘折騰著收拾秋實苑呢，今兒去庫房裡找屏風，將那架黃花梨木鑲著玻璃的搬走了。三姑娘覺著自己家用的，不用放這樣易碎名貴的東西，四姑娘只是不依，兩人嗆了幾句，倒也沒大礙。」怡姑低聲將事情說了。

顏氏心裡還是有些歡喜的。四房就這麼灰溜溜的回來了，就證明太子確實出了大事，這對於大皇子是極為有利的。她一直將大皇子看作外甥兼女婿，自是盼著他色色都好的。

「搬去就搬去吧，為一點子東西就起了爭執，傳出去多難看啊？」顏氏現在的心情，還真不計較那點東西。

怡姑隱晦地挑挑眉，微微一笑，也就沒說話。

顏氏又問道：「咱們家這位爺，有幾日沒進院子了，可是那外院又養了什麼狐狸精？」

怡姑心驚膽戰，又偏偏不敢露出什麼神色來。「外面連個齊整的丫頭都沒有，哪裡有什麼狐狸精？」

「那可保不齊！」顏氏冷笑道：「咱們這位爺，一個看不住，就是要出夭蛾子的！」

「如今正是四老爺回京的時候，出了這樣的事，世子爺只怕也沒有心情。」怡姑見顏氏揪著這事不放，就轉移話題道：「太太，您再是猜不出來，這家裡還出了什麼事？」

「喔？瞧妳這副樣子，可是又有好戲瞧了？」顏氏不由得問道。

怡姑就知道，這位主子十分熱衷於看老太太和四房的笑話，於是道：「咱們府裡，青屏苑裡不是還住著一位表姑娘嗎？」
「蘇芷？妳不說，我都差點想不起這個人來了。」顏氏道：「那可是個大美人啊，不可多得的美人。我猜猜，這故事一定是從這容貌上而來？」
怡姑拊掌道：「得虧主子是怎麼想到的？」
「都說美人多薄命，也未嘗沒有原因，這長相最是能引來諸多的麻煩與故事。」顏氏被勾起了說話的興致。
怡姑點點頭，道：「這表姑娘可是釣了個金龜婿呢！主子知道是誰？」
「橫豎不是咱們家的人，要不然妳不能這麼幸災樂禍。」顏氏頗有興致地回了一句。
「確實不是咱們家的人，但這身分，可比咱們家這幾位都貴重幾分。」怡姑小聲道：「是英國公府成家的那位大公子。」
「是江氏的長子?!」顏氏真是嚇了一跳。作為嫡長子，該是能繼承英國公府，自是比雲家的幾個少爺尊貴不少。「老太太不是想將四娘許給這個孩子嗎？怎麼他倒先跟蘇芷扯上關係了？」
「可不就是？所以才說這人的容貌有多要緊呢！四姑娘跟這位少爺那也是青梅竹馬一起長大的，如今還不是見到漂亮的就邁不動腿？」說到這裡猛地就打住道：「當然了，大殿下再不是這樣的人，主子也別太憂心。」
「我還不至於對自己看著長大的孩子不相信，反倒因為聽幾句閒言碎語就胡亂的猜測。

再說了，人跟人總是不一樣的。江氏對長子極為嬌慣，聽說也是要星星不給月亮的。如今，倒是小兒子跟著家裡安排的武師傅習武。只老太太看中這孩子脾氣最是溫柔，該是不會跟四娘那丫頭在口頭上起衝突，才覺得好的。真要說起來，這樣的男人也未免太軟和了一些。」

顏氏嘆了一聲。「真要成不了，說不定才是四娘的福分呢！反正四太太也是不太贊成這婚事的，等四房回來，只弟妹跟老太太之間，都有的是熱鬧瞧。」

怡姑總算鬆了一口氣。不再提世子爺跟哪個狐狸精恩愛的話就好，她心裡多少還是有些障礙的。

顏氏又問：「妳還沒說兩人是怎麼好上的？」

「這事啊，表姑娘還得感謝那位失蹤的周家姑娘呢！」怡姑一笑，才慢慢地說了起來。「那位周姑娘也不知道在成家是怎麼辦到的，愣是讓這大公子認為她是個好的。而表姑娘那時因為上次招惹五姑娘的事，被國公爺罰著做針線，變相的在禁足，估計是想透過這周姑娘想想辦法，所以，就整天打發了丫頭在成家門外徘徊，但始終都沒有見到這周姑娘。直到宮裡出了事，這周姑娘失蹤了，這位成家的大公子馬上打發人四下去尋找。不想表姑娘因為禁足，消息不靈通，根本就不知道周姑娘已經失蹤的事，還依舊派人在英國公府外面轉悠，這下子，兩方都在找同一個人，不就碰上了嗎？聽說，有天傍晚，表姑娘扮作丫頭出去過一次，給角門的小子們一人賞了十兩銀子，端是捨得下本錢呢！只那相貌，就惹得這位大少爺天天在角門處徘徊，而表姑娘也愛打發小丫頭出去，不知道到底在嘀咕些什麼。」

顏氏聽得有趣，就道：「妳將門禁放鬆一些，看看這位姑娘還有什麼花樣？」

怡姑笑著點頭應了。

顏氏門外的三娘嚴厲地看了一眼守在門邊的小丫頭。「不許告訴太太我來過了！」見兩個丫頭乖乖的俯首貼耳，這才悄悄的離開。

原來蘇芷還有這樣的手段！三娘剛想回自己的院子，但想到四娘，她還是轉個身，去了四房以前的院子，秋實苑。

四娘如今肯定在那裡忙著呢，一點都不知道她的牆腳被人給挖了！

姊妹之間拌個嘴很正常，重要時刻還是得趕緊給她提個醒才成。

第十八章

四娘讓人搬了凳子，坐在院子裡看著下人收拾。院子本就留了人照管的，所以還算是乾淨，只到底是長時間沒住人了，沒有一點煙火氣。不過讓丫頭們在屋裡頭跑一跑，自然就好些了，好歹得讓人一回來就覺得這是到家了。

「那兩株海棠都該剪一剪了，花枝亂糟糟的，多難看啊！」四娘吩咐筆兒。「去將花房的張嫂子叫來，只說趕緊搭把手，整理一下。」

筆兒笑著應了，快步離開。不想剛出院子就碰見三姑娘，她趕緊行禮問好。「三姑娘怎麼來了？如今院子裡正亂著呢！我們姑娘要是知道三姑娘來了，肯定會歡喜的！」

三娘呵呵一笑道：「別給妳們家姑娘臉上貼金了，她見了我，一定以為我就是閒著沒事，去監工的。或者會想『我這三姊姊就是摳門，不定懷疑我將什麼東西都給我們家搬回屋裡了，來監視的吧』。」

筆兒臉上露出一份尷尬的笑意，道：「三姑娘真是愛說笑！」不過這笑話說的好準啊！

三娘擺手道：「妳主子又打發妳去做什麼？那麼些跑腿小丫頭，怎還打發妳去？」

筆兒忙笑道：「找人來修剪花草，只我跟花房的張嫂子熟識。」

「那妳只管忙去吧，我正好給妳們姑娘監工去。」三娘說著，一擺手，就讓筆兒先走了。

四娘一回頭，見是三娘來了，就道：「三姊，是來監工的，還是來監視的？」筆兒還沒走遠呢，聞言險些一屁股摔下去！又被三姑娘料到了。

三娘呵呵一笑。「我說是來監視的，妳又待如何？」

四娘一噎，哼了一聲，道：「隨便找地方坐吧，我就不讓妳了。」

四娘雖然嘴上這麼說，但身邊的丫頭哪裡敢當真？馬上搬了椅子過來，並排放在四娘的身邊。三娘不客氣的坐下了。

「妳們也去搭把手，都別站著了。」四娘揮手打發了身邊的丫頭，見只剩下姊妹二人，四娘也不看三娘，就道：「有話，三姊就直說吧。」

「妳怎麼知道我有話跟妳說？」三娘笑道：「或許我就是來看看呢！」

「在咱們這幾個姊妹中，說實在話，沒有哪一個有三姊聰明，但我們也不是笨蛋。」四娘轉過頭看著三娘道：「只是三姊的秘密如今越發的多了，心也就越來越遠啦！」

三娘眼睛一瞇，道：「秘密？什麼秘密？」

「三姊，有些事，它就是在玩火。」四娘的目光落在天邊的霞光上。「妳從什麼時候起總是逃避進宮的？妳在躲避什麼？為什麼妳會選在那個時候去念慧庵？妳想見的人是誰？妳想躲的人又是誰？太子被禁足了，可成家說，太子並沒有去成家。這話祖母懷疑，我卻是信的，因為那麼怕進宮的妳，從那之後總是三不五時的進宮，哪怕是打著看望皇貴妃的幌子，但我知道妳真實的目的是什麼，雖然我沒有證據。」

三娘的心沒有太多波瀾，只笑道：「我沒想著能瞞過妳們。咱們自小就在一處，跟著同一個先生學習，算得上是熟悉到極致的人。只是，四妹啊，別勸我。妳們要說什麼，我都知道。」

「那三姊又要說什麼呢？」四娘扭頭問道。

「成蒲跟蘇芷的事情，妳知道嗎？」三娘看著四娘，問了一聲。

四娘垂下眼瞼，反問道：「三姊覺得呢？」

三娘看了四娘一眼。「妳竟然知道了！」

四娘微微一笑，道：「這家裡已經亂成這樣了，雲家和成家還有聯姻的必要嗎？」

三娘認真地看了一眼四娘。「四妹，我不及妳。」語畢，起身離去。妳能為了家族退讓，但我不能。

四娘看著三娘的背影，心裡暗道：是我不及妳，不是誰都有妳這樣的勇氣的。

雙娘坐在屋裡，擺弄著手裡幾件精巧的首飾。

這是簡親王府的嬤嬤送來的，說是老王妃給的。其實雙娘心裡明白，這只怕是簡親王送的。以老王妃的身分，送貴重的東西是可能的，但是送這般不怎麼費銀子卻又精巧的東西，就肯定不是老王妃的手筆了。

她心裡多少有些驚喜，這證明了至少他也是想將日子往好了過的。

於是，她親自將這些首飾收起來，又拿了針線，選了塊寶藍色的好料子出來。

簡親王此刻斜靠在榻上，另一側是宋承明。

「這個消息確實嗎？」簡親王皺眉問道。

「確實。」宋承明搖頭道：「不過，就看皇上怎麼做了。」

「皇上他……糊塗！」簡親王恨鐵不成鋼地道：「九五之尊，什麼美人沒見過，怎麼偏偏去動臣下的妻子？不過，可惜了成厚淳這個響噹噹的漢子了。在沙場上，苗人至今聞其名而喪膽，卻不想……這事擱在誰，誰也嚥不下這口氣。」

「我懷疑皇上要對成家下手。」宋承明低聲道。

「不能吧？」簡親王愕然道：「這事一旦處理不好，消息洩漏了出去，成家必是要……」

宋承明點點頭。「紙始終包不住火，所以皇上定是想先下手為強。」

就在兩人猜測天元帝的時候，宮裡突然爆出一個消息——東宮太子的良娣產下一女，母女平安。

算著日子，這孩子該是在仙逝的太后重病以前就懷上的。可能因著太后的喪事，也一直沒什麼人關注，倒也算不上犯忌諱。如今，這是東宮的第一個孩子，不管是男是女，都是極為寶貝的。看皇上的意思，雖然禁了太子的足，倒也不像是要冷落的樣子，要不然也不會這麼快就傳出東宮的消息來，而且已經放出風聲，這孩子的洗三是要大辦的。

成家自然先就鬆了一口氣。

孩子的洗三，都是女眷們進宮看看孩子，江氏必然是要去的。她心裡自是歡喜，畢竟已經有好幾個月沒見到皇上了。

到了這一日，一番盛裝打扮，才起身進了宮。她代表成家，看了太子的女兒，送上了禮，等參加完整個洗三禮，時候可就不早了。因著還在太后的孝期，太子只讓觀禮，酒席一概沒有準備。

這正好合了江氏的心思，她也不耐煩應付這些人。

這些太太、夫人們既然進了宮，就少不得要拜見宮裡的娘娘，一時之間，也就散在宮裡各處了。

誰去了哪兒，都不曾有人特意留意，江氏這才有機會見到了天元帝。

「陛下！」江氏露出歡喜的笑容來。

天元帝看著江氏，眼裡閃過一絲溫柔繾綣，正好被江氏看到，江氏的心裡不由得先升起一絲甜蜜。

「妳……妳怎的不跟朕說……牢兒……朕的蒲牢……」天元帝似乎壓抑著什麼，低聲道。

「您知道了?!」江氏眼裡閃過一絲喜色。

「要是早知道，就該叫你們母子……如今說什麼也晚了。要不然，將妳接到宮裡，咱們日夜廝守，豈不是好？」天元帝帶著幾分遺憾地道。

「妾殘花敗柳……」江氏低聲道，聲音裡帶著懊惱。

「胡說什麼！太祖的蕭貴妃尚且是三嫁之身，那又如何？」天元帝一臉遺憾地道：「妳……咱們也只能是有緣無分了。」

蕭貴妃是三嫁之身……皇上這話像是魔咒一般，在江氏的心裡扎了根。

然而，蕭貴妃是寡婦再嫁，江氏卻是有丈夫的。

元娘站在大殿外，面前站著的是皇上的總管太監付昌九，就見他笑得一臉為難，尷尬地看著自己。

「姑娘，皇上正忙著呢，您等會兒再來，如何？」

元娘眼裡閃過一絲疑惑之色，道：「皇上忙唄，我還能攪和了皇上的正事？」她眼睛瞥了一眼大殿，心裡沒來由地升起一種不好的預感。

「姑娘，聽我一句忠告，您還是先回去吧，別進去了，我這真是為了姑娘您好。」付昌九看著元娘，笑得雖然殷勤，語氣也十分的諂媚，但眼神卻十分冷硬。

元娘眉梢一挑，露出幾分涼薄的笑意來。「我沒得罪公公吧？沒想到公公倒是給我下起絆子，又找了新鮮的美人來。罷了，我也不是那沒眼色的人，馬上就走便是。別以為我不姓雲了，就真的沒地方可去。皇上他……真是讓我失望透了，從一開始我就不該再信他……」

付昌九看了元娘一眼。沒錯，這姑娘如今好似跟金家還有些千絲萬縷的聯繫，要不然皇上也不會留她在宮裡。放她走，皇上哪裡肯願意呢？這也關係到皇上的大事。

他眼裡的凌厲一去，顯得更加的諂媚起來。「姑娘可別冤枉老奴啊！真不是什麼新鮮的美人，皇上有了姑娘了，哪裡還有別的什麼心思？」

「那你何必攔我？皇上不是說了，我任何時間都可以進大殿嗎？」元娘斜眼看了付昌九一眼。「難道皇上的話如今不作數了，公公倒是能隨便改了皇上的旨意？」

「哎呦！我的小祖宗，這話可不敢亂說的！」付昌九壓低聲音，瞥了大殿一眼，身子倒是側開了，不再攔著，大有「要進便進，別怪我沒攔妳」的樣子。

「你不必替皇上做樣子，怪沒意思的！」元娘再不看大殿一眼，轉身就要走。

「姑娘！」付昌九嘆了一聲道：「姑娘這性子，在宮裡還是要改一改的。罷了，姑娘只別進去就成。」

意思是，她可以在外面先聽一聽裡面這個「情敵」。

元娘看了付昌九一眼，露出疑惑之色，有些猶豫地慢慢走了過去，手腳極為輕盈，等到了近前，就聽見大殿裡傳來喘息之聲。她如今不是姑娘的身子了，這男女歡愛的聲音如何聽不出來？

「陛下的話……是不是……當真……」

這是一個女人的聲音，這個聲音太過熟悉了！元娘恍然大悟地瞪了付昌九一眼，原來是江氏。

「朕是九五之尊，金口玉言。」

這是天元帝的聲音。

元娘心道，皇上明明對江氏深惡痛絕，為什麼還在這裡跟她……那之前在自己面前，皇上對江氏的厭惡是假的，還是如今，在裡面跟江氏的親熱是假的？

「陛下的話……永遠都作數……吧？」

江氏的聲音透著亢奮，顯然，兩人很是盡興。

「自然……」天元帝的聲音帶著粗重的喘息之聲，彷彿開玩笑一般地道：「真有那一天……朕用貴妃的轎輦接妳。」

江氏喘著氣尖叫一聲，才道：「……好！」

元娘面頰泛紅，罵了一聲「無恥」，就逃一般似的離開了。

等到了自己的房間，元娘收了臉上羞惱的神色，心卻幾乎跳出了胸腔。兩人的對話，是什麼意思？

用貴妃的轎輦接人，就是給予貴妃的尊位啊！可江氏是英國公府的世子夫人，怎麼能進宮為貴妃呢？除非……江氏成為了寡婦！

那麼，皇上今兒做的這一切，就不是色令智昏，而是刻意的……刻意的誘導著江氏謀殺親夫！

只要一想到這種可能，元娘覺得自己渾身的血液頓時就凝固了。她也是大家小姐，在家裡也是正經地讀過書的，翻遍了史書，沒有一個明君是如此作為的！她將自己的梳妝盒打開，用眉筆寫了幾個字在布條上，就起身去了御花園的一處涼亭裡，悄悄地將布條放在縫隙裡，才轉身離開。

不多久，就有人取了布條，一閃身便消失了。

晚上，五娘賴在金氏的房間不走。

金氏也不攆她，母女倆作伴，相處得甚美。

「主子。」大嬤嬤在帳子外輕聲地喊金氏。

金氏眼睛一睜，非常輕的「嗯」了一聲，然後慢慢地將五娘的頭從自己的胳膊上移開，才慢慢的起身。

大嬤嬤趕緊給她把披風披上。

金氏緊了緊衣服，覺得還真是有點冷。側耳一聽，雨聲還不小，就先開口道：「再拿床被子過來，給這丫頭裹上。」

「哎！」大嬤嬤應了一聲，順手將一個布條塞到金氏的手中，道：「宮裡來的，剛送到。」說完，只起身去拿被子。

五娘睜開眼，也沒動，只又閉著眼，迷迷糊糊地聽著。宮裡的消息，會不會是元娘遞出來的？也不知道會不會有危險？正在思量，就猛地聽到金氏罵了一聲「該死」。

難道是大姊姊有危險了？五娘想問，但還是壓下了這個慾望。要真是表現得太在乎，娘親大概就不會告訴自己太多元娘在宮裡的事了。

大嬤嬤掀開簾子，把被子給五娘又蓋了一層，才轉身對金氏道：「那依主子看，如今該如何？」

「皇帝也未免太下作！」

金氏的話裡有太多的厭惡，五娘想假裝聽不懂也不成啊！

「主子，這樣的人，根本就不能合作。」大嬤嬤低聲嘆道。

「我何嘗不知？但如今這卻是唯一的選擇。」金氏喘了一口氣道：「所以，這個成厚淳不能死！一個在戰場上令敵人聞風喪膽的男人，不該讓他死得這般的窩囊，死在給他戴了綠帽子的女人手上！」

「主子要救他，還是想給他送消息過去？」大嬤嬤不由得問道。

「我還要想想。江氏沒這麼快動手，想要做得神不知鬼不覺，沒點準備的時間都不成。」金氏低聲道。

「只是這江氏也未免太狠心了些。」大嬤嬤嘆息一聲。「就是雲順恭，主子不也沒起殺了他的心思嗎？」

「我不是不想殺了他，可我要是殺了他，家遠和寶丫兒怎麼在這世上立足啊？世人提起他們都得說，他們的親娘殺了他們的親爹。別說他們，就是他們的子孫也得被人指指點點。這就叫投鼠忌器啊！」金氏失笑的一哼，就道：「江氏要是真想弄死了成厚淳，那在她的心裡，或許是將利益擴到最大了。妳算算，要是成厚淳死了，她的兩個兒子就出頭了。她的長子不管是誰的種，在她看來，按照皇帝的承諾，至少會被封個異姓郡王吧？認回皇家不可能，皇上丟不起這個臉，但作為補償，一個異姓的郡王也算不錯了；而次子，則順理成章地成了英國公府的世孫；至於她本人，更是能跟有情人雙宿雙棲。如此大的利益誘惑擺在眼前，妳覺得她會怎麼辦？」金氏說著，就擺手道：「行了，先去睡吧，我再想想！」

天元帝靠在榻上，顯得有些疲憊。

付昌九小心的進來，斟了杯溫茶遞過去。皇上在房事之後，習慣喝一杯溫茶，這個習慣，後宮裡的娘娘沒有一個知道。

天元帝慢慢地喝了，才問道：「可有什麼事？」

「初姑娘來了一趟。」付昌九低了頭。

「她是不是知道了？」天元帝閉上眼睛，更顯出幾分頹然來。

付昌九低聲道：「許是聽不出來那是誰的聲音。」他知道，皇上對著這位姑娘，心裡也不全是利用的。

「先伺候朕梳洗，再去瞧瞧她，別叫身上的味道熏到她了。」天元帝站起身，揉了揉額頭。

「是！」付昌九低聲應了。他有點心疼這個主子。

元娘歪在榻上，只不想說話，她現在心裡有說不出的噁心和不痛快。

「可是不舒服？」天元帝問了一聲，伸手想去摸摸元娘的額頭。

「別碰我。」元娘躲開了。她倒不是做戲，只是真的不想叫他碰觸了。

天元帝收回手，臉上有些難堪。他坐在元娘身邊，有些小心地問道：「妳是不是覺得朕下作？」

元娘沒有說話，沈默了良久。

在天元帝以為元娘不會說什麼的時候，她才突然開了口。

「不是說了，不會跟她在一起了嗎？您怎麼還……」沒有承認她聽見了兩人說的話，只糾結在男女之情上。

天元帝先是鬆了一口氣，才道：「朕想叫她為朕做一件事去，所以，不想現在翻臉。」

元娘再沒想到他會直接對她說出這麼一番話來，就轉過身，認真地看著他。「您是九五之尊，想要什麼不能要了？何必……」

「九五之尊？」天元帝的嘴角帶著嘲諷的笑意。「這世上，搶來的東西拿著都不安穩，妳明白嗎？」

元娘搖搖頭。她不明白，什麼搶來的東西？怎麼就不安穩了？

天元帝一笑，也不多解釋，只看著元娘道：「就為了這個跟朕鬧脾氣啊？」

元娘將頭扭向一邊。「我不要什麼名分地跟了您，我圖什麼？當日就不該聽您的甜言蜜語！您知道的，我這一輩子都不可能有孩子了，最後的結局，也不過是您死了，我跟著您死。如今，才剛沒幾天，您就左一個不得已、右一個不得已。我沒有那個容忍不得已的心，您還是送我回去吧！隨便找一家庵堂，也能打發了我這下半生。」

「胡說！」天元帝拉著元娘的手道：「別鬧，等這些噁心事處理完了，朕只陪妳，好不好？」

元娘看著天元帝，心裡有些複雜。

天元帝拍了拍她的手，道：「還沒吃飯吧？朕陪妳吃點。」

御膳房十二個時辰都專門伺候著，因此飯菜上得很快。

桌上的飯菜吃到嘴裡，元娘突然就頓住了，這是母親院子裡廚娘的手藝，再不會錯！自己從小吃到大，當然是想念的。她愕然地看著天元帝，道：「這菜……」

「這廚娘以後就伺候妳的飲食了。」天元帝挾了一筷子菜過去。「都是妳愛吃的，快點吃。」

元娘的嗓子突然像是被什麼堵住了似的，眼淚吧嗒吧嗒地往下掉。日子越是往下過，她心裡就越是後悔。若是沒有起過往上走的心思該多好？要是沒有那個雪夜該多好？一切都能推倒重來。比如現今，她該是守在母親的身邊，跟哥哥一起說著笑話逗母親開心。以後也會嫁一個普通的丈夫，生兩個可愛的孩子，日子可能不會順心，丈夫也可能三妻四妾，但誰的日子不是這麼過的？至少，親人還在。如今這一切又算什麼？元娘壓抑著哭聲。她想娘了，想哥哥了，想五娘院子裡的菜，想看三娘和四娘拌嘴，可是，卻再不能了……

「別哭了。」天元帝伸手攔過元娘。「本來是想討妳喜歡的，如今倒將妳逗哭了。」他笑道：「要不然，叫了雲家的人來，妳見見？」

「不見了……見了還不如不見呢。」元娘擦了一把臉。「快吃吧，一會子涼了。要是吃不慣，再叫御膳房做了送來。」

「怎麼會吃不慣？」天元帝笑道：「見妳喜歡，朕高興，都能多吃半碗飯去。」

「那也別多吃，小心積了食。」元娘對待天元帝，不像是對著皇帝，倒更像是對著一個普通的男人，這是金夫人教的。她到現在也不知道，這個半輩子都沒怎麼跟男人相處的人，是怎麼知道這些的？事實上，如此跟天元帝相處確實輕鬆很多，而且，對方很喜歡。

「好，都聽妳的。」天元帝的神情很柔和。像是突然想起什麼似的，天元帝問道：「你們家的三姑娘，跟妳感情如何？」

「三娘？」元娘手一頓，笑道：「雖然不喜歡二嬸，但我們姊妹之間倒也沒什麼。姊妹六個，各有各的脾性，拌嘴是常有的事，但真要說沒感情，那也是笑話。前些日子，她進宮，已經認出我了，很生氣，大概覺得我這個大姊不爭氣吧。」

沒有任何隱瞞，跟自己知道的差不多。天元帝看著元娘的眼神就更柔和了些。「妳知道妳這個三妹跟太子……」

元娘臉上閃過一絲尷尬。「感情這事，最是說不準的，這也不能就說我三妹什麼……」她不自在地笑著道：「大皇子很好，但在三妹眼裡，大概像是哥哥吧，不是讓人看見了就心慌的那個人。」

天元帝看著元娘道：「妳看見朕心慌了，第一次見面的時候，朕不會看錯。」

「沒有，絕對沒有！」元娘驀地起身，矢口否認，然後逃也似地往內室去。

天元帝追過去，問道：「朕說的是正經事。妳覺得雲三娘賜給太子，如何？」

元娘心裡一跳。「這不是讓大皇子和太子結仇嗎？」說的是將三娘「賜」給太子，而不是「賜婚」給太子。元娘心裡怎能不怕？

天元帝眼神一閃，道：「那倒不至於。朕的兒子，朕清楚。要是真的為了一個女人而大打出手，那就真的當不得大用了。」

元娘搖頭道：「這事誰都能摻和，就我不能。姊妹兩人伺候父子二人，這是什麼值得炫耀的事情嗎？我是不管的。」

天元帝呵呵一笑。「妳多心了，沒人敢笑。」

「怎生沒人笑？我為了您不要身分，弄得沒名沒分，而三妹也不過是有幾分女兒家的心思罷了。皇上要真覺得她跟太子和大皇子之間有糾纏，那就不要讓她嫁入皇家。說實在話，三妹放在哪裡都能過好的，等將來嫁了人，那點心思也就沒了。」元娘拽著天元帝的手臂道：「橫豎不能讓我們都予人為妾，算我求您了。」

天元帝皺眉道：「如此，妳不怕妳妹妹怪妳？」

「為了她好，怪我我也認了。」元娘道：「她太傲氣，做不得妾。」

這都不是緊要的。緊要的是，她怎麼覺得皇上有點想叫大皇子和太子起衝突的意思呢？這兩位主子爺一旦真動作起來，三娘可不就是那個禍水紅顏了嗎？大皇子不是太子的對手，但有大皇子一刻也不停息地盯著太子，皇上是能輕鬆了許多的。

「這個以後再說。」天元帝一笑，就將這事揭了過去。

元娘閉上眼睛，知道如今說什麼都晚了。三娘已經進了皇上的佈局裡，成了一枚不可替代的棋子。三娘的宿命又該如何呢？對於三娘來說，是得償所願嗎？她會不會跟自己一樣，也有後悔的一天？

第二天，金夫人就將得到的新消息拿給五娘看。

五娘拿著手裡的紙條，只覺得有千斤重。真是怕什麼來什麼，皇上果然沒有將三娘賜婚給太子當正妃的打算。

「怎麼辦？」五娘揉了揉額頭。「家裡會翻了天的。」

金氏恥笑一聲。「妳太小看雲高華和雲順恭了。」見五娘看過來，金氏就扭頭笑道：「妳也別這麼看著我。妳慢慢地看、慢慢地學吧。」

三娘這幾天一直悶在院子裡，雙娘知道她是為了什麼。自打東宮給新出生的孩子辦了洗三禮，三娘就這樣了。她能理解，這就跟她每次想起簡親王府的孩子一樣，鬧心。

可是又能怎麼樣？誰的日子不是這麼過的？

雙娘將家事都攬在自己手裡，給三娘時間讓她慢慢的調整。如今還是妾身未明，就已經這般的難受了。將來，若是太子妃還好些，要不是……日子又該怎麼熬下去？

三娘躺在床上，有些迷糊。一會兒腦子裡是大表哥爽朗的笑臉，一會兒又是太子的溫柔繾綣。她將手放在唇上，那兒彷彿還存留著那一晚短暫的纏綿。

她第一次這麼清晰的覺得，那份溫存，除了對自己，他也一樣那麼對別人。

要不然，哪裡來的孩子？

正當雲三娘的心亂糟糟的、不知如何是好時，雲家喧鬧了起來，因為宮裡下了旨意。

三娘跟全家人一起跪在地上，聽著冗長的聖旨。

「……皇帝詔曰……肅國公世子雲順恭嫡女……賜婚予太子為側妃。欽此。」

側妃?!三娘還在短暫的迷茫期，而好不容易撐著身子來接旨的顏氏卻是蹭一下就站了起來，對著宣旨的太監嚷道：「錯了！錯了！怎麼是三娘為側妃呢？而且還是太子的側妃？這不可能，一定是哪裡錯了！」

「住口！」雲順恭不由得斥道。聖旨已經下了，不接旨難道要抗旨嗎？他瞪了顏氏一眼，才道：「臣接旨謝恩！」

那宣讀聖旨的太監也是宮裡的，如何不知道雲家的三姑娘跟大皇子的事？得虧是大皇子如今被皇上派去巡查地方了，要不然還不定怎麼鬧騰呢！這位世子夫人的反應，也算是在情理之中了。他只做不見，交託了聖旨後，連賞錢都沒拿，直接就趕緊走人了。這事，還真算不得喜事！堂堂的國公府嫡小姐，做太子妃都是合適的，如今這樣實在是委屈了，人家明明是能做大皇子正妃的人嘛！都說君心難測，如今可不就是嗎？雲家有什麼反應都是能理解的，畢竟，這個事情誰能料到呢？

顏氏直接就炸了，衝著雲順恭罵道：「你接什麼聖旨？為什麼要接聖旨？你知道上面寫的什麼嗎？要讓三娘去做太子的側妃！側妃你懂嗎？就是妾！這光是作踐我們的女兒嗎？不是！是在對雲家不滿！」

「妳住口！君要臣死，臣不得不死！都是皇上的奴才，皇上怎麼安排自然就得怎麼聽從！」雲順恭看著顏氏，眼裡透著惱怒。只有她心疼嗎？難道自己就不心疼？這輩子就只這一個嫡出的姑娘，從心裡來說，他對這個孩子也最是疼愛。別看他對五娘最好，但心裡還是更喜歡三娘一些的。這孩子從小就跟自己最親近，爹爹、爹爹的不離嘴的叫著。雙娘太規矩，五娘卻是天生的清冷，怎麼暖也捂不熱。對五娘，看重幾分是有，喜歡卻是談不上的。三娘即便有些小性子，可也瞧著好。姑娘家嘛，本來就該是這樣。如今，皇上的聖旨下了，自己即便再怎麼不願意、不捨得，難道還能抗旨？他喊道：「怡姑，扶了妳主子回去！」

顏氏如今哪還有理智可言？她憤恨地看向成氏。「老太太真是好算計！將三娘算計進東宮成了側妃，這家裡就只得聽您一個人的了是吧？老四剛被卸了職，老太太就來了這麼一著，不得不說，老太太，您高明啊！在雲家您是裝了一輩子的菩薩了，如今怎麼這麼不管不顧了起來——」

「顏氏，夠了！」雲順恭站起身來，一巴掌拍在顏氏的臉上。「妳瘋了！怎麼跟母親說話呢？」

顏氏懷著身孕，剛才起身就不容易了，再加上猛地受了刺激，神志還十分的混沌，被這一巴掌打到，她的身子就不由得往下倒去。

雙娘見狀嚇了一跳，想撲過去，結果看到怡姑扶住了太太，她便鬆了一口氣，可才一眨眼，顏氏又一下子狠狠地摔在了地上！雙娘都沒明白，那一下是怎麼摔下去的？

「啊……」顏氏捂住肚子，發出淒厲的哭聲。

三娘猛地驚醒，就看到自己的母親倒在地上，捂著肚子。

「娘！」三娘睚眥欲裂。「大夫，趕緊叫大夫！」

老太太知道，今兒二房的孩子若真的掉了，可就結下死仇了！她馬上道：「金氏！立即去煙霞山找金氏！金家有好大夫，快！」

被嚇愣的雲順恭這才回過神來。「對，找金氏！我親自去！」

府裡供奉的大夫一直在一邊小心的伺候著，但也只能暫時保證這個孩子不掉下來。

三娘看著顏氏身下的血，一時之間不知道該怎麼辦才好。懊惱、痛苦交纏在一起，如果知道會付出這樣的代價，自己還會義無反顧地堅持嗎？

雙娘悄悄地拉了三娘。

三娘一愣，小聲道：「怎麼了？」

雙娘看了屋裡的怡姑一眼，就道：「有怡姑在屋子裡伺候著呢，咱倆出去說兩句話。」

這話不奇怪，怡姑一直是顏氏的心腹。三娘也沒多想，就起身，邊走邊道：「怎麼了？」

「出去說。」雙娘猛地捏了三娘一下。

三娘眼睛一閃，便沒再言語。

直到肯定院子裡沒有旁人，雙娘才輕聲道：「怡姑不可信，妳小心她對太太做手腳。」

三娘一愣。她相信雙娘，這種事情上，雙娘不會開玩笑。「妳是不是發現什麼了？」

「我不確定。當時我本想去扶太太，但看到怡姑扶住太太了。以她站的位置和距離，不可能扶不住的，可才一眨眼的功夫，太太就摔下來了。妳說，這不是故意的成分能有多大？」雙娘小聲道。她知道三娘對於如今成為太子側妃的事情，心裡是有準備的，這事的打擊對她來說算不上大，所以也就閉口不提此事。對於三娘來說，這雖然是得償所願，但是當真算不上喜事。

三娘眼裡的冷光一閃。「她？怎麼會是她？」

「如今太太的屋子，就她在伺候，小心她再動歪心思吧！」雙娘提醒了一句。「這幾天，我跟妳換著守太太。」

「好！」三娘點頭應下了。

雙娘嘆了口氣。嫡母雖然對自己說不上好，但也算不上壞，跟別家的庶女比起來，自己算是幸運的了。

三娘看了屋裡一眼，道：「妳先去歇著，到點了妳來換我就好。」

雙娘點點頭，就轉身離開了。

三娘這才進屋，看不出任何異樣。

「二姑娘怎麼了？找姑娘說什麼呢？」怡姑問道。

「問一聲請大夫的事。也不知道請金家的大夫是不是合適，跟我商量了一下，看看是不是要請個太醫過來？」三娘輕描淡寫地道。

怡姑趕緊道：「那可不行！前腳剛宣了聖旨，後腳就請太醫，這不是明晃晃的不願意嗎？叫皇上知道了，對姑娘您也不好。如今已是定下的事了，總得好好地接受，想著怎麼叫自己過得好一點，您說是不是？」

「是啊！怡姑，幸虧有妳……」三娘看著顏氏蒼白的臉，低聲道。

五娘正幫著金氏梳理帳本，就見大嬤嬤急匆匆地進來。

「主子，雲順恭來了！說要請平大夫回去，給顏氏瞧瞧。」

「顏氏怎麼了？」金氏扒拉著算盤，問道。

「聽說是摔了，詳細的不知道。」大嬤嬤低聲道：「不過，今兒聖旨下了，是東宮的側妃。」

五娘手裡的帳本就「啪」的一聲掉地上了。

金氏看了五娘一眼，問：「怎麼，要不要回去看看？」

五娘搖搖頭。「不了。家裡正亂呢，我就不添亂了。」

金氏點點頭，對大嬤嬤道：「讓去吧。知道怎麼說吧？」

大嬤嬤點頭道：「知道。」說完，默默地退了出去。

雲順恭在山下等得好不心焦，他還真是害怕金氏不肯幫忙，這個女人翻臉不認人的本事，自己也算是領教過了。她要真是死活不答應，自己還真沒有辦法。大嬤嬤來的不慢，但雲順恭卻覺得自己的耐心快耗盡了。顏氏的肚子裡，有可能是自己盼了多少年的嫡子，他怎能不重視？一見大嬤嬤耷拉著的臉，雲順恭心裡先咯噔一下。「怎麼？她不同意？」

「不同意才是正常的吧？」大嬤嬤翻著白眼道。她跟雲順恭說話可沒那麼客氣，臉色也十分的不好看。在雲順恭變臉之前，才又道：「不過姑娘到底是跟著顏氏長大的，不忍心看著她受苦，所以求了我們主子，如今人還在院子裡跪著呢！」

雲順恭舒了一口氣。「那就好。」隨後才想起什麼似的，道：「五丫兒是個好孩子，我沒錯看了她，太太也沒白養了她一場。」

大嬤嬤頓時憋氣不語。合著在他心裡，姑娘這麼做才是正常的、才是應當的？她冷笑一聲，心道：等你下次再求金家的時候，看還會不會這麼輕鬆！

「娘，妳不用為我考慮的。」五娘嘆了一聲。

「我不為妳考慮，為誰考慮？」金氏一笑，道：「女兒家的名聲緊要，要是妳真不管不顧，別人又該說妳冷血無情了。再說，顏氏也怪倒楣的，雲順恭還真是配不上顏氏。」

五娘微微一笑，沒有說話。娘親從來就不是一個聖母的性子，找這麼多的理由，不過是為了自己。不光是為了自己的名聲，她知道。自己跟家裡的那些人，不管有怎麼樣的糾葛，畢竟是一起生活了十幾年，這是沒辦法忽略的事實，自己還真就不可能像個陌生人一般，對家裡的事不聞不問，沒有半點的觸動。

可也只有親娘，能做到這般的體貼。

四娘找上了三娘，她對顏氏衝著自己的祖母大放厥詞十分的不滿。顏氏把這一切都看作是祖母的算計，其實，罪魁禍首正是她自己的女兒，祖母不能揹這個黑鍋！

「敢做就要敢當！」四娘看著三娘道：「不能因為妳做下的糊塗事，反而叫祖母為妳做擋箭牌。」

「我會說的。」三娘扯著四娘的胳膊。「不過妳小聲點，如今這個時機不合適……」

「時機？」四娘皺眉道：「早點說的清楚明白了，一家人才好商量接下來該怎麼處置，而不是像現在這樣！如今不光祖母為難，就是宮裡的皇貴妃，妳想過她的為難嗎？等大皇子回來，妳又該如何解釋？」

「這個妳不用管，我自是會自己去解釋。」三娘揉著額頭道：「這些事情，我心裡有數。我娘如今這樣子，也受不得刺激。」

四娘嘲諷的一笑。「等等等！等這個時機過了，還解釋得清楚嗎？衝突已經發生了，嫌隙也已經造成了，再解釋什麼都晚了！」

「那妳說如何？不在乎我娘肚子裡的孩子嗎？」三娘皺眉問道。

「妳不會以為我過來就是為了刺激二伯娘的吧？」四娘不由得問道。

「沒這個意思。妳只別插手，就算是幫了我大忙了。」三娘看了正房一眼，此時風吹起簾子，露出了一片玫紅的裙角，正是怡姑今日穿的裙子的顏色。她的眼睛不由得瞇了起來，看來這個女人還真是不能小覷！

四娘順著三娘的視線看去，驀地就知道三娘這邊也正棘手。她強壓下心裡的不舒服，揚聲道：「不要幫忙就算了，我還不稀罕呢！」說完，看了三娘一眼，轉身就走了。

三娘看著四娘的背影，眼裡閃過一絲感激。她轉身又回了房裡，就見怡姑正坐在床邊，拿帕子給母親擦臉。

三娘不動聲色地上前，摁住怡姑手裡的帕子，果然是冷的。聽了這麼長時間的牆根，帕子的溫熱早就散了。要不是疑心了她，只看她體貼的樣子，再是想不出來她背地裡竟然有另外一副面孔，但三娘卻不知她是誰的人。她皺眉道：「怡姑，這帕子都涼了。」

怡姑愣了一下，笑道：「瞧我，這一擔心，竟然給忽略了。」說著，就去換熱帕子，嘴上還問道：「又跟四姑娘拌嘴了吧？」

「她見老太太受了氣，心裡不平罷了。孩子心性，轉眼就忘了，沒事。」三娘還是那般的輕描淡寫。

怡姑皺眉道：「太太剛才也是失了理智，一會子姑娘得空了，該去老太太那裡道個歉的。」

三娘點點頭，沒有言語，她此時心裡正想著四娘的話。

是的，該怎麼解釋？難道現在自己解釋，說是自己先看上了太子，姨媽就會信嗎？大表哥就會信嗎？這在他們看來，更像是有利於自己以後處境的違心言辭罷了。即便是皇上發話了，那也只能說明皇上被太子一方給矇騙了。如此一來，大表哥和太子的關係，就是真的降到了冰點，甚至是不死不休了。這早已經不是自己當初所預想的那般局勢了，自己想做那個下棋的人，將眾人都擺在自己的棋盤上，可是，另一個下棋的卻更為高明，於是，自己也淪落為一顆棋子的命運。

未來如何，她已經完全看不清楚方向了。

宮裡的皇貴妃在接到消息的第一時間，就衝出了自己的宮殿。這是自從臉受傷之後，皇貴妃第一次出自己的寢宮。

御書房不是誰都能輕易闖進去的，但是今天的皇貴妃就是這麼幹了。

她闖了進去，見到了好整以暇的天元帝。

「為什麼？」皇貴妃臉上的表情說不上是傷心還是憤懣，她只看著天元帝道：「為什麼？陛下，你知道承平的性情，你知道他有多喜歡三娘，為什麼要將他們分開？為什麼？這是臣妾早就選好的兒媳婦，臣妾跟陛下早就說過的！」

「承平很好。」天元帝抬起頭看著皇貴妃，那不再年輕的臉上有著兩道明顯的傷疤，就如同那「抓破美人臉」的山茶花，美則美矣，只這缺憾，讓人也不由得多了幾分憐惜。他的聲音輕柔了下來，道：「可妳那外甥女與太子有私情，妳叫朕怎麼辦？與其讓承平娶這樣一個王妃，不如朕來做這個惡人。」

「陛下在說什麼？」皇貴妃一愣。「什麼三娘跟太子有私情？皇上聽誰說的？三娘跟承平青梅竹馬，這滿宮上下誰不知道？怎麼會是跟太子有私情？這話……豈不荒謬？」

天元帝眼裡的疑惑之色一閃而過，心道，難道這雲家三姑娘跟太子的事情，真的不是皇貴妃設計的不成？若不是她設計的，就必然是太子自導自演的了。但不管是哪一種，都得按照朕給的路走！他心裡這樣的念頭一閃而過，就道：「太子夜裡去了雲家與妳那外甥女私會，回來後就求朕賜婚，不是私情是什麼？」

「太子與三娘私會？荒謬！」皇貴妃眼裡滿是怒火，質問道：「皇上的人可看見二人私會了？」

天元帝面上露出一絲尷尬來。「太子在這件事上，是不會撒謊的。」

皇貴妃錯愕地道：「您僅僅憑著一面之詞，就認定三娘跟太子有私情，未免太草率了！」

天元帝面色一變。「太子開口，哪裡就能輕易駁回了？妳回去後也勸勸承平吧，天涯何處無芳草……」

「陛下！」皇貴妃不可置信地看著天元帝。「您怎麼可以如此——」

「好了！」天元帝喝止道：「那妳要如何？如今聖旨已經下了，無可更改！」說著，他看了皇貴妃一眼，緩聲道：「這次是朕對不住承平，朕這個做父皇的心裡也過意不去，妳看，封承平為平郡王如何？」

沒有半點功勞，直接晉為郡王，這就猶如天上掉餡餅。用一個王妃換一個爵位，這似乎也是很划算的買賣。但想到兒子那執拗的脾氣，皇貴妃又有點踟躕。

天元帝就道：「罷了，老大也一直委屈，直接晉為親王吧，可不許再這樣鬧了。」

親王！這個爵位不能說是不顯赫啊！這就意味著兒子不再是個沒品沒爵的皇子！成了親王，就能光明正大地有自己的屬官，能養府兵，能請幕僚，能收門人，能自成一方勢力！這可不是一個王妃能給予的，哪怕這個王妃的出身再如何的顯赫。

皇貴妃沒有鬧，她什麼也沒說，行了禮就退下去了。

天元帝露出幾分嘲諷的笑。這就是所謂的感情，在利益的面前，還不是一樣隨風而逝了？

「晉升爵位？」五娘看著金氏，表情有些懵。

「要不妳以為呢？妳以為皇上會怎麼做？」金氏看著五娘，嘴角帶著笑意。

「皇上這是想扶持大皇子，用大皇子牽制太子？」五娘越想，心裡的寒意越盛。「都是親生的兒子，可看著怎麼就如同仇人一般呢？」

「這不是單方面的問題，應該是太子做了什麼事刺激了這位皇上。他沒想整治兩個兒子，只是想制衡罷了。天家的父子親情又有幾分？雲順恭是看著妳長大的，不還是一樣對妳充滿防備嗎？何況是皇上跟太子。」金氏擺弄著棋盤上的棋子道。自從帳目被五娘包攬了以後，她就多了這麼一個高雅的愛好，但其實，那水準真不怎麼樣。

五娘想起跟宋承明在皇宮的密室裡聽到了兩人的對話，其中就有一個人是東宮的總管太監。難道皇上察覺到那次的事跟太子有關？是的，一定是的，要不然，他不會一邊想著怎麼弄死英國公府的世子，一邊想著用大皇子來牽制太子。甚至怕兩人的嫌隙不夠大，還將計就計，將大皇子的青梅竹馬表妹賜婚給了太子。

宋承明靜靜地坐在書桌後。

簡親王站在一邊，問道：「太子找尋海王令的事，是你放出的消息吧？」

「何以見得？」宋承明挑眉，沒有承認，也沒有否認。

「承明！」簡親王看著宋承明道：「你應該知道，你現在什麼都不該做，韜光養晦才是最緊要的。我不希望你為了一己私慾，而挑動得天下大亂。你父親那樣磊落的人，一定不希望你用這樣的手段。」

宋承明沈默半晌才道：「你放心，我絕對不會做出這樣的事。再說了，局勢亂了，於我並沒有好處，遼東的勢力太弱。天下太平，就還有我的一片立足之地，等天下真的亂起來之後，我的那點立足之地遲早會被人吞了的。不說什麼為了天下蒼生、黎民百姓的話，只從我的立場出發，我何苦做吃力不討好的事？」

「那你何苦將太子的事透給皇上，讓他們父子兄弟起了嫌隙？」簡親王問道。

「這嫌隙不是因為我而產生的，而是一直就有，並且注定會有。至於我這麼做的目的……簡王兄，在你的眼裡，太子和皇上比起來，哪個做帝王更合適？」宋承明的眼睛清亮，就那麼看著簡親王。

太子和天元帝，都不是什麼好人選。天元帝身上的毛病，太子身上也未必就沒有。從卑鄙無恥上說，不過是半斤八兩。但太子比之天元帝，倒是更多了幾分狠辣。儘管他面上文雅，風度翩翩，可骨子裡卻是一個比天元帝更加狠辣的人。天元帝的手段陰暗詭譎，難道太子就比他好嗎？只看他對雲家的三姑娘就知道了。跟天元帝對江氏又有什麼不同呢？

相比起來，大皇子雖然也未必就合格，但除了有一個不省心的母親之外，從心性上來說，算得上是一個爽朗透亮的人。

「你的意思是，如果非要有人上位，你希望是大皇子？所以，你這是變相地幫著大皇子得到了晉升王爵的機會？」簡親王不由得問。

「難道不好嗎？」宋承明反問道。他沒說的是，太子對於自己總是有莫名的敵意，甚至連番刺殺。要想壯大自己，想要在夾縫中求生存，為敵人製造敵人也是一個不錯的辦法。比起太子的算計，他倒是更喜歡跟大皇子打交道。

大皇子不是蠢，只是脾氣算不上好罷了，他的手段就如同他的品行，更為簡單直接。就比如對自己的防備，大皇子未必就比太子少，只不過，一樣的事情叫大皇子處理，會給出和太子截然不同的結果。就比如在對待自己的問題上，太子只會暗地裡派人刺殺，但大皇子應該會直言不諱地將自己強留京城一輩子。

跟大皇子打交道，哪怕是處在對立面，也能叫人覺得舒服。

「你為什麼從來沒有想過六皇子？」簡親王瞇著眼睛問。

「等六皇子再長兩年，看看品性再說吧！只如今，這樣的格局對於我是最好的就夠了。」宋承明笑道。

簡親王也不知道宋承明背後是不是還有什麼其他的打算，但這話應該至少有七、八分是真的，於是笑著轉移話題道：「你的心上人呢？最近見到了沒有？」

宋承明不自在地咳嗽了一聲。「簡王兄，你這是哪壺不開提哪壺啊？我還沒問你的親事準備得怎麼樣了呢！」

「今年內肯定是要辦的吧。只是雲家如今暫時顧不上這事，先亂過這一茬子再說吧。」簡親王擺擺手，他對雲家的二姑娘還是滿意的。

宋承明的眼裡有了一絲羨慕，道：「煙霞山那地界，可不是那麼好靠近的。」不過，是得想個辦法靠過去才成了。

第十九章

雲家此時的氣氛算得上是壓抑。

春華苑裡，從金家請來的大夫來了又走。顏氏肚子裡的孩子暫時保住了，只是還得好好地養著，至於能不能順利地生下來，還是個未知數。

「我知道妳接受不了，但不管妳心裡多難受，該接受的還是要接受的。妳不是只有三娘一個孩子，好歹妳也顧著點肚子裡的這個。」雲順恭看著面色蒼白的顏氏，黑著臉勸道。

「況且，妳覺得對不起宮裡的皇貴妃，但這一次是咱們的錯嗎？是咱們三娘的錯嗎？如今，是三娘被妳姊姊連累了！妳不說心疼孩子、勸解孩子，還一味地鑽牛角尖。是不是覺得沒辦法面對顏家了？是不是覺得沒辦法面對皇貴妃和大皇子了？妳真是莫名其妙！我還沒有責怪妳呢！因為你們的緣故，讓三娘受了連累，妳反倒怪起家裡來了，還衝撞了老太太，妳簡直就是不可理喻！」

「你住嘴。」顏氏的聲音不大，但卻說得鏗鏘有力。「你出去，我現在不想跟你說話。」

雲順恭蹭地一下站起身，惱怒地看了顏氏一眼，冷哼一聲，才甩了簾子走了出去。

怡姑小聲道：「主子，您這是何苦呢？瞧把世子爺給氣的。」

顏氏沒有接話，連眼珠子都沒轉，只是平靜地道：「三娘呢？將三娘給我叫來。」

怡姑點點頭，輕聲道：「三姑娘親自給主子熬藥呢，馬上就過來。」

「不用她熬藥。」顏氏閉上眼睛，語氣有些不容置疑。「妳趕緊把人給我叫過來就好。」

「叫我嗎？我來了，藥已經熬好了。」三娘端著藥碗進來，道：「娘您躺著別動，等藥涼了就喝。」

「怡姑妳出去。」顏氏沒有接三娘的話，只是吩咐怡姑。「妳先出去。」

怡姑愣了一下，才點頭道：「那好，我順道去問問世子爺，看金家的大夫什麼時候再來複診。」說著，擔心地看了一眼三娘，小聲囑咐道：「別惹妳娘生氣。」說完，這才轉身出去了。

「妳過來。」顏氏聽見怡姑的腳步聲遠去，才對著三娘道。

三娘將藥碗放下，走到了顏氏的身邊。

「再靠近一點。」顏氏沒有看三娘，眼睛只盯著屋頂的帳子看。

三娘靠了過去，坐在顏氏的身邊，看著顏氏蒼白的臉，道：「娘……」

話音才一出口，顏氏猛地一巴掌狠狠地打在了三娘的臉上。

三娘的嘴角馬上就掛上了一絲鮮血，但她卻是一聲都不吭。

「說！怎麼回事？」顏氏的聲音因為氣憤而帶著絲絲的顫抖和寒意。

「娘不是已經猜到了嗎？」三娘捂住臉，將頭撇向一邊。

「我要聽妳說！老老實實地說實話！」顏氏喘著氣，一手又撫著肚子道。

「沒什麼要說的，跟娘猜測的一樣。」三娘的眼裡蓄上了淚水，她微微抬起頭，不叫淚水掉下來。

「妳過年前後，幾次三番不肯進宮，就是因為妳心裡不想面對大皇子，是不是？」顏氏閉上眼睛問道。

「是！」三娘彷彿鬆了一口氣地道：「不如此，難道要一條道走到黑嗎？大表哥對上太子，根本就沒有勝算。他的性子，您難道不知道？」

「所以，妳就找了妳大表哥的對頭？」顏氏的手緊緊地攥起來。「妳不想嫁給妳大表哥，沒人逼妳，大皇子妃的位置有的是人稀罕，但是妳不該如此，對他的仇人投懷送抱！妳這是在羞辱他，妳知道嗎？妳對得起他和姨媽對妳的呵護嗎？」顏氏喘了一口氣道：「妳如今將自己擺到了禍水的位置上，妳有想過嗎？一旦太子和妳大表哥起了衝突，首當其衝、被唾罵的人都一定是妳！妳也讀書，妳也知史，史書上有多少女人成了權力的犧牲品！路有千條萬條，妳為什麼偏偏選了這麼一條？妳要是有個三長兩短，妳叫我怎麼活？」

三娘的眼淚如同掉了線的珠子，吧嗒吧嗒地往下掉。「娘，我當初設想的不是這樣的，也從來沒想過會變成這樣……」

顏氏只覺得更加的頭暈目眩。「罷了，如今這樣，還能有什麼辦法？只以後，妳不要寄希望在我身上，我沒辦法偏著妳。而且，顏家妳也不要指靠，在他們不知道真相的情況下，對妳多少還有些疼惜，但也僅此而已。至於妳祖父和妳父親會給妳怎樣的幫助，只能妳自己去爭取了。不過，妳也別報太大的希望，妳能靠的只有妳自己——」

「還有我的姊妹。」三娘打斷顏氏的話，收了眼淚道：「娘您別擔心，我知道我從雲家得不到什麼，但是雲家最大的財富不是別的，正是我們幾個姊妹。不管發生什麼事，她們都不會看著我被欺負而袖手旁觀的。所以，您也別擔心。」

「妳是說雙娘……」顏氏皺眉。一個簡親王的繼室王妃，哪裡就能幫上忙？顏氏搖搖頭，三娘還是想得太簡單了。一個繼室想掌控王府是一件多麼不容易的事，更何況，若沒有簡親王的支持，一個王妃又能做什麼？

三娘也不解釋，只是道：「娘也別想了，千錯萬錯，錯也已經鑄成了，除了咬牙走下去，還能如何呢？」她嘆了一聲，又小聲道：「只我進了宮後，有一事不放心。娘可知道怡姑不妥當？」

顏氏如今哪有心思想什麼怡姑？但見三娘的神色鄭重，才不由得皺起了眉。

「娘您還記得您是怎麼摔倒的嗎？」三娘又問了一遍。

顏氏閉著眼睛回想。當時有一雙手扶住了自己的腰，她剛要穩住，那手就撤走了……顏氏猛地睜開眼睛，心裡就明白了。「我這裡不用妳操心，妳只去管好妳自己的吧。」

三娘站起身，道：「娘也別一徑的自責，只怕，姨媽知道如今的結果，未嘗就不樂意。」

「什麼意思？」顏氏皺眉問道。

三娘看了顏氏一眼，沒有言語，起身離開了。

而顏氏很快就知道了三娘說那些話的意思，因為怡姑回來後就告訴了她一個剛得到的消息——皇上剛剛下旨，冊封了大皇子為平親王。

「怎麼會這樣……」顏氏只覺得自己氣血上湧，嘴裡有了血腥氣。稍一思量，她便有些明悟了。也許姊姊對於三娘不能配給大皇子是遺憾的，但跟一個親王爵位比起來，這點遺憾實在算不了什麼。姊姊不會為三娘爭取什麼的，從某種意義上來說，這又何嘗不是一種放棄？她只覺得五臟六腑都跟著一起疼了起來……

雲高華此時看著成氏，眼裡帶著幾分懷疑，問道：「當真不是妳？」

「國公爺，這般做與我有什麼好處？」成氏有些心寒，也有些心慌。三娘的事，確實是有些突然。尤其是在老四被卸了兵權調回京城之後，出了這樣的事，叫人百思不得其解。

門外的四娘拳頭緊緊地攥緊，但到底沒有進去。此時，絕對不能火上澆油。

東宮。宋承乾放下手中的毛筆，臉上沒有半分的波動，好似被賜側妃的不是他一般。即便是大皇子被冊封為親王，也沒能叫他臉上有絲毫的動容。

「殿下，您要是不痛快，就說出來。」李山小聲地道。

「孤能有什麼不痛快的？」宋承乾展顏一笑。「早就料到會有這樣的局面，又有什麼不能接受的呢？你瞧著，這是大皇子的機會，可相對的，這又何嘗不是咱們的機會呢？父皇要扶持大皇兄，不過是為了制衡孤，因為孤成年了，父皇再也不能將孤關在宮裡，不能見人、不能參政了。那麼同樣的，既然容許大皇子擴充勢力，咱們也就能跟著動一動了。就憑大皇兄那腦子，你還怕孤不是他的對手？」

李山先是一愣，跟著才點頭應是。

太子又道：「不過，以後還是小心點吧。只怕，這次是被父皇發現什麼端倪了，要不然，以父皇的性子，且下不了決心呢。」

李山呼了一口氣，道：「皇上也該放殿下出去了吧？」

「在大皇兄氣急敗壞、興師問罪的時候，肯定是要放出來的。我們不起大衝突，父皇怎麼會安心呢？」宋承乾一笑，道：「如今連你也會猜度聖意了，了不得啊！」

大皇子如今不在京城，但如此大事，京城裡可不就跟炸了鍋一般嗎？

這份榮耀別人也不過是羨慕一二，但有一個人卻是真的動心了，這人就是江氏。

皇帝的話不停地在江氏的耳邊迴響，她渴望成為貴妃的榮耀，渴望兒子也有被封為親王的一天，渴望將成家給自己的次子繼承。真有那一天，只憑著這兩個兒子，自己即便不是這世上最尊貴的女人，可也少有人能及了。

天慢慢的暗了下來，江氏沒有叫丫頭掌燈，一個人坐在黑暗裡，吃吃地笑出了聲。門一把被推開了，成厚淳走了進來。隨之而來的，是濃烈的酒味。今兒看著雲家吃癟，對成家來說就是一件喜慶的事，哪怕大皇子被冊封，也不能叫這一份喜悅降低。堂堂的皇長子，被冊封爵位只是遲早的事，既然知道會有這一天，自家又何必著急？

跟幾個家將喝了不少的酒，可他的心裡卻清明得很。屋子裡暗沈沈的，江氏在裡面格格的笑，成厚淳的心不由得癢了起來，問道：「怎麼不掌燈？」

江氏的眼裡閃過一絲不耐，眉頭微微皺起，不過聲音卻透著溫和可親。她站起身，叫了丫頭掌燈，才道：「爺又喝酒了？這喝酒傷身，您可千萬悠著點。」

燈亮了起來，江氏一身鵝黃的衣衫，瞧著比二八的少女還更有韻味。成厚淳眼裡的暗光一閃，這是一個在床上讓人著魔的尤物。

「夫人剛才在笑什麼？」成厚淳問道。

「想著雲家如今是怎樣一副樣子？」江氏眼神一閃，就答道。

這話叫成厚淳極為愉悅，看著江氏巧笑嫣然，不免有些情動。

江氏如何看不出來丈夫的反應？她的內心有些自得。成厚淳是軍旅出身，身子自是比一般的男人都健壯，即便現如今人已經到了中年，還是保持著極好的身材，一樣會令女人心動。江氏渴望皇上給予的權勢和地位，以及偷情那種難以言喻的刺激；可另一方面，她也渴望自己丈夫的身體。

從情感上，對兩個男人，她還真有種誰也捨不下的感覺。

但從理智上，她太知道自己最想要的是什麼了。

一晌歡愉，夫妻二人都很滿意。

江氏聽著耳邊的呼嚕聲，就突然覺得無比的煩躁。曾經以為，做這個世子夫人就是最幸福、最了不起的事，可真正地走進了這個階層，才知道人上有人，天外有天。江氏想起了元后，自己的小姑子，她是那般的高高在上，似乎能對任何人生殺予奪。從她的身上，江氏看到了權力的魅力。

那一年的夏日，她進宮去給元后請安。那時候，元后的肚子裡還懷著如今的太子。

那一天，天特別熱，她沿著宮牆下的陰影走，還是熱得滿頭大汗。

坤寧宮裡鴉雀無聲，無人敢打攪皇后的午休，她坐著也是無聊，就去御花園裡乘涼。

結果，在那臨水的假山裡，傳來了男女歡愉的交合之聲。

她本該走開的，但是她沒有。這宮裡，只有一個男人，那麼假山裡面的一定是皇上。她從沒見過皇上，卻從元后的身上看到了皇上能賦予的特權，那是她也渴望得到的東西。她沒有動，就那麼愣愣地聽著，然後一點一點地靠近過去。

跟皇上歡好的女子，該是一個宮女，她生澀極了，根本就不會迎合男人。她想，自己也是有優勢的。她悄悄地躲著，只等那小宮女跑了出去，她才走了出來。

「妳是誰？」

皇上那般地問。即便衣衫不整，即便被人撞見這樣的事，他卻一點也不慌張。

「妾是英國公府世子的妻子，江氏。」

她覺得自己當時的聲音是發抖的。

皇上似乎對這樣的身分十分的驚訝，繼而玩味地挑起她的下巴。

不管時隔多少年，她都無法忘卻那場酣暢淋漓的情事。她的滿足不僅僅是生理上的，還有心理上的那種優越，那不是自己的丈夫成厚淳能夠給予的。

儘管他是個合格的丈夫，也從來不貪花好色，但他不能給予自己更多的東西。

江氏將思緒收回來，將視線對準在丈夫的臉上。這不是一個標準的美男子，但也是堂堂的偉丈夫。要說沒有感情，那絕對是不可能的，可即便有再多的不捨，也該到了選擇的時候了。

她在心裡發誓：我一定會好好地照看兩個孩子！

為了孩子，犧牲了他，也算是迫不得已吧？

江氏的拳頭攥緊，看來不能再拖下去了。

夜裡下起了小雨，淅淅瀝瀝的，叫人好不煩惱。雲五娘一早起來，就站在山莊外的高臺上，看著山下在雨中顯得有些朦朧的山莊，心變得有些焦躁起來。或許是雨的滋潤，一夜之間，似乎這山上山下就抽出了一絲綠意來，倒也有幾分不一樣的風景。

哥哥自打最初幾天露了幾面後，已經好些日子不見人。他究竟在忙什麼，一點消息也沒有，但是娘親也不見擔憂，想來是沒事的。

而娘親每天發出去的指令，都發去了哪裡？如此緊鑼密鼓，雲五娘就知道，娘親對於那份仇恨，銘記得有多麼深刻。她或許不會主動挑起事端，但在有機會的時候，絕對會趁虛而入的。這局勢一旦有個變故，金家必然要摻和的。一如元宵那場宮宴，不就是皇上和太子的不和，才引來金家這個攪局者，還有遼王這個圍觀者嗎？而如今，皇上、太子兩方勢力還不夠，又拉進來一個大皇子，這父子兄弟間的衝突，又會平白多出多少來呢？皇上只想著利用金家，他怎麼也不想想，任何利用都是要付出代價的。這個代價，就是金家在裡面充當了一個四處攪渾水的角色。而遼王，只怕就是那個虎視眈眈、準備漁翁得利的人。

這讓雲五娘對未來有了一種無法言喻的恐懼。她不管是作為雲家的女兒，還是作為金家的一分子，都處在一個非常微妙的位置上。或許會有那麼一天，她得站在雲家，甚至是幾個姊妹的對立面上。

這個認知讓她感覺非常的不好。她厭惡雲家，但真的要將雲家的標籤從她的身上剝離，又是一件極為痛苦的事。而有時候，這又是不得不作的抉擇。

紅椒撐著傘，站在五娘的身後。山頂的風挾著冰涼的雨絲，肆意地拂在人的臉上，有些冷。紅椒看著手裡的傘已經不能遮風擋雨了，就道：「回去吧，姑娘？可別又著涼了。」

「那就回吧。」五娘看了一眼山下，轉身裹著披風回了山莊裡。

金夫人坐在堂屋裡，窗戶和大門都敞開著，想來她是極為享受這春雨春風的滋潤。見五娘回來，她就笑道：「怎麼，怕了？」

越是知道的多，越是害怕，這是人之常情。

「我是害怕了。」雲五娘呼了一口氣。「但我知道，我如今這身分，沒有點勢力依仗，才是最可怕的。娘的心思我明白，我會好好學。」

金氏一笑，拉了五娘的手道：「別想著依靠誰，誰也不如自己可靠，記住了。」別跟她一樣，幼年的時候靠著父親、哥哥，可是他們都死了，那個時候，才知道什麼是孤立無援，什麼是絕望。

五娘點點頭，在這段時間裡，她從金氏身上學到的，可能比在雲家十幾年學到的都多、都實在。這些道理裡沒有遮遮掩掩、沒有欲語還羞，都是直白的，沒有絲毫遮掩的，這些是雲家的人無論如何都不會教給她的道理。不是親近的人，不會也不敢這樣的直白。

大嬤嬤進來，看見母女相處得宜，就有些欣慰，面色也跟著柔和了起來。

「怎麼了？可是有什麼消息了？」金氏扭頭問大嬤嬤。

「是。」大嬤嬤看了一眼五娘，才小聲道：「江氏打發採買的人找新鮮的海鮮，應該是要動手了。」

「這就是說，她想用葵明草加上海鮮？」金氏不由得問，繼而又笑道：「還真是個蠢貨，真以為沒人知道這法子能殺人！」

五娘皺眉，據說這海鮮加上高維他命C，可就是砒霜了。難道這葵明草，就是一種含維他命C極高的草？

「將海鮮殺人的事透露給成厚淳就成了，其他的不用管，說的多了，人家就該起疑了。」金氏搖頭道。

「萬一成厚淳不信……」大嬤嬤不由得問道。

「妳當成厚淳是什麼人？能在戰場上肆意的人，又哪裡會是個心思簡單的？只不過，誰好端端的會想到，給自己生了兩個孩子的枕邊人突然有一天會起了殺心呢？一個做丈夫的對妻子信任，難道錯了嗎？」金氏有些悵然地道。

她倒是覺得，成厚淳比雲順恭好多了。至少身為男人、身為丈夫，比雲順恭強上不只一星半點。成厚淳倒楣，偏偏遇上江氏這樣的人；可雲順恭倒是狗屎運，能夠娶到顏氏。

在她看來，雲順恭是絕對配不上顏氏的。顏氏對雲順恭，她作為妻子，該做的都做了。可雲順恭呢，卻在顏氏的身邊放了一個怡姑。對自己的妻子都提防至此，他又能信任誰呢？

成厚淳一覺起來，看著一臉溫順的妻子，頓時就覺得心滿意足。他常年在軍營，陪伴她的日子少，所以，府裡除了早年伺候過他的兩個通房丫頭外，再沒有其他的女人。他有兩個健康的嫡子，這就夠了。再折騰人進來，這家裡就更亂了。

「爺今兒只管去忙，晚上且記得回來用飯。」江氏輕聲對丈夫囑咐，但卻不敢抬頭去看他的眼睛。

這是一句叫人暖心的話，成厚淳出門時心裡還暢快著呢！果然，溫柔鄉是英雄塚啊！

今兒成厚淳請了兵部的幾位主事至茶館喝茶。作為太子的舅舅，這請人喝茶還是喝酒，也是有門道的。喝茶，是試探的接觸；喝酒，就是能進一步交流的意思了。

請的人還沒到，成厚淳也不惱。如今正是禮賢下士的時候，自己等等又有何妨？但只這麼枯坐著，也無趣得很，就叫人將雅間的窗戶打開，聽聽外面的動靜也比枯坐著強。

今兒下著雨，外面的行人不算多。雅間在二樓，樓下的屋簷下，應該是有不少閒漢在躲雨，鬧哄哄的，好不熱鬧。因為街上清冷，掌櫃的也不趕人，還提了兩大壺粗茶去，留給他們解渴。

下面的漢子正說著那酒樓裡的好吃食，但顯然，他不像是吃過的樣子。「……如今不好，沒有什麼海鮮。到了那秋裡，大個的螃蟹，才是最美味了……」

「這就是你不懂行情了，且不說如今正是吃小黃魚的好季節，就只海腸子、牡蠣那些，也是極為美味的。」另一個漢子說著。

「扯淡，好像你吃過似的。」又有一個人插了一句話。

這人見被折了面子，就嚷道：「我沒吃過，但咱見過啊！更見過那吃海鮮吃死了人，然後，他那美貌的妻子就跟著姦夫跑了……」

眾人哄然而笑，接下來，說的也不過是一些葷話。姦夫淫婦，多麼喜聞樂見的香豔故事。

成厚淳皺了皺眉，沒什麼心情再聽下去了，糙漢子的糙話，入不得耳。

時間過了半個時辰了，要請的客人一個也沒有到，他不由得冷笑一聲。大皇子昨兒才封了親王，可太子的禁足令還沒有取消，這些人不敢靠上來，也算是情有可原。但等到真要靠上來的一天，這樣的人，又如何能放心的用呢？

他也談不上失望，這又何嘗不是一個鑒定人心的機會呢？

「走吧！」成厚淳站起身來，就往外走。

親隨白朗趕緊放下一個銀錠子，跟了下去。

侍衛將馬牽過來，他翻身上馬，身後又傳來那些壯漢的說笑聲——

「……吃海鮮的時候千萬要小心啊，要不然一命嗚呼，嬌妻就是別人的了……」

成厚淳頓了一下，甩了馬鞭，直奔城外城防的駐地而去。

在軍營裡混了半天的時間，到半下午，想起江氏叫他晚上回去用飯，成厚淳就不由得勾起唇角，帶著親隨白朗，準備回府。

這時，遠處傳來伙食房的大師傅叱罵小徒弟的聲音——

「……這葵明草不是讓你收好了嗎？怎麼還四散了放著？這是如今海鮮少，等閒吃不起，要是秋天，吃個螃蟹、小蝦的，這一營的人都得被毒死！你個蠢貨！記著……吃海鮮要小心，會死人的……」

直到路上，成厚淳這心裡還是不得勁。今天這是怎麼了，怎麼都跟海鮮對上了？聽到一次是巧合，聽到兩次，這就絕對不是巧合了。

……吃海鮮要小心，會死人的……

這話怎麼聽，怎麼覺得都像是在對自己說的。

成厚淳將這事記在心上了，等回到家，已經是掌燈時分。

在書房裡簡單地梳洗完，才回了正院。

江氏笑盈盈地迎出來。「爺可回來了，再不回來，飯菜就要涼了。」

「今兒出了一趟城，緊趕慢趕還是晚了。」成厚淳進了屋子，簡單地解釋了一句，又問道：「今兒吃什麼啊，還能怕涼了？」

「海鮮啊！」江氏笑道：「涼了腥味重，不好。」

成厚淳一下子就僵住了，耳邊再次響起今兒傳到自己耳中的話——

……吃海鮮要小心，會死人的……

這一瞬間，他只覺得渾身的血液都倒流了。一時覺得自己多想了，一時又覺得這個世界真是荒誕，昨晚兩人還抵死纏綿，今兒卻已經算計著要謀取自己的性命了嗎？

他不能相信，也無法相信，但又不得不相信。

他的手攥緊，又若無其事的鬆開，慢慢地點點頭，看著江氏道：「今兒怎麼想起吃海鮮了？」

江氏不敢看他的眼睛，只是笑道：「突然就想吃了。怎麼，爺不賞臉？」

成厚淳的心頓時一縮，她的眼神一直迴避與他對上，這是從來沒有過的事！他的心不由得亂做一團。

桌上的飯菜散發著誘人的香味，成厚淳走了過去，坐在桌邊。他想馬上掀翻了桌子，抓住這個女人質問，但是他的理智戰勝了他的憤怒、他的傷心、他的悲涼。

一個人做事，總是有目的的。要了自己的性命，於江氏又能有什麼好處呢？

難道江氏也是被人利用了，她事先並不知情嗎？

成厚淳又搖搖頭，這種可能性微乎其微。

一個女人，不會無端端的突然要謀殺親夫，一定有什麼他不知道的緣由，這背後一定有人在指揮著江氏。

想到今天聽到的那些話，他更加確定了自己的猜測。這背後的人，一定不知道他的目的被別人知道了，而這個人還變相地給自己預警了。

但這也同樣說明，這個讓江氏殺自己的主謀，目的並不是什麼私仇，而是對付成家。畢竟父親已經老了，而自己的兩個兒子還沒有長起來，成家若沒了自己，就沒了支撐門戶的人。

成厚淳想了不少，但也不過是一念之間就完成的事。他臉上掛著淡淡的笑意，側身坐在桌邊，好似在等著江氏一起用餐一般。等江氏坐下，成厚淳才道：「有些日子不見兩個孩子了，叫過來一起用飯吧！這兩小子如今見了我就躲。」

江氏微微一頓，才道：「爺也真是的，知道孩子躲您，您還偏要叫孩子過來？吃飯要緊，別叫他們吃得不自在。」

成厚淳的心一點一點的沈下去。他點點頭，笑道：「是我的錯。妳也快坐下，陪我一起用吧！」說著，就動筷子，挾了一筷子菜放在對面的碗裡，笑道：「昨晚上夫人伺候為夫著實辛苦了，不如，今兒我伺候夫人用飯？」

江氏抬起頭看了丈夫一眼，這也不像是發現什麼的樣子，還有功夫調情。她臉上微微有些紅暈，同樣挾了菜過去，道：「爺只管吃吧，不用管妾身。您也餓了吧？」她說著，就動手從碗裡只挑了配菜出來，放進嘴裡慢慢地嚼。

成厚淳心裡大致已可以斷定，這菜確實是有問題的。他想要馬上起身，又覺得如此突然離開會讓江氏警覺，正想著該找什麼藉口才能不動聲色地離開時，就聽見院子裡傳來急促的腳步聲，接著，門外傳來親隨白朗焦急的稟報聲——

「世子爺，軍營裡出事了！」

自己今兒剛從軍營回來，哪裡有什麼事？一切都風平浪靜的。成厚淳知道，白朗這是給自己解圍來了。他放下筷子，有些惱怒地站起身道：「看來今兒是吃不成了！妳讓蒲兒和葦兒陪著妳吧。我得去軍營一趟，短則三五天，長則半個月，妳不需擔心。」

江氏也不知道如今是什麼心情，懊惱、沮喪抑或者是慶幸？她張了張嘴，挽留的話實在是說不出口，只道：「那爺您小心點。」

成厚淳看著江氏笑了笑，安撫道：「等忙完了，就回來陪妳。」說著，輕輕地抱了江氏一下，就轉身離開了。

江氏確定成厚淳已經離開了，才轉身進了內室，一關上門，這才覺得自己渾身的力氣都被抽乾了，頓時就癱軟在地上，大口大口的喘氣。差一點，只差一點點，自己差點就殺了自己的丈夫，孩子的父親。

成厚淳一出門，就看見白朗擔憂的眼神，他微微地搖搖頭，白朗這才鬆了一口氣。

「爺，咱們快走！」在理清楚頭緒之前，這個家是回不得了。

兩人出了府，一路騎馬出了城，這才漸漸地慢了下來。

「你是怎麼發現的？」成厚淳問道。

「我回院子的路上，遠遠地聽見兩個丫頭的說話聲，一個說夫人特意尋了海鮮，親自下廚，一個說……說……」白朗收住話頭，不知道該怎麼說。

「說什麼？說吃海鮮要小心，要不然會死人的？」成厚淳低聲道。

白朗點點頭。「這話今兒已經聽到第三次了。都說可一不可二，但今兒，可以說是接二連三地聽到同一句話，這絕對不是簡單的巧合。」

成厚淳「嗯」了一聲。

白朗繼續道：「我已經吩咐下面的人了，今兒那桌飯，會叫他們想辦法拿到一些，看看是不是真的有問題，也別冤枉了……」白朗看了自己的主子一眼，話沒有說下去。這事實在是有些匪夷所思，叫人不敢相信。

成厚淳沒有答話，只是騎在馬背上，看著遠處黑黝黝的田野，良久才道：「去別莊，不要驚動別人。」他現在需要冷靜一下，好好地捋一捋今天的事情。

成家的別莊，有一些信得過的老僕守著打理，如果那裡都不能叫人安心的話，那就真的沒有叫人安心的地方了。

成厚淳進了別莊安置後，簡單地吃了飯，心才一點一點的穩下來，能夠更為理智的思考這件事。這背後的人是想直接對付成家，還是因為成家是太子的後盾，所以才對成家出手的呢？他有些拿不準。但有一點是必須要搞清楚的，那就是，為什麼江氏會聽這個人的指揮？

自成親以來，這都十多年了，兩人不能說是恩愛夫妻，但也沒紅過臉。家裡的事情，江氏一直料理得很好，也都是別人稱讚的賢慧人。再加上兩人又生了兩個兒子，如今長子都已經到了娶妻的年紀了。可以說，過不了兩年，他們都是要做祖父祖母的人了，結果突然間，相伴了多年的妻子突然要謀害自己的性命，世上還有比這更荒誕的事情嗎？

他又想起了在茶館的外面，那群閒漢說的話——

……吃海鮮吃死了人，然後，他那美貌的妻子就跟著姦夫跑了……

這些話，如今想來，倒是大有深意。成厚淳閉上眼睛，想想那些閒漢話裡的暗示，他想到了一種可能。

對於一個男人來說，這是何等的羞辱！他的拳頭握緊，壓下要暴怒的心。以他的地位，能給他戴綠帽子的人實在是屈指可數，而且，江氏幾乎沒有接觸外男的機會。成家的人又不是瞎子，她要真敢在家裡鬧出什麼貓膩來，自己絕對不可能不知道。可不管怎麼想，他都想不到具體的人來。

江氏這些年一切都中規中矩，沒有半點出格的地方啊！唯一一件離譜的事，就是認回了一個莫名其妙的義女，叫做周媚兒。這位姑娘實在稱不上討喜，江氏也未必就是真的喜歡她，那為什麼就要認作義女呢？除非不得已，除非有把柄。

他想起那周媚兒在皇宮裡喊出的話——

我還知道一個秘密，一個天大的秘密！

妳道江氏為什麼要對我這般好？就是因為我知道這個秘密！

只要妳帶我走，我就把這個秘密告訴妳！這是個能讓天下大亂的秘密！

我為什麼要住口？妳這個——

周媚兒對著江氏說的話還沒有說完，就戛然而止。

成厚淳從回憶裡清醒過來，猛地睜開眼，豁然站起。

當日皇上射向周媚兒的那一箭極為蹊蹺，如今想來，就是為了阻止周媚兒將要說出口的話！

成厚淳呵呵冷笑，眼睛瞬間就赤紅了。「原來如此！」

周媚兒嘴裡的秘密，只怕就是無意中發現了皇上跟江氏的姦情！

那麼時間上就很好推算了，應該就是簡親王府給老王爺辦生祭的時候。正是那天之後，江氏從慈恩寺回來，身邊就多了那個叫做周媚兒的義女。而也是那一天，雲家的大姑娘莫名其妙地死在了慈恩寺的寒潭裡。如今想來，那雲家的大姑娘該是被人滅了口了。

要是雲家知道他們家的姑娘是被誰殺的，會不會對天元帝不滿？成厚淳隨即搖了搖頭。雲家除了老四，都是沒膽色的貨。只不過犧牲一個庶房姑娘，難道還敢跟天元帝對上？

成厚淳恥笑一聲，繼而又十分的悲涼。自己倒是自詡為堂堂漢子，可結果呢？還不是一樣被人戴了綠帽子。

江氏跟天元帝是怎麼勾搭上的，他沒興趣知道，左不過是江氏進宮的時候。可江氏自從嫁進門，就開始進宮見皇后了，那麼，這樣的關係，兩人究竟保持了多久？想來應該是不短的時間吧？這讓他想起來就犯噁心。如果真是這樣，那麼兩個孩子是不是他的，這就又是一個不容人迴避的問題。而作為皇后的妹妹的死，又跟這兩人有沒有關係呢？

一想到這些，他就痛徹心腑。

知道這個秘密的周媚兒還活著，那麼這個秘密就已經算不上是秘密了。劫走周媚兒的人如今肯定知道了，而今天給自己提醒的人，想來也是知情者。

天元帝自是怕事情敗露，讓自己心裡有了異志，所以想先下手為強，要了自己的命。他這個擔心是有道理的，雖然自己造反是有些名不正、言不順，但誰叫自己的外甥是太子呢？只要操作得當，天下易主也不是真的幹不成。

成厚淳將暴怒到邊緣的心一點一點拉了回來，心思又一次回到了江氏的身上。天元帝究竟是許給她什麼好處，才叫她如此鋌而走險的？作為英國公府的世子夫人，在這世上，能叫她低頭的人已經不多了，得不到的東西自然也不多了，唯一比不上的就是皇家。也就是說，天元帝許諾了她，自己給不了的東西。什麼是自己給不了她的？

難道害死了自己，皇上就能納她為妃嗎？

江氏什麼時候這麼蠢了？皇上要真敢這麼幹，豈不是此地無銀三百兩，大剌剌地告訴眾人，自己的死跟他們的姦情有關？

這女人還真是鬼迷心竅啊！若自己真死了，她活不過一天就得被天元帝給殺了滅口，還會給她安一個「為丈夫殉情」的好名聲。因為若是她活著，對皇上來說才是把柄，只有她死了才是一了百了。不管別人再說什麼，沒有證據，那自然就是誣衊。

想明白了這裡面的事情後，成厚淳慢慢地坐了下來。作為男人，被戴了綠帽子，那麼不幸了對方就算不上是男人了。可那個男人不是別人，是天子。於是，事情就變得棘手起來了。想要報仇，除非……造反！

恐怕在天元帝的心裡，自己手裡是有一個至關重要的籌碼的，那個籌碼就是太子宋承乾。可說太子是自己的籌碼，那就大錯特錯了。這個外甥，越是接觸就越是覺得深不可測。成家以前不敢對太子完全交底，自然是有自己的打算。成家已經是國公的爵位，扶持不扶持太子，於成家而言，意義完全沒有想像的那般大。不計代價地幫扶太子，成家所冒的風險實在是太大了，所以，為了成家，自然以守成為要。但如今，倒是可以變上一變了。

只要太子有心，成家有意，萬事皆有可能。

想到了這些，他就知道，接下來自己唯一能做的就是隱忍，可是隱忍不等於要將自己的命時刻放置在危險之中。如今緊要的倒是要安撫住江氏，要不然天元帝警覺了，就真的麻煩了。

成厚淳覺得自己是冷靜的，可腦子裡紛紛擾擾，心始終就靜不下。不管怎麼安慰自己，堵在心口的這股惡氣怎麼也出不了。

別的女人倒也罷了，可這人偏偏是自己的結髮妻子！何等的諷刺。

還有，兩個兒子究竟是不是自己的種？成厚淳心裡恍惚了一瞬，就清醒過來了。蒲兒長相清秀，隨了江氏；可葦兒卻跟自己有七成的相似，這對於成厚淳來說，多少是個安慰吧。

再想想江氏對兩個兒子的態度，蒲兒只叫他讀書，卻對於他的懶怠習武多有縱容；對葦兒倒是很少管束，只由著自己教導。

成厚淳的拳頭又不由得攢了起來。嫡長子，多要緊的身分，如今卻也說不清楚了。

「白朗，給國公爺遞個消息，明兒無論如何也要來一趟別莊。」成厚淳靠在椅子上，聲音透著疲憊。「另外，讓咱們的人注意著，不要讓宮裡的那些探子靠近江氏。江氏身邊的嬤嬤、丫頭，也叫人盯死了。」

「主子，您是懷疑，那些個嬤嬤、丫頭都是宮裡的人……」白朗愕然地道。

「她陪嫁過來的人，她早就打發了。如今想想，現在江氏院子裡的人，早就不是當初那些人了。能將探子這麼明目張膽地安置在府裡，怨不得別人，只怪我自己太蠢，太小看女人了。」成厚淳低聲道。

白朗能理解自己主子的心情，默默地退了下去。不管主子有什麼樣的決定，他都會毫不猶豫的執行。

遼王的府邸還在修建之中，宋承明如今住著的，是一處自己花銀子買來的五進的宅子。剛吃完晚飯，因著遼東送來的條陳還沒看，他就在書房裡耗著。一個條陳還沒看完，就有消息傳來，說是成厚淳出了京城。

「怎麼現在出城了？」宋承明不由得問了一句。如今太子還在禁足，成家實在不是高調的時候，今兒這舉動可以說是極為反常。「或者說，是成家發生了什麼事嗎？」

「都沒有。」常江道：「不過江氏身邊的嬤嬤悄悄地出了府，不知道要去做什麼，我已經叫人盯著了。」

宋承明心裡一跳，馬上道：「不論她要去幹什麼，都務必攔下她來！用什麼手段我不管，我只想知道她有什麼消息急著傳遞？」

常江應了一聲是，然後快步退了出去。

宋承明此刻的心思卻一點也不在條陳上了。成家在他的計劃裡，是非常重要的一個環節，容不得出半點差錯。他總感覺今兒這事，半點都不在他的計劃之中。

他在京城的消息網還是有許多觸摸不到的地方，他覺得，也許真的得找一個同盟了，哪怕只是互通有無，也比現在兩眼一抹黑的好。

金氏看著五娘四仰八叉地躺在床上晾肚子，沒有半點形象可言，也不過是搖頭一嘆。「妳這樣下去，就該回雲家好好的回爐了。」

五娘不以為意，今兒這頓海鮮，吃得人心滿意足。當然了，是不會死人的海鮮。

大嬤嬤進來笑道：「姑娘吃得好就好，只可惜有些人餓著肚子出城了。」

「成厚淳也挺可憐的。」五娘對這個人不由得有些同情。

金氏搖頭道：「這世上的可憐人多了，他的這點事，算得上什麼可憐？」說完，又問大嬤嬤道：「還有什麼動靜？」

「遼王的人倒是一直注意著成家，怕是不用主子去告訴他，他自己已經警覺了。」大嬤嬤看了一眼五娘，才道。

「他倒是機靈！」金氏一笑，也就不再多問了。「讓人注意著，別叫江氏今兒的事漏出去給天元帝知道了，如今還不是時候。」

「主子是想幫成家一把？」大嬤嬤問道。

「不是幫成家，是幫咱們自己。若叫天元帝知道了江氏這蠢貨沒成功還不警覺，估計天元帝就得先殺了江氏，來個死不認帳了。能拖一段時間是一段時間吧。」金氏又低頭翻弄帳本，不再開言。

五娘翻了個身，側躺著，思量著這幾天得到的消息。

成厚淳要是當場發怒，事情反倒不危險了，可這人偏偏轉身就躲開了。這樣的事竟然沒失色，咬牙忍下，什麼也不說。既然沒有當場揭穿江氏，那他所圖謀的可就有點大了。

成家聯絡了太子後，若是真的起事，那麼雲家的立場可就微妙了。是站在皇上的一方？還是太子的一方？到時候，三娘這個太子側妃，又該何去何從呢？

三娘此刻站在顏氏的對面，小心地看著顏氏的神色。

宮裡的皇貴妃遞了信出來，顏氏拿著信紙，已經看了一刻鐘了，說不清楚她臉上的表情是什麼樣的。

「娘，有什麼事不能讓我知道嗎？」三娘遠遠地看了一眼顏氏手裡的信紙，問道。

顏氏呵呵一笑，帶著嘲諷。「妳父親的話，也不是沒有道理的，我把一些事想得有點簡單了。」一說著，就將信紙遞了過去，

三娘將信上的內容粗略地看了一遍，就道：「娘不該為這事難過。姨媽的心思我知道，這對大表哥確實是一個機會。正因為姨媽將娘您當妹妹，才這般直言相告，沒有說什麼花言巧語來安撫您，您還有什麼不滿足的？」

「剛接到聖旨那時，我還以為妳姨媽不會這麼甘心，不會讓妳就這麼去東宮的，至少她會做點什麼。沒想到，她就這麼輕易的妥協了，而且不光是自己妥協了，還叫我勸勸妳，讓妳不要多想，安心的待嫁。在利益跟前，誰都不可信了……」顏氏有些頹然。原本鮮豔的容顏，如今顯得格外的憔悴，顴骨都已經凸起了。

這讓三娘多了幾分內疚。叫母親懷著身孕還跟著操心，實在是不該。許多勸慰的話就在嘴邊，卻也說不出口。不見到自己過得好，母親是不會安心的。

母女倆相顧無言，突然聽到外面傳來腳步聲，接著有人隔著簾子稟報——

「四老爺、四太太回來了！」

顏氏和三娘母女倆對視一眼，這都晚上了，還趕著進了京城，看來十分的急切。

「妳去招呼吧，替我跟妳四叔、四嬸道一聲好。」顏氏衝著門邊抬了抬下巴，道：「廚

房的菜色妳得好好安排，別叫妳四嬸挑出理來。」

三娘應了一聲，問道：「怡姑她……」

「這事妳別管。不是她也會是別人。」顏氏冷笑道。「妳娘我還沒到要妳操心的時候。」

三娘沈默了片刻就不再說話了，只點了點頭，才轉身出去了。

榮華堂裡，成氏拉著兒子噓寒問暖；另一邊的四太太莊氏一手拉著女兒，一手拽著兒子，也是怎麼看怎麼親暱。

「這一路上得多辛苦啊！在城外歇一晚上再回來也好，怎麼倒趕起了夜路？」成氏打量雲順謹，半是欣慰、半是心疼地道。

「到了家門口了，哪裡能不著急？我這也是想見娘了嘛！」雲順謹呵呵一笑，看了莊氏一眼，又道：「您兒媳婦也沒怨言，她也想孩子了。」

這雖然是實話，但卻叫婆媳二人都瞪起了眼。

「我難道不記掛娘不成？」莊氏嗔道。

「你就不惦記孩子不成？」成氏罵道。

「得！得！怪我不會說話啊！」雲順謹一扭頭，看向兩個孩子道：「四娘、家盛過來，叫爹爹看看長大了沒有？」

四娘拉著雲家盛過去，姊弟倆差不多都一樣高了。

雲順謹打量了四娘一眼就皺眉道：「怎麼還是這麼瘦？這可不行！以後多跑跑跳跳，動的多了，吃的也多了，身子自然就好了！」

四娘還沒說話，成氏就不樂意了，斥道：「姑娘家家的，你當是帶兵練兵呢？胡鬧！」

莊氏對自家丈夫的話卻是認同的，不過她只給雲順謹使了個眼色，就不叫再說了。

雲順謹看了莊氏一眼，才對成氏道：「娘，您想哪兒去了？您把四娘教得很好！我這不是著急嗎？姑娘家白白胖胖的才好看！」

這到底是什麼審美？雲家盛噗哧一聲就笑出來了。

雲順謹瞪了雲家盛一眼，立即道：「還有你！就該扔到軍營裡去，半個月就能把你這一身嬌貴的少爺毛病扳過來了！」

莊氏瞪了一眼雲順謹。「剛回來，你就不能熱乎兩天再折騰孩子嗎？」說著，招手叫兩個孩子到她的身邊，母子三個湊在一處說小話，好不親熱。

成氏跟雲順謹嘀咕道：「你瞧瞧，我說什麼來著？就知道會是這樣，養得再精心，還是更願意跟著自個兒的爹娘啊！」

這不是實話嘛！「我這不也是想見娘嗎？都是一樣的心！」雲順謹笑著哄道。

成氏笑道：「你就哄你娘我吧！當我不知道？你媳婦想孩子，你難道就不想？」才說完就又道：「你說這也好幾年了，你媳婦的肚子怎麼就沒動靜了？」

就知道會這樣。雲順謹心裡無奈，嘴上卻哄道：「四娘都多大了，也該說婆家了。再說了，兒子女兒雙全的，隨緣就好。」

成氏輕哼了一聲，點了點兒子的額頭，心道：果然是疼媳婦的，一句都說不得，馬上就護上了！她雖然覺得兒子和媳婦這黏糊勁叫人牙酸，但是想著老二家那兩口子過日子那個累心勁，老三兩口子相看兩相厭，就覺得還是兒子這樣的好。雖說媳婦這肚子算不上爭氣，但也孫子孫女都給自己生了，跟老二和老三家的媳婦比，她算是好的了。成氏一直自詡是好婆婆，其他的兒子不是親的，她不好插手太多，但對自己的親兒子，同樣得一樣對待，要不然也算不上是一視同仁了。人家兩口子願意，她如今也只能睜一隻眼、閉一隻眼了。

正說著話，雲高華帶著雲順恭、雲順泰就進來了。

過了一會子，家裡的其他人才陸陸續續的過來。

這一則是因為雲順謹回來的突然，家裡沒收到消息好提前迎接；二來，既然晚了，也就體貼地給人家親母子留下點說私房話的時間。

雲順謹先對著父親和兩位哥哥行了禮才道：「父親是不想我啊？我這都進門多大功夫了，您才來！」嘴上說著抱怨的話，手上卻攙著雲高華坐下。

「混帳小子！不說給你老子請安，你倒先埋怨上了！」雲高華一邊喝罵，一邊卻先忍不住笑了起來。論起喜歡，自然是老四更討喜。

雲順謹嘻嘻哈哈地笑著，半點不往心裡去。

其他的哥倆就有些心酸了，父親是從不會跟他們開這樣的玩笑的。

不一會兒，家裡的孩子都過來了，給雲順謹和莊氏見禮。

雲順謹笑著道：「都長大了！給你們帶了好玩的，一會子找你們四嬸要去！」又見姑娘這邊，打頭的是雙娘，就不由得想起了元娘，臉色暗了一瞬，嘆了一聲。剛回來，他也沒先提這一茬，只瞧見還是少了一個，不禁問道：「五丫頭呢？怎麼不見？」

雲順恭就不由得想起了金氏那個女人，回道：「她娘接去了，如今不在家。那孩子挺好的，四弟不用惦記。」

雲順謹愣了一下，看了一眼成氏，見成氏點了點頭，才知道這家裡還真是發生了不少事。金氏的身分他如何不知？不管怎樣，交好總比為敵強些吧，何況中間還隔著兩個孩子呢！他頓時故作不高興地道：「小嫂子接去了，難道就不是咱家的姑娘了？孩子兩邊住著，誰也不攔著她見爹媽豈不是好？別總弄得見得了爹，見不了娘，如今見得了娘了，又見不成爹了！」說著揚聲叫了外面的隨從。「你們去煙霞山別莊，見了金夫人就說是我回來了，想見見五丫頭！明兒一早，將姑娘好好地接回來。」似乎一點也不擔心金氏會不賣他的面子。

莊氏跟著就打發身邊的嬤嬤道：「妳跟著去，給小嫂子請個安，就說改天我親自去拜訪。」

雲高華看了兩口子一眼，也沒說話，能將五娘接回來當然好了。跟金家不鬧僵了，總歸是一條退路。

事實上，金氏確實親自見了四房打發來的人，也好好地叫大嬤嬤先將人安頓好，歇一晚上。

五娘頗為好奇地道：「娘親跟四叔、四嬸交好，倒真是沒想到的事。」

「當日我能帶著妳哥哥順利地從雲家脫身，妳四叔、四嬸是幫了忙的。當年，我帶著重傷被帶回雲家，雲家的主子自然知道了發生的事。妳四叔那時候還年輕，甚是看不上妳父親的作為，差點打斷妳父親的一條腿。他這些年在官場上即便人圓滑了，也開始衡量利益得失了，但在雲家，你四叔和四嬸算得上是心思正的人。我知道妳跟四娘的交情比跟雙娘和三娘都好，甚至跟雲家盛的關係也比其他兄弟親近，這難道不是因為他們說話雖直，但從不在暗處做什麼蠅營狗苟的事，跟這樣的人交往，不感覺累嗎？」金氏笑著問道。

五娘點點頭。「那樣的性子，不是誰都能養成的。」其實心裡未嘗沒有羨慕。

金氏嘆了一聲，這話也沒錯。在雲家，他們父母雙全，而且父母的感情很好。上面的祖父祖母都是親的，說話做事從來不用顧忌。雖然是一個府裡長成的，但各房的環境差異，也就養出了不同性格的姑娘。她輕聲道：「妳回去住幾天吧，想來就來，也不會再有人攔著妳了。雲家想要示好，那就接下來吧。況且，這山上就咱們母女二人，妳都要忘了怎麼跟人相處了，這對妳的將來是沒有好處的。而且妳再不回去，妳那一院子丫頭就得心慌了。」

「娘想叫我回去？」五娘皺眉道。其實她還真不想回去。

「寶丫兒，妳跟娘不一樣。娘這一輩子，注定了是要離群索居的。難道妳想過著跟娘一樣的日子，在這山上，看雲起雲落？」金氏問道。

「我離了娘，娘不是更寂寞了？」五娘鼻子一酸，低聲道。

「想什麼呢？」金氏失笑道。「我們不能只靠著下面的人傳來的消息去判斷事情的真假，有時候，這是有失偏頗的，這就是娘總是把妳哥哥放在外面的原因。你們要成長，就要接觸更多的人、更多的事，然後才會有辨別真假的能力。這麼說，妳明白嗎？」

五娘張張嘴想說，自己已經見識了太多的人、太多的事，不是十幾歲的娃娃了。但是她知道她說出來，也沒人會相信。

金氏又道：「去吧，回去住幾天。雲家還是有許多在我這裡學不到的東西，像是奴僕間的爭鬥、主子們的爭鋒，妳在我這裡是學不到的。去吧，這對妳沒什麼壞處。」

五娘點點頭。「我回去住半個月，回來住半個月，換著住。」她想，娘親這般的不想讓自己留在山上，只怕也不光是她說的那些原因。

金氏鬆了一口氣，笑道：「好，妳樂意怎麼住就怎麼住。」

半夜裡，五娘恍恍惚惚地聽見金氏和大嬤嬤的說話聲。

「主子，事情來得太巧。您正想著怎麼送姑娘下山，雲家就來接了。是不是雲順謹察覺到了什麼？」大嬤嬤問道。

「該是巧合。羅剎的事，雲順謹不可能知道。這個女人太危險，五娘不能留在山上，而雲家至少還是安全的。」金氏低聲道。

「少爺那邊是不是再派人過去？」大嬤嬤道。

「不用，有人會去幫忙的，妳不用擔心。」

金氏的聲音很輕，輕得五娘以為是自己的幻覺。

再接下來，她就真的聽不清楚了。

第二十章

五娘再次踏進雲家的大門，還真是有一種恍如隔世的感覺。

雲順恭站在門口迎接，這是雲高華要求的。可他一想起金氏這個女人，就想起那不堪的過往。如今再讓自己坦然面對那個女人的女兒，他這心裡還真是有點不太好接受。儘管這個女兒也是自己的，但是她像金氏，更勝過自己。

所以，雲五娘一下車就看到了雲順恭僵硬的臉色。「父親，您這是牙疼嗎？」

「啊？」雲順恭先是沒反應過來，問了一聲。

「我說，父親，您這是牙疼嗎？」配著雲五娘真誠的臉，這話還真就是聽不出半點諷刺加調侃的意思。

雲順恭尷尬的一笑。「妳這孩子，為父這不是見妳又長高了一些嗎？」

雲五娘的年歲不大，可身材卻極高挑。再長下去，就不符合大眾的審美了。

五娘一笑。「這長什麼模樣都是父母給的，您和我娘都高，我就是想矮也矮不了啊！您瞧瞧我哥哥都多高了？」

雲順恭的臉上就有些自得，笑道：「那是！快回家吧，老太太等著呢！」

「父親忙吧！回自己的家，哪裡就要父親陪著？我先去給祖父祖母請安，過一會子就去看看母親。」

雲順恭滿意地點點頭。「去吧！為父就不陪著妳了，記得給妳四叔、四嬸請安。」

「是。」雲五娘站在一邊，目送雲順恭離開。

雲家的下人見到五姑娘回來，一個個都湊上前問好。

紅椒早就準備好了，抓了銅板給小丫頭們分發。

榮華堂還是這樣，除了門口的兩株海棠抽出了綠芽，別的還是一如既往。

一進大門，就聽見從正堂裡傳來的愉悅笑聲。

春桃正在廊下，見雲五娘進門，就迎了過去。

「五姑娘，可是有日子沒見了！」春桃笑著道，邊說邊在前面領路。

「是有些日子了。聽見祖母這笑聲，定是四叔四嬸在吧？」五娘笑著問道。

「是啊！」春桃應了一聲，就揚聲道：「老太太，五姑娘回來了！」

五娘還在門外，就聽見四娘的聲音響起——

「回來就回來了，喊什麼？回自家，還等著人去接啊？」

「不敢勞四姊大駕。」五娘笑著，就疾走幾步，掀開簾子，進了門。見老太太身邊，果然坐著四老爺雲順謹和四太太莊氏，就笑著道：「四叔四嬸一回來，我瞧著祖母竟是年輕了幾歲呢！」說著話，就上前行禮，叫了「四叔四嬸」，又道：「四嬸回來，定是孝敬了祖母好東西！」

四太太還沒說話呢，四娘就回道：「這又說的什麼昏話？」

「四嬸肯定是有那不老仙丹，要不然這些年怎麼不見變化？這好東西祖母要是沒用，怎的也像是變年輕了？」五娘雙手一攤道。

莊氏就笑道：「妳這張嘴喲！」沒誰不喜歡被誇青春貌美的。

成氏指著五娘道：「但凡這丫頭在，天天得被她鬧得肚子疼！你們快瞧瞧她那張嘴。」

雲順謹見了五娘，心裡就點了點頭，這孩子的眼神清亮，跟金氏倒有幾分相似，只這張嘴說話，反倒有了顏氏的幾分品格。他就笑道：「要是有不老仙丹，四叔定給妳求來！只是用了仙丹，可就長不大了，姑娘家長不大，就嫁不得人了。找不到如意郎君，到時候可別哭鼻子啊！」

五娘被調侃，一點也不介意，擺手道：「這仙丹對老太太、四嬸有用，對我可沒用。」

「這話可不對了。莫不是害怕嫁不得如意的姑爺，故而又推辭不成？」雲順謹看著五娘面不紅、氣不喘，一點都沒有羞怯之意，只覺得有趣。

「四叔可冤枉我了！」五娘正色道：「老太太能年輕，那是四叔孝心的緣故；四嬸青春常駐，那是四叔呵護之功。如此一來，這仙丹可不正是四叔自己？誰知道以後姪女我有沒有四嬸的好福氣，遇上合了自己的仙丹呢？」

眾人一愣，繼而大笑。

倒是莊氏被說的羞紅了臉，她嗔了雲順謹一眼。「沒打趣到孩子，倒被孩子給打趣了，你如今越發的不濟了！」

四娘就上前捏五娘的臉。「我瞧瞧妳吃了什麼，怎的就妳的嘴比別人的都巧！」

五娘躲不過，叫她捏了兩把，笑道：「我一會兒再去找妳，看看四嬸給妳帶了什麼好東西能叫我順便混上一些？這會子我得先去瞧瞧母親了，回頭我找妳。」

成氏點點頭。「是該先去看看的。」

五娘福了福身，就要先退下，瞧見四娘，就又問：「我一會兒得去秋實苑找妳吧？」

四娘點點頭，還沒說話，就聽五娘邊走邊道——

「祖母，我就說您往日裡疼四姊也是白疼，您只不信！如今這會子，四嬸一回來，她轉身就不要您老人家了，可不是正合了我的話？」

四娘跺腳道：「好妳個雲五娘！有這麼當面挑撥離間的嗎？」

成氏就笑著對雲五娘道：「要不妳搬來吧？陪著祖母，祖母也疼妳。」

五娘的腳步就快了幾分。「不用，祖母！您還是管著四姊吧！」一副十分懼怕被管束的樣子。

「雲五娘妳害我！」四娘在她身後喊道。

成氏咳嗽一聲，道：「敢情我管著妳是害了妳？」

四娘面色一僵，就知道這是又被五娘給坑了！

雲順謹瞧得哈哈大笑，道：「這孩子挺有趣的！」其實心裡想說的是：二哥那歹竹怎麼淨出好筍呢？

五娘從榮華堂裡出來，就先去了春華苑。

三娘正在門口等著。「我估摸著妳快過來了。」

五娘一笑，又皺眉道：「太太怎麼樣了？」她對著顏氏，甚少稱呼母親，一直「太太」、「太太」這麼叫著。只有當著外人，不想失了規矩的時候，才稱呼「母親」。雖然這麼做很幼稚，但這似乎是唯一一個讓自己心裡好過一點的辦法。

三娘皺眉道：「如今，且就這樣了。」

五娘邊跟著三娘往裡面走，邊道：「也打發人四下裡找找別的大夫瞧瞧吧，世上真有本事的人，倒也不一定就是宮裡的那些御醫。」

「叫人打聽著呢。」三娘就道：「不管是什麼代價，只要真有這樣的人，咱們也得請來。」

五娘小聲道：「說句別人不敢說的話，三姊可別見怪。」

「妳又不是別人，有什麼說不得的？」三娘扭頭看了五娘一眼，就道。

「其實，到了如今，保住太太比別的什麼都強。人總得活著，才能想以後啊！」五娘認真地道。

三娘面色一變，這話確實是別人不敢說的實話。與其這樣拖著身子，非要保住肚子裡這個不知是男是女、是不是健康的孩子，反將大人的身體拖得孱弱不堪，倒不如放棄，養好身子，再圖以後。如今這樣，其實是不明智的。

二房沒有嫡子，雲順恭和顏氏都對這個肚子報以厚望。可對於三娘來說，當然先是保證母親健康，其他的都在其次。要真是把大人就這麼搭進去了，就算生下了孩子，又能怎樣呢？

元后生下了太子就撒手人寰了，如今的太子過得有多艱難？

換在雲家或是任何一家，都是一樣的道理。

三娘看著五娘的神色馬上就和緩了下來，也就她敢跟自己說這番話了。雙娘每每欲言又止，只怕也是這麼想的，但是雙娘的胞兄是二房的長子，她貿然說來，就有了別有用心的嫌疑。三娘點頭道：「我何嘗不知道這個道理？只是爹爹和娘都堅持，我也實在是沒有辦法了。」

五娘低聲一嘆。「這就是咱們女人的悲哀啊！生不出兒子，就跟犯了大錯一樣，上哪兒說理去？」

「快些閉嘴吧！」三娘瞪她一眼。「才說了兩句正經話，又胡說八道！」繁衍子嗣就是女人的職責，也不知道五娘哪裡來的這麼多歪理，還敢大刺刺地說出來。

五娘不屑的一笑，對著三娘道：「口是心非！」

「我說妳回來就是跟我拌嘴的吧？」三娘斜眼看五娘，道：「我還當妳不回來了！」

「我為什麼不回來？這裡難道不是我的家？我不回來，又能上哪兒去？」五娘拾階而上，道：「再說，我不回來，我那一院子菜便宜誰去？」

顏氏在裡面聽見說話聲就道：「別在外面拌嘴了，進來說話吧！」

五娘掀了簾子進去，道：「可是吵著太太休息了？」

「天天躺在屋裡，休息什麼啊？」顏氏半靠在榻上，朝五娘招手，道：「過來坐。」

這會子光線正足，透過窗戶照在顏氏的臉上，越發顯得清瘦蠟黃。五娘雖然有心理準備，還是嚇了一跳。「太太，這樣下去可不成，您這身子……」

「沒事。」顏氏擺擺手，道：「妳娘她還好嗎？」

「都好。每天上山下山，比我都索利。」五娘坐在顏氏的身邊，說道。

「沒少罵我們吧？」顏氏的眼睛沒看向五娘，只看著隨風吹起來的窗簾。

「罵父親了。」五娘沒有半點窘迫地道：「但是沒罵您。她說，她跟您兩清了。」

「妳娘是個了不起的女人。」顏氏深吸一口氣，像是終於放下一樁心事般，笑道：「不是誰都能跟妳娘一樣的。」即便跟一個男人生了孩子，但她依然是她，半點都不肯退讓和妥協。

三娘看向兩人，對兩人之間的談話有點迷茫。

說了一會子話，五娘就告辭了。她知道，不管自己表現得有多真誠，她跟顏氏和三娘之間都隔著一條銀河。即便偶爾試圖靠近，但也甭想真的放下隔閡與成見。她自己如此，顏氏和三娘也是如此。

看著五娘的背影，三娘站在春華苑的門口，心裡五味雜陳。她轉過身，姊妹倆背道而行，越走兩人相隔就越遠。

顏氏見三娘回來，就道：「妳得跟五丫頭學學。」

「學什麼？」三娘抬眼問道。

「就學那份心有芥蒂，但依然真誠的樣子。要不然，妳怎麼取信別人？」顏氏閉眼道。「知道她對我的關心沒那麼真，可是有那麼一瞬，妳還是會被她的真誠打動了。」

三娘皺了皺眉道：「是，她的話都是為了您好的真話。」

「甚至是冒著被人誤解的風險說出來的，就更顯得心底無私了，是嗎？」顏氏嘴角翹起，笑道：「可見，妳的書沒五丫頭讀得好，完全沒讀到心裡去。有句話叫做『用兵之道，攻心為上，攻城為下。心戰為上，兵戰為下』。」她睜開眼看著女兒道：「只剛才，妳就輸了一籌。」

三娘久久沒有說話。

顏氏就又道：「別人真誠，妳就要比別人更真誠，哪怕這份真誠是假的。這家裡，五丫頭為什麼能遊刃有餘？不光是因為金氏的緣故，更因為五丫頭做到了不管面對誰、不管她心裡怎麼想，面上她都是真誠的。除了她自己，已經沒人能看出她的真誠裡有多少是出自本心的。妳要去的地方，是天底下最汙濁、骯髒、虛偽的地方，妳要是能把五娘這份本事學會三成，我也就沒什麼可為妳焦心的了。」顏氏疲憊地閉上眼睛，道：「知道為什麼妳每每處事，就被別人先看穿了？」

「因為太虛假了嗎？」三娘不由得問道。

「不是太假，只是不那麼真。」顏氏睜開眼睛，看著三娘，輕聲道：「能把假話說得慷慨激昂，那也是一種本事。」

五娘回到院子，紫茄帶著留守的丫頭們都迎了出來，給五娘見了禮。五娘讓紅椒打賞，就帶著香荽往裡面走。

紫茄小聲稟報道：「二姑娘和六姑娘已經等著了。」

五娘腳下一頓，才點點頭。「找紅椒要今兒帶回來的點心，一會兒送上來。」說著，就疾步往屋裡去，笑道：「才說要去給二姊請安呢，怎的勞動二姊先來了？」

「妳聽聽這客氣話說的假不假？」雙娘恥笑道：「有什麼好吃的就趕緊拿出來吧，別藏著掖著了！」

五娘挑了簾子進去，就看見相對而坐正在下棋的雙娘和六娘。「好吃的是盡有的，二姊若不怕發福，那嫁衣穿不上身，就儘管吃唄！」

雙娘臉色一紅就道：「呸！東西沒見到，小話倒是不少！」

五娘呵呵一笑，見六娘在一邊抿著嘴笑，又道：「六妹看著也胖了不少呢，看來是沒想我啊！」

「這園子裡的菜和果子都被我一個人吃了，能不胖嗎？」六娘摸了摸臉蛋，似乎都有些長雙下巴的趨勢了。

五娘一邊叫紫茄伺候自己換衣服，一邊道：「我還怕我不在，浪費了呢！喜歡吃，以後儘管打發丫頭來拿就是了。」

香荽帶著大嬷嬷親手做的點心過來，擺上。

雙娘這才小聲地道：「賜婚的事情，妳也肯定知道了吧？」

五娘點點頭，端著茶抿了一口才道：「但是現在能怎麼辦？只能走一步看一步了。」她奇怪地看了雙娘一眼，問道：「二姊有什麼想法？」

「沒有。」雙娘搖搖頭道：「就是不安，特別的不安。」她要嫁的是簡親王，三娘卻是太子的側妃。朝廷上的事情她是不懂，但是最起碼的規矩和道理還是知道的。太子跟簡親王可並不是一條船上的人，一旦有了意見相左的時候，她們姊妹夾在中間，又該如何相處呢？到時候，姊妹不是姊妹，夫妻不似夫妻。對於將來，她心裡不由得升起了一絲恐懼。

不安誰都有，當每個人都有了自己的立場時，這個家就再也不是後盾了。出了嫁的女兒沒有娘家的幫扶，可以想像一下以後要過的日子必然是十分艱難的。五娘理解雙娘的不安，可那又如何呢？既成了事實，誰也代替不了誰受罪。

六娘的眼裡一暗，看著雙娘和五娘道：「我現在最關心的倒是誰家的姑娘做這個太子的正妃？」

「成家沒有合適的姑娘。在身分上要想壓三姊一頭，除非是宗室公主、郡主的女兒或是孫女、外孫女。當然，越是跟太子血緣上親近的表親，可能性就越大。不說別的，光是帶著皇室血脈這一條，就是三姊無論如何都比不過的。這個太子妃的人選，估計就在這個範圍之內了。」五娘看了雙娘一眼，道：「這也不是咱們家能左右的事。」

「那這正妃在後宮的幫手可就多了，也容易得到宗室的支持。而三姊的幫手只有皇貴妃，可皇貴妃為了避嫌，也不好插手東宮的事。那三姊豈不是孤立無援了？」六娘看著五娘問道。

五娘沒有說話，只是看了雙娘一眼。

雙娘瞬間就醒悟了過來！她想起了曾經在宮裡看見過元娘的身影，若是如此，那麼，也許三娘並不一定是孤立的。

姊妹三個有段時間沒見，但因為提起了三娘的事，心裡都有幾分亂，也就早早的散了。

晚上湊在一起吃了一頓團圓飯後，五娘沒有多逗留，直接就回了院子。

「院子裡都正常嗎？」在回院子的路上，五娘問紅椒道。

「都正常。」紅椒小聲道：「除了各院的主子偶爾從院子裡要點鮮菜什麼的，也沒見什麼異常。丫頭們有紫茄管著，也還算安分。」

五娘點點頭，她這次回來，還想要弄清楚一件事，就是自己身邊，誰是娘親安排下來的人？這次跟自己去的香菱和紅椒肯定不是，因為她察覺到了大嬤嬤對這二人始終帶著幾分警惕。這雲家，娘親安插了不少人，沒道理自己身邊反倒乾乾淨淨，一個人也沒有。

屋子從內到外，收拾的都十分的索利，跟自己從來沒離開過一樣。梳洗完，她早早地就躺在床上，道：「今晚留個人下來守夜。誰覺得自己有守夜的本事，誰就自己留下來吧。」

紫茄、香菱、紅椒、水蔥、綠菠、春韭。

小丫頭裡面有沒有金氏的人，五娘不知道。但這六個人裡面一定有娘親安插的人，甚至，很可能不是一個。

這些丫頭都是自己選出來的，她得知道，她們在她選她們之前就是娘親安排的人了，還是之後才背叛了她？哪怕是向自己的親娘出賣她的消息，這樣的人她也不敢輕易的用了。

六人被五娘叫進屋子本就覺得奇怪，如今聽見叫人留下來守夜，就更奇怪了。誰不知道，五娘自從五、六歲起，睡覺就不喜歡旁邊有人。

守夜也就罷了，怎麼還說什麼有守夜的本事？這就讓人更加的不懂了。

香菱和紅椒對視一眼，大約有些明白姑娘的意思了。她們倆福了一福，就轉身退了出去。

紫茄不明白五娘的話，但她隱隱知道，姑娘要找的就是那個能聽懂她的話的人，而這人肯定不是自己。她也福了福身，退了出去。

水蔥、綠菠、春韭都留了下來，誰也沒說要退下去的話。

五娘真是有些蒙了。自己身邊的一、二等丫頭，加起來一共六個，娘親就安排了三個！而且這三個都是十分的低調，話不多，又不愛往人前湊，自己用她們反而是最少的。

「我還真是意外。」五娘翻了個身。「說說吧，怎麼回事？」

綠菠站了出來，低聲道：「夫人知道姑娘肯定是要問的，叫我們不用瞞著姑娘。姑娘想知道什麼，就問吧。」

「夫人什麼時候聯繫妳們的？」五娘問道。

「姑娘，我們本就是金家的人。」綠菠抬起臉，道：「我們不曾背叛過姑娘。跟我們一起送來叫姑娘挑選的人，有一大半都是夫人安排的。只是姑娘選了我們，所以，我們就是姑娘的人了。」

五娘閉了閉眼睛，又問道：「那跟妳們一起的其他人呢？」

綠菠猶豫了一瞬就道：「被其他的主子選去了。」

五娘猛地睜開眼睛，看了三人一眼，而後就什麼也不想問，也不能問了。她翻身，面朝裡躺著，道：「妳們三個自己安排守夜的事吧。」

三人對視一眼，慢慢地退了出去。

婉姨娘的小院。雙娘就坐在雲順恭的對面，皺眉道：「父親到底是想問什麼？」

雲順恭笑道：「沒什麼事，就是隨便說說話。妳跟五丫頭，今兒都在一塊兒說什麼了？她沒抱怨為父這麼長時間沒叫人接她回來吧？」

雙娘鬆了一口氣，失笑道：「就這個啊？五妹不是小心眼的人，她知道父親最近忙，家裡的事……也不順，能理解。我們在一起，未嘗不是為三妹的事焦心。父親只要安心忙您的就是，五妹不是那種不能理解人的人。」

「是啊！三娘的事……確實叫為父作難。」雲順恭問道：「妳們又是怎麼說的？三個臭皮匠賽過諸葛亮，說說也無妨。」

雙娘心裡一跳，總覺得父親的問話透著蹊蹺。

雙娘試探著道：「五妹也沒說別的，就是有些擔心三妹罷了。提到了太子正妃的人選……」說到這裡，她停了下來，卻看向了雲順恭。

「她是怎麼說的？」雲順恭好似隨意地回話，但雙娘注意到，雲順恭手上端著的茶杯，裡面的茶水有點傾斜，要流出來了。

「父親，小心茶水燙了手。」雙娘輕聲地道。

雲順恭這才恍然，趕緊放下杯子。「無礙，妳繼續說。」

雙娘就有些明悟了，父親果然是為了打探五娘的事。想了想，覺得也沒什麼不能說的，就道：「五妹的意思是，太子妃很可能在宗室女的女兒、孫女中做選擇。」

雲順恭點點頭，笑道：「妳們還真是操心的命，不過……這話也有道理。妳們的心意，我知道了。時間也不早了，妳回去歇著吧。」

雙娘看了婉姨娘一眼，見對方給自己使眼色，就馬上起身退了出去。

一路上她都在琢磨，五妹的話為什麼父親會這般重視？既而有些明白，父親重視的不是五妹，很可能是認為五妹的一些話代表了金夫人的某些想法。看來金夫人在這個家裡的地位，比自己想像的還要不尋常。

雙娘離開後，雲順恭也沒有在婉姨娘的院子裡久留，而是直接去了正房，見了顏氏。

「既然這正妃人選有了大致的範圍，也跟咱們猜想的相差不多，爺是不是想想辦法？這個太子妃的人選，還是別太聰明的人當才好。」顏氏看了一眼雲順恭，就道。

「這些事情，咱們能事先打聽一二，讓三娘做應對也就罷了，難道還能干預太子妃的選擇？」雲順恭對於顏氏的話有些不高興，雲家真沒這個能力。

「我知道爺沒有辦法，但爺不是有一個好女婿嗎？」顏氏盯著雲順恭，輕聲道。

雲順恭蹭一下站起身來，道：「妳瘋了！簡親王是我能指揮得動的嗎？」

「簡親王娶了咱們雙娘，就是咱們家的女婿，只是在這件事上說句話，能有什麼壞處？他到底是宗令，宗室的事情，他插得上話。」顏氏看著雲順恭道：「咱們就三娘這一個姑娘，你這時候不出力，什麼時候才出力？」更重要的是，太子能從這裡看出雲家對三娘的重視，為了三娘，不惜動用了這樣的關係。人情這東西，用一次少一次，能為三娘動用簡親王，這就說明了雲家的態度。

雲順恭看了顏氏一眼，起身往外走。「妳容我想想。」

第二天一早，五娘一起床，春韭就悄悄將春華苑正房裡的事情小聲地稟報了過來。

五娘手一頓，只覺得頭疼。雙娘還不是簡親王妃呢，雲家就對人家簡親王提出這樣的條件，真是好大的臉面！他們有沒有想過，不管簡親王答不答應，雙娘在簡親王心裡會是一個什麼印象呢？一個還沒嫁過來，就已經被犧牲掉的庶女嗎？

「想辦法將這事透露給二姑娘知道，剩下的就別管了。」五娘說了一句，就不再言語了。人心本就是自私的，顏氏為了三娘，大有傾其所有的架勢。

春韭默默地退了出去。

紫茄和香荽只是對視一眼，誰也沒說話。

「還跟以前一樣就好，她們不是外人。」五娘對二人說了一聲。

香荽笑道：「姑娘別擔心，我們懂。」

吃完早飯，四娘就來了。

「我才說一會兒去給四嬸請安，再跟四姊說會兒話，沒想到妳倒是先來了。」三娘帶著四娘，坐在院子裡的葡萄架下說話。

四娘對自己的丫頭硯兒和紙兒道：「叫紅椒帶著妳們去瞧瞧，看園子裡有什麼長成的新鮮菜色，挑了好的摘一籃子，一會兒帶回去。」

把自己的丫頭都打發了，顯然是有話要說。雲五娘也擺擺手，紅椒便帶著硯兒和紙兒走了，香荽卻是遠遠地站著，不叫丫頭上前打攪。

五娘將茶推過去道：「四姊想說什麼就說吧，這裡周圍空曠，有人靠近也一目了然。」

「是關於成蒲的事。」四娘道。

五娘差一點將手裡的茶杯子扔出去，難道四娘也知道了成蒲可能是皇上私生子的事了？

「怎麼了？」四娘見五娘明顯有些失態，就問道：「妳已經知道了？」

五娘一笑，不置可否，繼而皺眉道：「我只是沒想到四姊也已經知道了，更沒想到四姊知道後會是這樣……」這樣什麼？五娘適時地打住話頭。話說到這裡，想怎麼理解都成。

四娘一笑，點頭道：「我不這樣還能怎樣？人家愛慕了別的美色，我還能哭著求他？」

咦？這話不對頭了。五娘心裡一鬆，還好剛剛沒有冒失。她將自己的心思趕緊收斂好，馬上明白了四娘這話裡透露出來的意思。這是說，成蒲愛慕美色，而這個美色，一定不是四娘。在這府裡，能被稱為有美色的，除了青屏苑的蘇芷，再沒有別人。難不成成蒲看上了蘇芷？可這兩人是怎麼見面的？蘇芷被雲高華變相禁足了，這雲家還不至於想進就進，想出就出吧？而且，雲高華明顯是要用蘇芷的，怎麼會任由蘇芷跟成蒲接觸？

五娘皺眉道：「這事我也是聽下面的丫頭說了一嘴，模模糊糊的，詳情卻不知。我就是奇怪，她可是被祖父禁了足，這家裡的下人是該管管了，連祖父要關著的人，也是想怎樣就怎樣，太散漫了。」

四娘端著茶杯的手一頓，臉上露出幾分不解之色。

五娘也不去打攪她的沈思，只細緻地拿著手裡的茶壺，慢慢的分茶。她分茶的手藝始終不好，如今這樣，也純粹是不想乾坐著，才裝出一副認真的樣子。

四娘愣了有半炷香的時間，才醒過神來。她也不知道五娘的話是不是有意提醒，但不管怎樣，如今叫破這些都是不明智的。她將涼了的茶倒了，重新讓五娘給自己斟了一杯。「可算是等到分好茶了。」說著抿了一口，就皺了眉。「不光苦，還澀。妳這手藝，一如既往的上不得檯面，以後還是別拿出來丟人現眼了。」

五娘呵呵一笑。「我如今也不太分茶了。院子裡的丫頭一見我分茶，就都跑了，誰也不願意試。」

剛才的話題，兩人都默契的沒有再提起。

如果蘇芷的行為是雲高華的縱容，那這就不單單是兒女情長這點事了。更深一層地想，這是不是意味著雲高華政治態度的變化呢？不願意四娘嫁給成蒲，是因為不想叫四房跟太子一系捆綁得太緊密。但將蘇芷這個外甥女送過去，卻又是不想跟太子和成家翻臉鬧崩。要是四娘跟成蒲的事，由成蒲自己主動提出來毀諾，效果就更好了。所以，才有了這諸多巧合般的偶遇和邂逅？

四娘回了院子，直接去見了自己的父親雲順謹，將這些事情一一說了，才不解地問道：「爹爹，您說祖父是什麼意思？不想叫咱們跟成家太親近嗎？」

雲順謹一愣，沒想到四娘會這麼想，就道：「那要是為父告訴妳，這是我的意思，是我寫信授意妳祖父這麼做的呢？」

四娘一愣，有些不解。「難道是爹爹不想跟太子更親近？」

雲順謹認真地看了女兒一眼，而後哈哈大笑，對在一邊旁聽的莊氏道：「妳瞧瞧，咱們閨女都已經懂了這麼多事了！」

四娘皺眉道：「父親，我說的是正經事。」別總跟哄孩子似的語氣說話，叫人心裡不得勁。

莊氏先是嗔了雲順謹一眼，才對四娘道：「成了！姑娘家，管這些事情幹什麼？看來，妳姑娘家的本事沒學到多少，不該學的倒學了一大堆。」

雲順謹搖頭道：「咱們家裡的這幾個姑娘，倒是比小子們更有出息一些。」他對四娘的話，顯然是不想回答的，不過還是道：「不管妳是怎麼想到這些的，但是妳最好別糾纏。成家的婚事，我跟妳娘都是不同意的，我閨女值得更好的人。但是這事，別叫妳祖母知道，明白嗎？」

四娘點點頭。父親不說，她也知道，背後的原因肯定不是自己的婚事這麼簡單。難道是因為三娘被冊封為太子側妃，使二房跟太子更親近的緣故嗎？可是時間上不對，三娘被封為側妃，是在成蒲跟蘇芷的事情之後。祖父不可能未卜先知，遠在西北的父親更不可能未卜先知。那麼，是什麼叫父親的態度發生了這樣的變化呢？

莊氏拉著四娘往裡間去，邊走邊道：「別在這裡琢磨這些跟妳沒什麼大關係的事了。」

雲順恭看著去了裡間的母女，就起身來到外面，招來了丫頭問道：「知道姑娘剛才去了哪兒了嗎？」

那小丫頭道：「找五姑娘說話去了！今兒說的時間倒是不長，沒多大功夫就回來了。」

雲順恭點點頭。四娘早不問、晚不問，偏偏在見了五娘之後就問，這只能說明，真正看出蹊蹺的只怕是五娘。就是不知道那孩子猜測到了哪一步？

雲家遠此刻就在城外的別院，他看著手裡收集來的消息，問道：「消息確切嗎？」

「羅剎是這麼回覆的。」身邊的隨從道。

「那就等著吧。」雲家遠囑咐道：「煙霞山那邊，傳消息回去，做好防禦。羅剎這個女人，可不是好對付的。」話音才落，就聽見外面屬下的稟報聲——

「主子，有客人拜訪。」

雲家遠皺眉，他在這裡的事不說是絕密吧，至少知道的人絕對不會多，誰能這般大大剌剌地找過來了？「哪位客人？」雲家遠站起身，打算出去。

「是遼王，主子。」外面的人低聲道。

雲家遠挑挑眉，打開了門，果然看見站在幾丈以外的宋承明。

「原來是王爺，大駕光臨有失遠迎了。」雲家遠拱拱手，卻沒有再往前走一步。

「不速之客，貿然前來，還請見諒。」宋承明點點頭，就算是打招呼了。

雲家遠做了個請的姿勢。「既然來了，必是有要事。請裡面談。」

宋承明也不客氣，進了門就直接道：「你的人都派去守著煙霞山了，我是來幫忙的。」

「羅剎的底細雖然我不知道，但她既然想找海王令，就必是有用得到金家的地方，所以，安全上沒有大礙。」雲家遠似乎有些不領情。

宋承明接話道：「是金夫人叫我來的。要不然，你以為我怎麼會找來？」

雲家遠沒有說話，這話的真假其實是有待定奪的。

宋承明笑道：「是金夫人故意賣了個破綻給我，要不然我真找不過來。」這話是真的。

雲家遠點點頭。「其實羅剎找的人該是王爺，那王爺可知道這羅剎的來歷？」

宋承明眼睛一閃，道：「我還真不知道。」

「呵呵。」雲家遠笑了兩聲，眼睛一閉，就不再言語。宋承明的嘴裡，只怕真話也不多。

「不是我不實誠，而是我也只是猜測。」宋承明的聲音低下來，道：「既然你想知道，告訴你也無妨。」

雲家遠睜開眼睛道：「要是為難，就算了。」

宋承明看著雲家遠，道：「其實你要是知道當日在宮裡的情形，就會猜出來的。」說完，見雲家遠目露不解，就道：「你不覺得皇后的所作所為甚是奇怪嗎？」

「皇后？」雲家遠愣然了一瞬，然後恍然。「你是說，這羅剎可能跟皇后、跟靖海侯戚家有關？」

「皇后當日在宮裡，被刀劍架在脖子上都沒有絲毫的懼色，端是國母風範。即便最後受傷，也是她自己刺傷的。如今細思量，你不覺得有趣嗎？」宋承明笑道。

「你是說，當日皇后是在演戲？她不害怕，是因為她早就知道那些人不會傷害她，要不然，一個手無縛雞之力的人，即便對方再怎麼不防備，想要完好無損的脫身都是不可能的！」雲家遠豁然站起，還真是有這種可能。

「靖海侯的姊姊，是你的親祖母，雲高華的元配妻子。既然雲高華知道金家的事，那戚家有金家的消息，會不會就是從雲家得到的呢？而且，你別忘了，戚家的根本一直在沿海，而羅剎，包括她身邊的道姑，你若是見了她們的膚色，你就知道，那一定是常年在海邊的人才會有的。我追查羅剎，查了她們飲食採買的店鋪，採買最多的，就是海裡的乾貨。什麼都騙得了人，但一個人長期形成的飲食習慣卻不是那麼容易改的。若說靖海侯戚家一點都沒參與，我是不信的。如今六皇子即便年紀還小，但戚家和皇后哪裡就會真的甘心俯首稱臣？」

宋承明接話解釋道。

「怪不得有人能乘機毀了皇貴妃的容貌呢！」雲家遠冷笑道：「這該是那位皇后私下裡下的命令吧？」

「要不然，那樣的危險關頭，誰會冒險做這樣的事？一定是那個並不為自己的安危擔心的人。」宋承明玩味地道：「毀容這樣的手段，必然是女人的伎倆。這個人不僅跟皇貴妃之間仇恨頗深，而且更有膽子實施報復。人為什麼會有膽氣？膽氣來自於底氣。皇后無疑是一個有底氣的人，不論是她自身的身分，還是當時的事態，她都是占著底氣的。」

雲家遠看向遼王的眼神就多了幾分敬佩。「不想，王爺還是一個觀察入微的細緻人。」

宋承明一笑。「這話太客氣了。不是我細緻，而是皇后的破綻太多了。我是上過戰場的人，在戰場上，人離死亡的距離是最近的，我從沒見到過真正不怕死的人。我怕死，大家都怕死，一個天下最尊貴的女人卻悍不畏死，這就太假了。何況，她還有一個未成年的兒子要照看，她就更會惜命，怎麼會一點害怕都沒有呢？有時候，權位越高的人，放不下的東西就越多，也越是捨不得死。」

雲家遠一笑，這話也算是真理。

夜幕慢慢的垂下，金夫人坐在正廳，大嬤嬤站在一邊，像是在等什麼人。

「該來了吧？」金夫人轉著手裡的茶杯，低聲道。

「應該是快了。」大嬤嬤回道。

話音才落，就聽見腳步聲，跟著兩個黑衣人身後的，是一個穿著大斗篷的人。

「金夫人，幸會！」說話這人掀開斗篷，不是靖海侯戚長天又是誰？

「倒是不遮掩了？」金夫人隨手指了對面的椅子，就道：「坐吧。」

戚長天微微一笑。「叫金夫人看笑話了。」

「說吧，你想得到什麼？又能付出什麼？都說明白了，我才知道這生意能不能做？」金夫人的臉上沒有絲毫多餘的表情，就好像本就知道他要做什麼一樣。

戚長天挑挑眉，三十多歲的男子也正是有男人魅力的時候，他長相偏於剛硬，可能是常在海邊的緣故，皮膚有些黝黑。此時他看著金夫人的眼神閃著亮光，不是男人看女人的眼神，而是帶著一種遇見同類的欣賞。「我要金家的協助，全力協助。」

金夫人一個冷眼過去。「好大的胃口。」

「您會答應的。」戚長天笑了一下。「不讓夫人瞧瞧戚家的勢力，夫人怎能放心跟我們合作？」

「你對羅剎倒是有信心啊！」金夫人一笑，就道：「若真是這樣，你也未免太小看金家了。」

「令公子小小年紀，確實有不凡之處。」戚長天笑道：「但是令媛……」

「你派人去了雲家？想拿我女兒威脅我？」金夫人面色一冷。

戚長天微微一笑，端起了桌上的茶。

金夫人攥緊的拳頭慢慢地鬆開了。他不知道，自己的女兒可不是看上去那般的無害。

雲五娘今兒在菜園子裡忙了一天，還真是乏了。吃過晚飯，她早早的就梳洗完，躺在炕上。

水蔥守夜，只在外間睡了。

初春，半夜的風還是冷的。當窗戶裡有風灌進來時，雲五娘就醒了。她還以為是遼王宋承明又來了，可緊接著鑽進鼻子裡若有若無的脂粉香味，卻叫雲五娘心裡一緊！

雲五娘所有的睡意瞬間就沒有了，她悄悄地伸出手，摸到炕頭垂下的一根線上，線的另一端在外間。這本是為了半夜起身，召喚丫頭的。她一連拉了三下，這就是警報的意思了。

煙霞山的每一個房間都有這樣的設計，自己屋裡這個是這次回來後新添的。

鈴聲響三下，代表的意思是戒備，按兵不動。

如今，外面的是水蔥，自然懂得這個意思。

雲五娘看著窗戶一點一點的被推開，也慢慢地起身，抓了披風將自己裹住，渾身戒備的等著。她旁邊是一架屏風，此時她整個人都藏在了暗影裡。

來的人是誰？一共帶了多少人？目的是什麼？這些她都一無所知。

唯一能猜想的就是，這一定跟羅剎有關。想起娘親對羅剎的防備，雲五娘意識到，自己很可能成了那個要被拿來挾持娘親的籌碼。

她的眼裡閃過一絲厲色。

一個身影靈貓似地跳了進來，身材纖細高眺，是個女子無疑。但是，離得近了，雲五娘反而沒有聞見剛才的脂粉味了。她心裡一緊，這來的絕對不是一個人，外面還有放風的人。

她讓自己的呼吸聲放得輕緩，看著那個黑影想幹什麼。結果黑影站在窗邊，接了另一個黑衣人進來。這個身影稍矮，身上也有香味，但卻極為淡雅，也不是之前聞到過的。那麼，這至少就證明了，這夥人最少有三個。而自己這邊，外面也只有三個不知道功夫深淺的丫頭。

田韻苑較為偏僻，園子本身就大，想求救、驚動雲家的護衛，基本上不可能。雲五娘的心一點點地往下沈，強迫自己不能慌亂。

她慢慢地站起身來，輕笑了一聲，道：「妳們終於來了。」她的聲音平穩，甚至還帶著淡淡的笑意。她沒扭頭去看那兩個黑衣人，她安慰自己，反正對方不會取自己的性命，有什麼好擔心的？於是，她的手穩穩地劃亮了火摺子，然後專注地用火摺子點亮裡桌上的蠟燭。如嬰兒手臂粗細的蠟燭一點燃，屋裡瞬間就亮堂了起來。

那先進來的黑衣人護著後進來的人，迅速退後了兩步，然後猛地拔出匕首，擋在後進來的人身前。

雲五娘的嘴角翹起，覺得看出點意思了。這後進來的人，只怕有點來頭，要不然不會讓先進來的人如此緊張戒備。看著兩人都沒有動，雲五娘就猜測，她們這是暫時有點摸不清楚自己的底細吧？

雲五娘慢慢地挪動了兩步，大膽地打量來人。就見擋在前面的是一個二十許歲的女子，也不知道是不是光照的原因，膚色顯得有些黑；後面的人根本就叫人看不清楚。她馬上意識到，後面這個人比想像中的還要緊要。雖然不知道這種危險的事情為什麼會打發一個這麼要緊的人來，但雲五娘還是從中看到了機會。

雲五娘笑盈盈地道：「既然來了，就坐下喝杯茶吧。」

「妳倒是好膽子！」被護在身後的女子走了出來，打量了雲五娘一眼，就要上前。

「姑……估計人家有了防備，咱們……」那站在前面的女子連忙阻止。

只被護著的人反倒不領情，兀自朝五娘走去。

雲五娘挑挑眉，走來的人十四、五歲的樣子，倒是膚白貌美。她走路步態端正，顯然是受過良好的教養；腳步比一般的閨閣小姐顯得輕盈，這就說明她的身上有功夫；再加上護著她的人失言，叫了一聲「姑……估計……」，可以肯定，那人想叫的是「姑娘」。

「請坐。」雲五娘沒有起身，而是做了個「請」的姿勢，請對方坐下。

那姑娘也沒客氣，走過去坐下。

儘管那姑娘穿著勁裝，可還是習慣地輕輕拂過腿的兩側。這個動作，是整理襖裙環珮的習慣性動作。顯然，她對身上的衣服並不習慣。

五娘微微一笑，伸出手就要倒茶，那先進來的女子馬上就撲了過來，匕首也衝著雲五娘而來。

突然，一根繩索從簾子後面猛地竄出來，準確地套在那女子拿著匕首的右手上。那女子行動受阻，左手接過右手的刀，瞬間就割開了繩索。

但同一時間，春韭已走了進來，手裡正握著繩索。

兩廂對峙，誰也不敢輕舉妄動。

「只是倒杯茶而已，不用緊張。」雲五娘心裡一鬆，抬手倒了兩杯茶，推給對方一杯，自己留了一杯。然後，將自己的茶一口喝了，並朝對方示意了一下，證明茶水中沒有貓膩。

對方倒也謹慎，只看了杯子一眼。「看來，真是等我們！那五姑娘一定知道，我們來請姑娘為的是什麼？」

「我自己的身分，我自己清楚。既然清楚，自然就知道自己的價值和作用。妳說，我心裡這麼明白，怎麼會不做防備呢？跟姑娘有一樣打算的人從來都不少，不是妳，也會是別人，倒也談不上是不是專門在等姑娘。」雲五娘笑道。

這話也在理。那姑娘也不相信自己今晚的行動會被金家提前得知，只能說，金家對這位姑娘保護得很嚴密。

「看來，今晚姑娘是不會跟我走了。」對方笑了笑，道：「那也無妨。」

雲五娘看了對方一眼。「敢問姑娘原本打算請我去哪裡？去見誰呢？羅剎嗎？」

對方眼睛一瞇，沈聲道：「五姑娘知道的還不少！」她的語氣冷了下來。「我們可以不難為姑娘，但姑娘該知道什麼話能說，什麼話不能說！」

雲五娘挑眉，看來羅剎在對方眼裡，還是個很緊要的人物。羅剎是一個已經露面的、被朝廷緝拿的人，是京城許多勛貴人家恨不能除之而後快的人。畢竟，許多人家的家眷都因為她們而死。可看對面這姑娘一舉手一投足，都顯出她一定不是什麼江湖客，那她與羅剎的關係，就有些不好說了。

雲五娘微微一笑，道：「妳這是在威脅我嗎？」

「怎麼理解都行啊！」這姑娘也笑了一下，道：「五姑娘，我可以走了嗎？」

雲五娘點點頭，笑看著對方。「請便。」她的視線一直觀察著對方，就見這姑娘雖然說著要走的話，但是腳尖卻沒有衝著門，也沒有衝著她們剛剛進來的窗戶，而是微微地偏向自己。雲五娘就暗暗的戒備了起來。

就見對方站起身來，走了兩步，卻猛地頓住，一把拽住雲五娘的胳膊。

雲五娘手裡的簪子馬上戳在對方的手背上，對方猛地叫了一聲，吃疼地鬆手。雲五娘則朝後退去，退到相對安全的距離上。

另一個黑衣女子想要來救這姑娘，卻被春韭纏上了，想要救援已經來不及。

此時，一聲夜鶯的叫聲突然從那姑娘的嘴裡傳出來，雲五娘知道，她這是在召喚外面的人。

「姑娘，外面的夜鶯擒住了。」這是水蔥的聲音。

雲五娘鬆了一口氣，就見那姑娘面色一寒，看了看手背上的血跡。

「妳以為沒有完全的準備，我就敢來嗎？」

自然不會！雲五娘將手裡的簪子握緊，面上卻一笑。「我敢將這事鬧大，妳敢嗎？」她打量了對方一眼，道：「妳是誰，我猜不到八成，也能猜到五成，妳確定妳要讓我鬧得人盡皆知？」話音才落下，就聽外面傳來一聲——

「妳沒機會鬧得人盡皆知了！」

雲五娘面色一變，這是羅剎的聲音！羅剎怎麼會來了這裡？電光石火之間，雲五娘猛地站起身來，一口氣先吹滅了桌上的蠟燭，房間裡猛地陷入了黑暗中。

從光亮到黑暗，人的眼睛都會有一個適應期。雲五娘吹了蠟燭後沒有停留，朝著那姑娘的一邊撲了過去！

隨著一聲「哎呦」聲，兩人倒在了地上。雲五娘趁著對方叫嚷，將剛才從點心盤子邊上捏出來的一小撮點心渣滓塞到了對方的喉嚨眼上，主要是怕對方嚐出味道來，然後又猛地合上對方的嘴，再不撒手。

等屋裡亮了起來，雲五娘才從那姑娘身上起來。她看了一眼鐵青著臉色的羅剎，然後輕輕撣了身上不存在的塵土，笑道：「妳能來，真是讓人意外。」

那姑娘卻坐在地上，咳嗽出聲，罵道：「妳卑鄙！到底給我吃了什麼？」

羅剎面色一變，看著雲五娘的目光就有些危險。「妳竟然用毒！」

雲五娘一笑，眼睛一瞄，將周圍的情形看了個清楚。

春韭制住了那個先來的黑衣人，見雲五娘無礙，才鬆了一口氣道：「姑娘沒事吧？」

雲五娘點點頭。看如今這樣子，水蔥和綠菠應該在羅剎的手裡。她瞇著眼睛一笑，道：「放了我的人。」

羅剎手裡的軟劍一抖，就架在了五娘的脖子上，根本沒有理會五娘的話，只是道：「到底用了什麼毒藥？解藥呢？」

「我說，妳放了我的人。沒聽見嗎？」雲五娘無視脖子上的劍，轉身，施施然地坐下了。

羅剎冷笑一聲。「看來雲五姑娘還不瞭解我的手段。」

「妳的手段，除了逼迫婦孺，我還真沒看出別的來，可別往自己臉上貼金。」雲五娘冷笑一聲，十分的不以為然。

「妳以為我拿妳沒辦法？」羅剎上前，一把掐在雲五娘的脖子上。

「有沒有辦法我不得而知，」雲五娘也不反抗，只道：「我知道的是，妳不敢殺我，但我卻敢毫不猶豫地毒死她！」

羅剎將手裡的劍往雲五娘的肩膀上重重地壓了幾分。

但見雲五娘肩膀一歪，臉上清冷的笑意卻絲毫未減，更是沒有害怕的神色。

「姑娘……」春韭見到那劍就貼在自己姑娘的脖子上，不由得擔心地叫了一聲，手上猛地一使勁，被捆住的黑衣女子不禁呻吟一聲。春韭盯著羅剎道：「妳最好將妳手裡的劍從我主子的脖子上拿開！」

羅剎只瞥了一眼，倒是對那黑衣女子沒有多少關注。

雲五娘給了春韭一個稍安勿躁的眼神，然後才抬頭，用手捏住薄刃，慢慢地推開。羅剎果然沒有再做什麼堅持，輕輕地移開了劍鋒。

「沒錯，我不敢殺妳。」羅剎見雲五娘神色安然，就語帶威脅地道：「但是妳的人我卻未必不會傷害！」

「哼，看來做道姑的時間長了，讓妳昏了頭了！」雲五娘的面色一寒，眼裡閃過一絲冷意。「別忘了，妳主子叫妳來是為了做什麼的？他要真心想跟金家合作，最好就本本分分地談合作的事，別動什麼歪心思。若是打算用見不得人的手段轄制了我，想逼迫金家就範，那可打錯了算盤！如今跟妳說清楚，好叫妳知道本姑娘的性子，要是妳將我雲五娘當成了軟柿子，那可就大錯特錯了！」她呵呵一笑，壓低聲音道：「我是什麼人？我是那種不僅能狠心毒死她，更能狠心毒死我自己的人。妳不信，大可以試試！」

悍不畏死，何以以死相挾？這手段顯得無能，也並不高明，但確實管用。因為她們確實不能，也不敢傷害雲五娘，更不要說取她的性命了。如果真讓雲五娘有了閃失，這就不是尋求合作，而是結仇了。

羅剎不由得正視起了雲五娘。「姑娘倒是勇氣可嘉！要是我沒記錯的話，這是咱們第二次見面吧？」

「我也很是榮幸呢！」雲五娘看著羅剎道：「怎麼，妳主子去見了我娘嗎？」

羅剎眼睛一瞇，道：「姑娘知道的倒不少，可我卻從來沒有什麼主子。」

雲五娘朝她身後那姑娘看了一眼，頗有深意的一笑。「是嗎？不過妳說是，就只當是吧！」以羅剎對那姑娘的緊張程度，那姑娘絕對不是一個無關緊要的人。

那姑娘從羅剎的背後站了出來。「妳也別兜圈子了，如今且把解藥拿來！有什麼條件，妳提！」

「放了我的丫頭，妳們退出雲家，該幹什麼幹什麼去。雖然妳們想抓住我不算艱難，但我若反抗的話，這中間要是有了損傷，妳們不僅不好交代，而且這個代價妳們同樣也承擔不起。咱們如今就只算是打了個平手吧，金家的實力，妳們已經觀察到了；妳們想展示的肌肉，我也看見了。不過，妳們這個安排卻讓我極度不齒，用妳們最強的勢力，來突襲我這最弱的一環，如今還只是平手，看來，以後的合作是得慢慢的談了。你們的這番誠意，金家要是不回報一二，那就不是金家了。至於說到最後，咱們誰吃了虧、誰占了便宜，那就只能是各自衡量了。」雲五娘手裡轉著桌上的茶杯，淡淡地道。

羅剎一頓，這話叫她有幾分臉紅。原本該由自己去見雲家遠的，可主子臨走前又改變了計劃，再加上小主子裹亂，她才不得不在這裡現身。

雲五娘笑道：「妳們的時間不多了。」說著，她又抬眼看著羅剎笑道：「妳猜，當我娘和我哥哥意識到見他們的人不對時，會不會猜想妳到了我這裡了呢？那妳再猜猜，他們會不會派人救援呢？」

話音剛落，就聽那姑娘冷哼一聲，道：「妳敢求死，我為什麼不敢？今兒先擒住妳再說！」說著，就又朝雲五娘撲了過去。

雲五娘將手裡的茶杯往桌上一磕，頓時就裂成了瓷片。這套茶具是從煙霞山帶下來的精品，雖不至於說是「青如天，明如鏡，薄如紙，聲如磬」，但也不遑多讓。這樣的瓷片，不規則的茬口，比刀鋒還鋒利。那姑娘抓住了五娘的肩頭，雲五娘卻扭過身子，一把勒住那姑娘的脖子，用茶杯的瓷片抵在那姑娘脖子的動脈上。那姑娘掙脫不開雲五娘，用手捶打她的脊背，雲五娘皺眉，手上的瓷片往那姑娘的脖子上扎了下去，鮮血頓時順著白皙的脖子和天青色的瓷片滑落。

那姑娘倒也硬氣，只是悶哼了一聲，但手卻再不敢捶打雲五娘了。因為，她感覺到了雲五娘的殺意。

「放開她！」羅剎用劍指著雲五娘。「妳該知道，她若是有事，我一樣能取妳性命！」

「那也是她死了之後的事了！」雲五娘的臉上越發的冷冽起來。瓷片不光劃破了對方的脖子，也劃傷了自己的手。十指連心，誰有比誰好過了？從上輩子她就知道一個道理——橫的怕愣的，愣的怕不要命的！不管跟誰打架，只要敢豁出去，就沒有勝不了的。此刻她臉上的表情帶著幾分殘忍與嗜血。「這是人的動脈血管，只要割下去，我敢保證，神仙難醫！

若是我的手抖了一下，妳說會不會那麼巧，剛好就劃破了呢？羅剎，妳要試嗎？」

那姑娘的身子不由得抖了起來。

羅剎目光一凝，她不敢試。她今晚的任務就是試探金家，若是金家徒有其表，那就先挾持了這雲五姑娘再說。誰知道，今晚小主子突然跟了出來，打亂了計劃。金家的深淺沒看出來，如今更是將小主子陷在了裡面。要制住雲五娘不難，可如今卻投鼠忌器了。這雲家的五姑娘身邊，就只跟著三個會功夫的丫頭？羅剎猜測，這肯定不是全部的實力。

「妳待怎樣？」羅剎問道。

「帶著剩下的人走，凡是俘虜都給我留下！」雲五娘看著羅剎道：「妳主子只怕還在等妳的消息呢！」

「妳要將我們姑娘留下？」羅剎冷聲問道。

「妳們姑娘？這倒是我沒想到的。既然是妳們姑娘，那我就更得留下她了。誰說只允許妳來挾持我，就不能我來挾持她了？」雲五娘看了一眼面色已經蒼白的姑娘，對羅剎道：「只有接到我娘的命令，我才會放她。妳還是速去速回吧，時間一長，我要是累了，這手難免又要發抖的。」

羅剎還沒說話，外面就傳來了說話聲——

「姑娘，要是不想叫她走，咱們也能留下她。」

竟然是綠菠的聲音！雲五娘心裡一喜，看來這兩人已經脫困了。娘親給的人想來也是有幾分本事的。小小年紀，能在被羅剎這樣的人俘虜後脫困，著實難得了。她穩了穩心神，道：「那倒不用，想必她知道該怎麼選擇。」

羅剎看向窗外，只聽見外面傳來一聲「是」。

那兩個丫頭是怎麼脫困的？自己留守的人是不是反被制住了？是她們自己有莫測的本事，還是暗處隱藏著高手？羅剎一時有些拿不準。況且，她不敢拿自家小主子的命開玩笑。她收起了軟劍，道：「領教了。」然後推開窗戶，轉眼就閃身離開了。

半晌之後，水蔥的聲音才傳來。「姑娘，是真的離開了。」

雲五娘沒有動，直到水蔥和綠菠拖著三個黑衣人從外面進來，雲五娘才放鬆了下來。

綠菠從懷裡掏出一個瓷瓶，先是放在被春韭捆住的黑衣人鼻子下面，就見那人腦袋一歪，就失去了知覺。

那姑娘見狀，眼裡露出掙扎之色，面對綠菠手裡的瓷瓶時有些抗拒，但到底是扛不住藥勁，也暈了過去。

雲五娘這才鬆了手。後背的衣裳都被汗水打濕了，渾身如同被抽乾了力氣一般，整個人癱軟到地上。「將她們捆牢了，然後關到密室裡去。」密室是挖菜窖的時候就乘機建好的，這些五娘原本不知道的，都是這三個丫頭之前奉了金氏的命令，秘密辦成的。挖菜窖的人，也都是金家的人，因此一點兒也不怕洩密。這內室裡就有密室的入口。

「是！」春韭應了一聲。今兒實在是太險了！

綠菠雖然對自己的藥有信心，但還是沒有違抗五娘的命令。

等一切都處理乾淨了，五娘才躺在炕上，慢慢地閉上眼睛。

——未完，待續，請看文創風793《夫人拈花惹草》3

為流浪貓狗加油 和貓寶貝 狗寶貝
廝守終生(一定要終生喔！)的幸福機會

對人來說，貓寶貝狗寶貝只是生活的一部分，但妳（你）對牠們來說，卻是生活的全部，領養前請一定要考慮清楚——

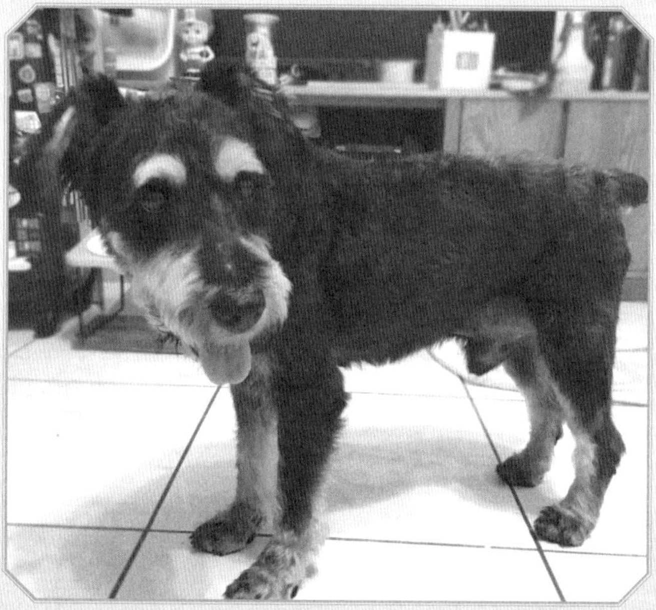

▲ 愛散步的型男　福山

性　　別：男生
品　　種：雪納瑞
年　　紀：獸醫推估約8～10歲
個　　性：較安靜、喜歡散步
健康狀況：（1）約8.7kg；
（2）四合一快篩通過；
（3）有輕微白內障，但不影響視力

『福山』的故事：

在今年6月20日，有好心人在新北市秀朗橋附近撿到福山，並將其送至中和收容所安置。然而福山在收容所住了一個月，仍沒等到主人來認領，因此中途便決定要幫牠尋找一個永遠的家。

中途表示，福山看起來不論什麼狀況都能很淡定，帶點佛系的感覺；也覺得有些像福山雅治一樣帥氣的氣質，所以暫時取名福山（笑）。中途進一步提到，他和福山同居的當晚，福山就能安靜地一覺熟睡到天亮，適應力超強！

問到關於福山的個性時，中途説，福山平時在家較安靜，不常吠叫，就靜靜地到處閒晃，或趴著休息，但是一發現有人回家，便會開心地去迎接，跟前跟後；另外，福山非常喜歡散步，且很會配合人類的步伐及側身跟隨，不會到處亂跑。

外冷內熱的福山十分乖巧，牠會是個很好的陪伴者喔！若您喜愛福山，歡迎來信orangemoon123@gmail.com（來信請簡單自我介紹）。

認養資格及注意事項：

1. 認養者須獲得全家人的同意，租屋者須徵得房東同意，絕不可因任何原因及理由而隨意棄養！
2. 須同意簽認養寵物切結書，亦須同意送養人日後之追蹤。

來信請說明：

a. 個人基本資料：姓名、性別、年齡、家庭狀況、職業與經濟來源等。
b. 想認養福山的理由。
c. 過去養寵物的經驗，及簡介一下您的飼養環境。
d. 若未來有結婚、懷孕、出國或搬家等計劃，將如何安置福山？

2019年8月出版

廢柴福妻

文創風 778～779

廢柴如她，雖然淪落到做工還債，
但姑娘家的骨氣，她絕對有——
不是誰想吃，就能吞下肚的！

馭妻有術 緣到擒來／龍卷兒

一覺睡醒便置身偏僻山村，還是被好賭的爹賣給人家當媳婦？!
渾身狼狽的洛瑾嚇傻了，苦苦哀求買主莫家放她一馬，
孰料人家的兒子根本瞧不上她，又不能白白放人，只好留下來幫傭抵債了。
可是……出身小戶千金的她完全沒碰過農活，堪稱廢柴一枚啊！
沒關係，她努力學，她會洗衣煮飯、燒火撿柴，外加繡花抄書寫春聯，
凡能生財的活兒絕不放過，總能掙夠銀子，把自己贖出去吧。
不過，這般做小伏低，竟又引起莫家次子莫恩庭的注意，
這個埋頭苦讀、原本要當她夫君的男子，不是挺嫌棄她的嗎？
如今卻將逗她當成日常樂趣，不看她臉紅心跳不罷休？
還在她出門做工被主家惡少欺負時，第一個跳出來護著她。
唉，她是廢不是呆，這下錢債未清，桃花債又來，要怎麼招架啦……

2019年8月出版

旺夫神妻

文創風 776～777

長得好看又有何用，為了利益，還不是能害死最親近的人？
好在她不是外貌協會，就算自家夫君不是彭于晏，
可心存善念，愛她、寵她，她就覺得他是全天下最棒的男人！
更何況夫君也不是省油的燈，到最後陳家要靠誰還不知道呢！

接天蓮葉無窮碧，映日荷花別樣紅／高嶺梅

何田田剛穿越到古代，就面臨被迫嫁人的命運，
想到貧困的家境、老實的爹娘，她只得咬牙嫁了！
據說未來夫君陳小郎人高馬大，外貌挺嚇人，方圓百里無人敢嫁，
不過陳家家境不錯，她嫁去至少能吃好穿好，
誰知嫁過去後，她才發覺陳家似乎有秘密。
陳小郎在家不受寵，可他也不在意，常常不見人影，對她又惜字如金，
婆婆曾有個下落不明的兒子，為了找兒哭瞎了眼，
還有那刻薄狠毒的大嫂，以及表面帶笑卻摸不透的大哥陳大郎……
她想安穩度日就得不露本事，過好自己的日子就好，
孰知她不害人，別人卻會來算計他們，
這不，公公莫名被綁架，被救回後都還沒查出真相就大病一場，
臨死前將陳家兩兒子分了家，她和寡言又一臉凶相的夫君竟被趕到荒郊野外？!

2019年8月出版

仙夫太矯情

文創風 770

【重生之三】

段慕白在仙界悠悠哉哉地訓練自己新收的小徒弟，
能成為人人景仰的劍仙的徒弟，應該是很值得驕傲的事，
但這小徒弟不僅不懂感恩，還棄他落跑，
哼哼，她別妄想能逃離他的掌！

天后一出，圈粉無數／莫顏

魄月覺得自己真是閒得沒事幹，才會發神經去勾引段慕白。
他身為冷心冷情的劍仙，斬妖除魔從不手軟，
修為到他這種程度，怎麼可能輕易動情？
美人計不成，她賠掉自己的小命，死在劍仙的噬魔劍下，魂飛魄散。
誰知一覺醒來，她重生了，
重生這事不稀奇，變成段慕白的徒弟才嚇人！
仙魔向來誓不兩立，她當了一輩子的魔，從沒看過段慕白冷漠以外的表情，
原來，他是愛笑的；
原來，他可以溫柔似水；
原來，他一點也不冷漠，
原來……等等，這人怎麼那麼愛動手動腳？
這人怎麼老光著身子，還愛吃她豆腐？
原來，段慕白清冷、神聖的形象是裝的；
原來，他比千年老狐狸還狡猾；
原來，他不動情則已，一動情便會要人命啊！

2019年8月出版

阿九

文創風 773~775

逃荒的路上，阿九遇見一個受盡欺凌卻不開口求饒的孤兒，
她看不過眼，出手相幫後問了他名字，他說，他叫謝翎。
上輩子扳倒太子的那位，可不就是叫謝翎？莫非是他？
誰能想到他日後會成為名動京師的小謝探花，位極人臣？
不過，如今他餓得只能跟著她啃草根，說榮華富貴？還早著呢！

別後唯相思　天涯共明月／青君

她叫阿九，一個爹死、娘改嫁，在鬧旱災時又被唯一的親哥拋下的孤女，
因著模樣好，前世她被親叔嬸賣給了戲班子，最後又輾轉到了太子府，
誰知最後太子被廢，一時想不開引火自焚，還不忘帶上她，
許是她活得太苦、死得太冤，老天爺對她深感抱歉，因此又讓她重生，
即便這世依舊是孑然一身、再無親人相伴，她也要活出不一樣的阿九！
在逃荒的路上，她把小她一歲的孤兒謝翎撿回照顧，對外也以姊弟相稱，
多年來，她認真習醫、努力掙錢，為的就是供他讀書，讓他功成名就，
然而隨著年紀愈大，她發現自己愈是看不透他，欣慰的是他書始終讀得不錯，
想來這世他也一樣會順利成為探花郎，可萬萬沒想到，他竟一躍成了狀元！
好吧，雖然有些些的不同，但總歸是往好的方面發展，也算可喜可賀啦，
可是，這個弟弟當得實在很不稱職，老愛一臉淡然地說些害她臉紅心跳的話，
而這些話聽著聽著，她竟也被蠱惑了，覺得能與他相伴一生似乎極好，
無奈世事沒法盡如人意，太子自從偶然看見她後，就瘋了似的要得到她，
難道說，太子也跟她一樣，擁有前世的記憶？這……有可能嗎？
若真是如此，那謝翎今生能否再次扳倒太子，並扭轉她的命運呢？

文創風
792

夫人拈花惹草 2

國家圖書館出版品預行編目資料

夫人拈花惹草 / 桐心著. --
初版. -- 臺北市 : 狗屋, 2019.10
冊 ; 公分. --（文創風）
ISBN 978-986-509-052-4(（第2冊：平裝）. --

857.7　　108015639

著作者	桐心
編輯	黃淑珍
校對	周貝桂
發行所	狗屋出版社有限公司
地址	台北市104中山區龍江路71巷15號1樓
電話	02-2776-5889～0
發行字號	局版台業字845號
法律顧問	蕭雄淋律師
總經銷	知遠文化事業有限公司
電話	02-2664-8800
初版	2019年10月
國際書碼	ISBN-13　978-986-509-052-4

本著作物由北京晉江原創網絡科技有限公司授權出版

定價250元
狗屋劃撥帳號：19001626
網址：love.doghouse.com.tw　E-mail：love@doghouse.com.tw